侯爵家の家庭教師は秘密の母

ジャニス・プレストン 作

高山 恵 訳

ハーレクイン・ヒストリカル・スペシャル

東京・ロンドン・トロント・パリ・ニューヨーク・アムステルダム
ハンブルク・ストックホルム・ミラノ・シドニー・マドリッド・ワルシャワ
ブダペスト・リオデジャネイロ・ルクセンブルク・フリブール・ムンバイ

THE GOVERNESS'S SECRET BABY

by Janice Preston

Published by Harlequin Japan, a Division of K.K. HarperCollins Japan, 2024

ジャニス・プレストン

ロンドン北西部の町ウェンブリー出身。読書、物語の創作、動物をこよなく愛する子供で、当時から大人になったら作家になりたいと公言していた。その夢は多感な時期にいったん熱を失うが、読書と歴史への愛は冷めず、とりわけジェイン・オースティンやジョージェット・ヘイヤーの小説が英国摂政期に興味を持つ原動力となった。情感豊かなリージェンシーを得意とし、本国ヒストリカル・ファンの間でも高い評判を得る人気作家。

主要登場人物

グレース・バートラム……………家庭教師。
クララ……………………………グレースの娘。
ハンナ……………………………クララの養母。故人。
デビッド…………………………ハンナの夫。クララの養父。故人。
ナサニエル・ペンブルック………ハンナの兄。レイブンウェル侯爵。
シャープ夫人……………………シバーストーン館の家政婦。
シャープ…………………………シャープ夫人の夫。シバーストーン館の使用人。
アンナ……………………………シバーストーン館の使用人。
ネッドとタム……………………シバーストーン館の外働きの使用人。
ラルフ・レンデル………………シバークーム村の聖メアリー教会の副牧師。
エリザベス・ダン………………聖メアリー教会の正牧師の娘。
ジョアンナ・プレストン…………グレースの親友。
レイチェル………………………グレースの親友。
イザベル…………………………グレースの親友。
マダム・デュボア………………〈マダム・デュボアの女学校〉校長。
ミス・ファンワース……………〈マダム・デュボアの女学校〉教師。

プロローグ

一八一一年十月初旬

レイブンウェル侯爵ナサニエル・ペンブルックはゼファーに鞍《くら》をつけ、丘へ向かわせた。牡馬《ぼば》の蹄《ひづめ》が地面を蹴ると、こぼれた涙が風に吹き飛ばされ、彼は誰に聞かれることもなく咆哮《ほうこう》をあげた。シバーストーン館を見下ろす荒涼とした丘に近づく村人はいない。それこそナサニエルが望む状況だった。

　やがて黒馬が疲れを見せ始め、仕方なく速度を落とさせた。胸を焼く怒りと苦悩は和らいでいない。この九年、彼のしなびた心が懸命に乗り越えようとしてきた空洞は今、深さを増し……陰鬱で巨大ながらんどうとなっていた。やはり苦悩に打ち勝つことなど無理なのだ。眼下の谷岩にへばりつく地衣類のように、苦悩は決して人の心から離れない。

　ハンナ。また涙で視界が霞《かす》む。彼は激しく瞬《まばた》きをして鈍色《にびいろ》の空をむなしく見つめた。死んでしまった。愛する妹の顔をもう二度と見られない。二度とあの笑い声を聞けない。二度と彼女に抱擁されることはない。それは、ナサニエルにとって数少ない人との触れ合いだった。そして、ハンナと八年間連れ添い、ナサニエルにとっては信頼に足る唯一の友だったデビッドも逝ってしまった。

　喉に耐え難い痛みがこみ上げた。朝食中に届けられた母からの手紙の文言が頭の中を駆け巡る——馬車の事故、ハンナとデビッドは即死、生き残ったのは二歳の娘、クララのみ。

　ナサニエル、後見人に指名されているのはあなたです。わたくしももちろん手伝いますが、この年ですから、あの子を一人で育てるのは無理ですし、子育てを手伝うために、あなたが家と呼ぶその寂れた場所に移り住むこともできません。

レイブンウェルでわたくしと一緒にクララを育てましょう。あなたにとっても現実の世界に戻る頃合いのはずです。

あなたがそうしないと言うなら、被後見人を引きとりに来てもらうしかありません。大事な妹が自分の命よりも愛した子どもを連れ帰って愛情を注ぐことはあなたの義務であり、哀れな妹を思えば断れないはずです。

ナサニエルはゼファーを家路につかせた。現実が肩にのしかかる。確かに母がこの先若くなることはなく、シバーストーンのような辺境で幸せに暮らせるはずもない。母は一年のほとんどを本領のレイブンウェル邸で過ごしていた。ヨークシャー渓谷を隔てた田園地帯にあり、ハロゲイトの町も近い。そちらのほうがはるかに文明化されている。

レイブンウェルに帰るか？　だめだ。ナサニエルは首をふった。あの記憶にも、以前の彼を知る人々の同情の目にも耐えられない。見知らぬ人々のおびえた表情はさらに耐え難いだろう。

シバーストーン館の裏庭に帰り着くころには、心は決まっていた。クララをここに連れてきて育てるしかない。だが、そう思う先から気持ちがくじけそうになる。子どもについて自分が何を知っているというのか。特にクララほど幼い子どもについて。

「あなたには責任があるのよ、ナサニエル。いつまでも引きこもっていては跡継ぎはできないし、女性はミス・ヘイバーズのような人ばかりではないわ」

ナサニエルはうめき声を押し戻した。その女性が便宜結婚に同意したと聞かされたときから、彼には結末が予測できていた。富も爵位も彼の痣《あざ》を覆い隠してはくれず、最初の対面のあとミス・ヘイバーズは決心を翻し、ナサニエルは一人で生きていくと決めてシバーストーンに引っ込んだ。変わってしまった彼の見かけに恐怖を示したのは、彼女が最初ではなかった。傷を負う前に結婚話がまとまりかけていたレディ・セアラ・リースは一刻も無駄にせず、別の男の求婚を受け入れた。

社交界の最も理想的な結婚相手としてもてはやされていたころの気楽な人生を恋しく思うことはない。かつての友人たちに会いたいとも思わない。火事のあと、彼らが見せた恐怖の表情や、背を向けたその素早さを忘れることはできなかった。

彼は自分の人生に満足していた。彼には動物がいて鳥がいた。彼らは見かけで人を判断しない。

母は雷鳥の肉を口に入れると、咀嚼《そしゃく》しながらフォークとナイフを皿に置き、期待をこめて彼を見た。

「僕はまだ三十ですよ、母上。跡継ぎをつくる時間はたっぷりすぎるほどあります」

「ワインのおかわりをついでくれるかしら、ナサニエル」

彼は言われたとおりにした。レイブンウェル邸の晩餐《ばんさん》室にいるのは二人だけだった。配膳が終わると同時に母が使用人たちを下がらせたのを見て、ナサニエルは気まずい会話になりそうだと察していた。

「ありがとう」母はワインを口に含み、美しい刺繍《ししゅう》が施されたテーブルクロスの上にグラスを置いた。「わたくしが気づかないとでも思ったの？　クララが眠っているとわかっていてこんな遅い時間に来るなんて、夜が明ける前に、誰にも見られずあの子をベッドから連れ去るためでしょう」

その言葉はほとんど核心を突いていた。母親の目に浮かぶ同情が疎ましかったが、その奥には義務に対する鋼の信念があることもわかっていた。領地や侯爵位に対する彼の義務のことだ。

「母上の手紙を読んですぐに来たんです。夜遅くに来たのは明日の朝まで待ちたくなかったからですが、確かに、朝には帰る必要があるでしょうね」

「必要？」

「二歳の子に夜、長旅をさせるのはよくない」

「では、二、三日泊まっていきなさい。あの子にせめてあなたを思い出す時間をあげなさい」

クララと最後に会ったのは四カ月前だ。ハンナとデビッドとともにグロスターシャーから来て一週間シバーストーンに滞在していった。妹と友人を思い出すと、また喉がつまった。ナサニエルは目の前の食べ物を見るともなく見た。食欲はなくなっていた。

「ご近所の方を何人か晩餐に招待することもできるわ。あなたが知っている人だけにして……」

無理だ……。口の中に苦い怒りがこみ上げた。

ナサニエルは皿をはねのけた。母がびくっとしてフォークと皿がぶつかり、表情が歪《ゆが》んだ。両方の口角が下がり、目が潤む。彼は罪悪感を覚えて食卓を回り込み、すすり泣く母親を抱きしめた。

「すみません、母上」母は大切な娘を亡くしたばかりだというのに、僕は自分の恐怖のことしか考えていなかった。「もちろん、二、三日泊まっていくつもりです。でも、晩餐会はやめてください。我が家は喪中ですから」

母の肩が震えた。「そうね……」

彼は白髪が交じる母の頭にキスをした。かわいそうな母。よりにもよって僕と二人で遺《のこ》されるとは。どうして死んだのが僕ではなかったのか。生きる意味をたくさん持つハンナに比べて僕は……。ナサニエルはその邪悪な考えをふり払った。未来がどれほど暗くても、命を絶ちたいと思ったことはない。今の人生に不服はなかった。村人たちは彼を放っておいてくれ、代わりに犬や馬や鷹たちがつき合ってくれる。必要な友は彼らだけだった。

ナサニエルは席に戻ったが、皿を再び引き寄せることはなかった。

「クララの子守りはどうしているんです？　ここにいるんですよね？」前回シバーストーンに来たとき、ハンナは子守りの女性を連れていた。彼女なら、少なくともまったくの見ず知らずではない。

母親の視線がそれた。「それが……家族がグロスターにいるから遠く離れたところへは行きたくないそうよ。新しい子守りを雇う必要があるわ。しばらくしたら家庭教師も必要になるでしょうね」

彼は当惑を隠そうとしたが、すべてを隠しきることはできなかったようだ。母が続けて言った。

「クララのことを一番に考えなくてはいけないわ。あの子は二歳なのよ。あなたは小さな子どものことなど何も知らないでしょう」

それはそうだが……。一人ならず二人までも他人を屋敷に迎えると思うと、全神経が反発した。

「家庭教師の求人広告を出します」一人なら……一人なら対処できるに違いない。その女性が彼の外見に見飽きてくれさえすれば。「それなら、クララもあとでまた別の人間に慣れる必要がありません。両親を亡くした彼女には一貫性が重要です」

かわいそうに。実母――不運な少女らしい――に疎まれ、養父母まで失うとは。だが、クララは愛らしい子だった。幼すぎてナサニエルの傷におびえることもできず、伯父をただ受け入れた。そして喉を鳴らし、初めて言葉を発しようとする姿で彼を楽しませてくれた。感じたことのない疼《うず》きが彼の胸を熱くした。あの子が僕のもとに来る。まだ二歳だとしても、使用人以外の人間との交流が生まれるのだ。

「クララのためを考えてちょうだい」母の表情は、おまえが子守りではなく家庭教師を雇う理由はわかっていると言っていた。「そしてハンナのためを」

涙が一粒、皺《しわ》が刻まれた母の頬を伝い落ちた。悲しみは人を老けさせる。そして母の人生は誰の人生よりも悲しみに満ちていた。

「そうします」彼は誓った。

それが妹に対する義務だ。健康な我が子を産めなかった失望に威厳と品格を持って向き合ったハンナ。彼女は初めて抱いた瞬間からクララに夢中だった。それなのに、引きとった娘の成長を見守る喜びまで奪われるとは。ハンナは、父を死に至らしめ、ナサニエルの人生を一変させた火事のあとも彼が交流を続けた数少ない人間の一人だった。今、彼女を裏切ることはできない。シバーストーン館に住み込みで働く家庭教師の求人をヨーク・ヘラルド紙に出そう。

そのとき彼は初めて疑念のようなものを覚えた。いったいどんな女性があんな寂れた場所で暮らすことに応じるというのか？

1

一八一一年十一月初旬

苔《こけ》むした木々、かさかさぎしぎしという聞き慣れない音、一瞬視界をよぎり下生えの下を走り抜けていく生き物。ようやく鬱蒼《うつそう》とした森の端まで来ると、息が楽になった。シバークーム村から教会を過ぎ、草原と川を越え、薄気味悪い森を抜けたグレース・バートラムは今、荒涼とした原野の入り口に立っていた。

原野――シバーストーン館に行くと言う彼女を必死で思いとどまらせようとした村人によれば、荒野と呼ぶほうがより正確らしいが――は、グレースの前で隆起して丘となり、霧に霞《かす》んで曇り空と一体化していた。谷に立つ家のスレート屋根と高い煙突がわずかに見える。それは人を寄せつけないこの景色の中で、唯一人間の存在を示すものだった。

期待と不安が入り交じり、グレースの鼓動が速くなった。あれだわ。シバーストーン館。あそこに、黒々と輝くあの屋根の下にクララがいる。私の娘が。こんな人気のない場所で、それもさっきの村人の話では、見るのもおぞましく、領地に近づく者を恐ろしい形相で威嚇する主《あるじ》――レイブンウェル侯爵と暮らしているらしい。そんな警告にひるむつもりはないし……ひるむことはできない。気味の悪い森を乗り越えたのだから、レイブンウェル卿《きょう》の怒りも乗り越えるだけだ。二年前、自分とした約束に背を向けたりはしない。

自分がこの世に送り出した娘に対し、せめてそのくらいはしなければ。

グレースは左手に鞄《かばん》を持ち替えると、泥だらけのハーフブーツを見下ろして顔をしかめた。左足のブーツはすでに中に泥が入り、右足も湿り始めている。村と所領を隔てる川に橋も架けず、こんな辺鄙《へんぴ》な場所で暮らすなんて、いったいどんな侯爵なの？よほど野蛮な侯爵でしょうね、と自問自答する。馬や馬車なら渡れる浅瀬はあるが、人は川床に並べられた踏み石を伝っていくしかない。水浸しになったのが左足だけなのは幸運と言うべきだろう。

グレースは小声で不平をこぼしながら歩き続けた。まだ十七歳で家庭教師養成学校の生徒だった彼女には、赤ん坊を手放す以外の道はなかった。でも、そのことを後悔しない日は一日としてなかった。いつかきっと娘を探し出し、幸せに暮らしているか、愛されているか、きちんとした生活を与えられているか確かめようと決めていた。だが、クララを養子にした夫婦が馬車の事故で命を落としたと知った今、あの子がちゃんと世話をされ、そして受け入れられているか確かめることは、さらに急を要する務めとなった。

きっと務めを果たすと決めていても迷いはある。グレースは大胆だが、愚かではなかった。もしその侯爵がクララに会わせてくれなかったら？　少女に会いに来た理由をどう説明すればいい？　本当のことは言えない。何か適当な理由を考えなくては。

そして、もしクララが幸せでもなく、愛されてもいなかったら？

新米の家庭教師で、住むところもなければ手持ちの金もほとんどない十九歳の彼女に、実際、何ができるだろう？　グレースはいらだたしげな声をもらすと、その考えを脇に押しやった。

それについては、現実に必要になったとき、考えればいい。

ひどいぬかるみをよけながらさらに進み、ついに坂を上りきると、目指す建物が現れた。最初にちらりと見えたときに想像した家よりさらに大きい。だが、壁に蔦《つた》が這《は》う暗くていかめしい外観と立地は、とても裕福な貴族の住まいとは思えなかった。

甲高い鳴き声が空気を切り裂き、グレースは思わず辺りを見回した。

何もいない。

また物悲しい鳴き声が響き、心臓が口元までせり上がった。目を上げると、見たこともないほど大きな鳥が一羽、空を滑るように横切ったり、上昇したりしていた。鳥は一度円を描くと、急滑降し始めた。垂れ込めた白い雲を背景にして暗色の体の輪郭がぼやけ、やがて屋敷の裏に隆起する丘の向こうへと消えていった。

グレースは唾をのんで肩を怒らせると、もう一度鞄を持ち替えて前進した。ウィルトシャーの叔父に引きとられたあと、九歳でソールズベリーの〈マダム・デュボアの女学校〉に入れられた彼女は、これほど生々しい自然に対してまったく心得がなかった。

二十分後、石壁のあいだの入り口を抜けると、その先の道は砂利で舗装され、広い馬車道が左にそれたあとぐるっと回って館の正面に通じていた。歩道のほうは芝生の中をまっすぐ玄関まで伸びている。グレースは四角い敷石が並ぶその道をたどり、玄関の前まで来た。

心臓をどきどきさせながら、石の建物を見上げる。人を拒絶するうつろな目のような窓が並び、中央の切妻づくりのポーチの奥に巨大な木製の扉が見えた。

まるで魔法をかけられたお城のようだわ。妖精の王女が目覚めさせ、住人を自由にしてくれるのを待っているみたい。それとも、油断した旅人を待つ怪物のすみかかしら？

グレースは唇を噛《か》んだ。体がかすかに震えている。妄想はやめなさい。イザベルがこっそり学校に持ち込んでは、びくびくする友人たちに読ませたゴシック小説じゃあるまいし。グレースは一抹の懐かしさを覚えた。イザベル、ジョアンナ、レイチェル。大切な友人たち。今、どうしているだろう？　幸せに暮らしているだろうか？　グレースは首をふり、もう会うことはないかもしれない三人の友人と、学校を去るときの胸の痛みの記憶を追いやった。あの数年、私には確かに居場所があった。愛され、価値を認められ、求められていた。それは、かつての人生ではあまり感じたことのない感覚だった。

来た道を引き返したいという気持ちを抑え、グレースはアーチ形の入り口をくぐると、目の前にそびえる扉を恐怖のまなざしで見つめた。

ここまで来て……今さらやめることはできない。

深く息を吸い込んで鉄製の大きなノッカーに手を伸ばす。いくつか質問をして、安心できたら村へ戻るつもりだ。暗くなり始めてからあの森を歩くのは避けたいし、この季節は日が傾くのも早い。ノックをしさえすればいいのだ。そして、用件を告げさえすれば。それでもグレースは冷たい金属に指をかけたままためらった。ノッカーはめったに使われないのか、固い感じがした。彼女は手を離した。神経がざわついていた。

もう一度勇気をかき集めようとしていると、大きな吠《ほ》え声と何かが疾走してくる足音が響き、彼女はぱっとふり返った。色も大きさもさまざまな犬たちがつめ寄ってきて飛び跳ねたり、うなり声をあげたり、はあはあと息を吐いたりする。グレースは心臓が口から飛び出しそうに感じながら玄関扉に背中を押しつけ、身を守るように鞄を抱きしめた。一組の泥だらけの前足が彼女の腹部に置かれた。歯をむき出し、舌がだらりと垂れた鼻面が彼女の顔に近づいてきてしきりに匂いを嗅ぐ。グレースの口から抑えきれない悲鳴がもれた。追いつめられた彼女はブーツの踵《かかと》を背後の扉に打ちつけた。恐ろしい住人のほうがこの犬の集団よりはましに違いない。

一時間もたったかに思えたころ、ようやく閂《かんぬき》が外され、蝶番《ちようつがい》のきしる音とともに扉が開いた。

「下がれ、ブラック！」威厳に満ちた深みのある声が命じた。「おまえたちもどくんだ」

グレースはゆっくりふり向いた。顔を上へ……さらに上へ向けた彼女は、息をのんだ。がっしりとした体つきの男性がそびえるように立っていた。顔をわずかに背けていて左側しか見えないが、暗褐色の髪は伸ばしっぱなしのようで、肩と胸は広く、表情は……見える限りでは陰鬱だった。

逃げたくても逃げられないほどグレースの膝は震えていた。それに、犬たちがすぐ近くにいて逃げ道もなかった。

「遅刻だ」男性がうなるように言った。

時間の進み方が遅くなる。男性は相変わらずグレースをまっすぐ見ようとしない。彼女の脳は忙しく働き、口から出かけていた正直な答えを引き戻した。

「すみません」彼女はそれだけ言った。

「家庭教師にしては若すぎるようだ。もっと年かさの女性が来るものと思っていたが」

家庭教師？　この家にはクララのほかにも子どもがいるのだろうか？　自分の過去の境遇を思い出し、グレースの背中に震えが走った。家族と見なしてくれないいとこたちとともに育つことがどんなふうか、彼女はよく知っていた。

「私はしっかりと訓練を受けています」グレースは顎を上げて答えた。

しだいに期待感がわき上がる。レイブンウェル卿が家庭教師を雇おうとしているなら、私でもいいのでは？　もし侯爵に認められれば、ここにずっといられる。毎日娘の顔を見て、彼女が幸せか、愛されているか、かつての自分がそうだったようにお荷物と思われていないか、この目で確かめられるのだ。

男性の視線が下がり、とどまった。グレースが下を向くと、灰色の外套《がいとう》に泥汚れがついていた。

「お宅の犬の仕業です」憤然と指をさす。

男性は低い声をもらすと、脇によけ、扉を大きく開けた。グレースが勇気をかき集めて彼の横を通り抜けると、新鮮な空気と革と髭剃《ひげそ》り石鹸《せっけん》の匂いがした。彼女は二歩ほど中に入って凍りついた。

吹き抜けになった広間は巨大で、頭上は梁《はり》が通されたアーチ形の屋根になっていた。壁の下半分には暗色の板がはられ、左手の階段は最初の踊り場に達したあと背後の壁沿いに上って、三方向から広間を見下ろす二階の回廊へ至る。ちょうどその真ん中辺りで、木製の手すりのあいだから、大きな目とへの字に曲がった口の小さな顔がのぞいていた。

クララ。

間違いない。全身から愛があふれ、広間の中ほどへ足を進めるグレースの視界が涙で曇った。本物だわ。生身の少女。記憶を――あっという間に引き離されてしまった新生児の記憶を、これでやっとこの小さな天使の姿に置き換えられる。ひとりぼっちの天使だけれど。グレースは愛らしい小さな顔に浮かぶ悲しみや、大きな瞳の中の寂しさに気づいた。実母に捨てられ、養父母も失い、この先は……。

グレースは後ろからついてくる男性のほうにふり返った。彼はさっと顔を背けたが、髪で半分隠れている右頬のただれた皮膚がわずかに見えた。

「あなたはどなたですか？」

男性は顔をしかめた。「私はこの屋敷の主だ。君こそ誰だ？」

主。クララの伯父。侯爵。

この人に爵位があろうとなかろうと、私は怖《お》じ気《け》づいたりしないわ。

グレースは百五十七・五センチの背を精いっぱい伸ばした。「グレース・バートラムです」

「バートラム？ 面接に来るはずの女性は……」

「代わりに来ました」

「ふむ」レイブンウェル卿は一瞬ためらってから、苦虫を噛みつぶしたような口調で続けた。「こちらへ。姪《めい》を任せるなら、君のことをいくらか知っておきたい」

鼓動が一拍飛んだ。正直に話すなら今がそのときだが、グレースは何も言わなかった。彼女には仕事が必要で、どういう奇跡か、ここにその職があるらしい。でも、そんな度胸が私にあるだろうか……。

「クララ……」レイブンウェル卿が階段の子どもを手招きした。「おいで」

お尻で一段ずつ階段を下りてくるクララの姿を、グレースは記憶に刻みつけた。娘への思いが膨れ上がり、胸が破裂しそうに感じる。必死に瞬《まばた》きをして、目を刺す涙を散らそうとした。

「さあ、クララ」

侯爵が手を伸ばした。クララはいかにも気が進まない様子で足を引きずっている。伯父のそばまで来ると、小さな手を彼の手の中に預け、反対の手の親指を口に入れて、恥ずかしそうにちらりとグレースを見た。巨人のような男性の隣にいるクララはとても小さくて、とても繊細に見えた。彼のことが怖いのではないだろうか？

「いい子だ」

侯爵は残酷そうでも不親切そうでもなかったが、娘の不幸を思うと、グレースの心は痛んだ。何が起き、どうして人生がすっかり変わってしまったのか、まだ二歳の少女にはよくわからないだろう。それでも悲しみに暮れ、ママとパパに会いたいと思っているはずだ。グレースは自分がどんなことをしてでもこの屋敷に残ってクララの世話をしようとしていることに気づいた。大事なのは娘の幸せだけだった。

レイブンウェル卿がこちらを見ていたので、グレースは仕方なくクララから目をそらした。侯爵に気に入られ、ぜひとも家庭教師として雇いたいと思ってもらう必要がある。

「そのブーツを脱いだほうがいい。シャープ夫人の怒りを買いたくなければ」

グレースは汚れたブーツを見下ろした。さっきまでぴかぴかだった石の床に泥の足跡が残っているのを見て、かすかに頬を染めた。

気に入られるのはあきらめたほうがよさそうね。

「シャープ夫人というのは？」グレースは手近の椅子に腰かけてブーツのボタンを外した。

「家政婦だ」

グレースは玄関広間を見回した。どこもぴかぴかに磨き上げられ、息を吸い込むと蜜蝋《みつろう》の香りがしたが、屋敷の外観と同じくらい寒々しく感じられた。

大きな石づくりの暖炉には火が入っておらず、雰囲気を明るくする絵画や花瓶や飾りなどもまったくなかった。石の床の冷たさを和らげる敷物もなければ、家具もない。あるのは、この巨大な空間には不釣り合いなほど小さいコンソールテーブルと、グレースが今座っている簡素な木の椅子だけ。女性らしさがまるでなく、家というより何かの施設のようだ。グレースは侯爵を見た。彼は結婚していないのだろうか？　娘を見つけるために国を縦断する前、それについて確かめることは思いつきもしなかった。

彼女は椅子の隣にブーツを並べて置き、立ち上がった。ウールのストッキング越しに床の冷たさが伝わってきて足から背中へと這い上がった。

レイブンウェル卿が一枚の扉を示した。「あの部屋で待っていたまえ」

2

扉の向こうは客間だった。玄関広間同様がらんとしており、暗色の腰板の上にはやはり濃い緑と象牙色の縞《しま》の壁紙がはられていた。部屋の両端に暖炉があるが、火が入っているのは片側だけで、その両脇に袖椅子が置かれ、磨き上げられたサイドテーブルが添えられている。大ぶりのテーブルとはしご状の背の椅子が二客、三つ並んだ窓の中央の一つを背にして置かれていた。火のついていない暖炉の近くには、オランダ布で覆われた大きなものが二つ。全体として暗く、ふだんは使われていない部屋のような印象があった。

これは単なる家だ。ただの住居。手入れは行き届いていても、愛されてはいない。部屋は寒くないし、床は石でなく板張りだが、それでもグレースはまた震えを抑えなくてはならなかった。

　レイブンウェル卿《きょう》はほどなくして、手紙を手に戻ってきた。

「座りなさい」

　グレースは示された暖炉の右側の椅子に座った。レイブンウェル卿が反対側の椅子に、火から顔をそらすようにして座る。顔の傷が火明かりで強調されず、同時にグレースのほうに向かないようにしているのだろう。そんなふうにされると、かえってしっかり見てみたい気がする。本当に、彼が思っているほどおぞましい傷なのだろうか？

「どうしてもう一人の女性は――」レイブンウェル卿は手紙に目を走らせた。「ミス・ブラウンは来なかった？　三日前に来ることになっていたはずだ」

　それを聞いて、グレースはあることを思い出した。

「彼女はこちらの場所が寂しすぎると思ったようです」

　村人たちが嬉々《きき》として教えてくれたのだ。その女性は村人の話を聞いたあとシバーストーン館に向かったものの、大昔からある暗い森を一目見るなり逃げ帰っていったと。

「君はここの寂しさが気にならないのか？」

「気になるなら、今ここにはいません」

　侯爵が首を巡らせて彼女を正面から見た。彼の目は奥まっていて陰鬱で、唇はきつく結ばれていた。顔の右側のこめかみから顎にかけて皮膚が白くただれ、日に焼けたほかの部分からくっきり浮き上がっている。グレースは彼の顔ではなく、広い肩や胸や、鹿革の膝丈ズボン《ブリーチズ》とブーツに覆われた筋肉質の脚に視線をさまよわせた。見る者に恐怖を与える体格だった。私の嘘《うそ》に気づいたら、彼はどれくらい怒るだろう？　鼓動が速くなって心臓が暴れる。グレースは気をそらしてくれるものを探した。

「あなたは室内でブーツを履いていてもシャープ夫人に叱られないのですか?」

侯爵の両肩が動き、くぐもった声がもれた。「さっきも言ったが、私はここの主《あるじ》だ。それに私のブーツは」鋭い口調でつけ足す。「汚れていない」

グレースはストッキングに包まれた足をそっと椅子の下に隠した。初めて来た場所で見ず知らずの人と向き合い、その人に雇ってもらおうとしているのだから、もっと慎重に言葉を選ぶべきだった。レイブンウェル卿はすでに彼女の若さに懸念を示している。クララの世話をさせるにはふさわしくないと思われないようにしなくては。

もう一度侯爵のほうを見ると、手紙をつかんでいる右手の甲にも痣《あざ》があった。

女学校の同級生キャロラインの脚にも同じような痣があった。幼いころスカートにたき火が燃え移り、火傷《やけど》を負ったのだ。命があっただけ幸運だった。

レイブンウェル卿も同じような目にあったのだろうか? 炎に焼かれたのだろうか?

彼女の関心を察したように、侯爵が手紙をサイドテーブルに置き、腕を組んで右手を隠した。そしてやにわに質問を浴びせ始めた。

「年齢は?」

「十九歳です」

「訓練はどこで受けた?」

「〈マダム・デュボアの女学校〉です」

「生まれは?」

「ウィルトシャーの叔父の家で育ちました」

「ご両親はどうされた?」

「私が赤ん坊のときに亡くなりました」

レイブンウェル卿は膝に腕を置いて身を乗り出すと、さらにじっとグレースを見た。彼女は侯爵の瞳に目を据え、痣を見ないようにした。ただ皮膚に傷があるというだけのこと。それを凝視して、彼を不愉快な気分にさせてはいけない。

侯爵の口調が柔らかくなった。「では、孤児がどんなものか君にはわかっているということだな」

「はい」

孤児は寂しい。いつも二の次で相手にしてもらえない。そしてどこにも居場所がない。

「私には両親の記憶がありません。二人が亡くなったとき、まだ乳児でしたので」

私が手放したときのクララのように。

侯爵が椅子に座り直した。「クララには両親を覚えていてほしいと思うが、どうなるかはわからない。あの子はまだ二歳だ」

「折りに触れて侯爵がご両親の話を聞かせてあげれば、忘れることはないと思います」グレースは言った。「私の叔父と叔母は両親の話をしてくれませんでした。数年前に仲違《なかたが》いしていて、叔父たちが私を引きとったのは、キリスト教徒の義務としてにすぎませんでした」

レイブンウェル卿が難しい顔で炎を見つめるあいだ、沈黙が広がった。グレースは考えを巡らすうち、理解しきれていないことがあると気づいた。

「侯爵はクララのことしかお話しになっていませんが、家庭教師を雇うには、姪御さまは幼すぎませんか？　それとも、あなた方ご夫妻にお子さまがいらっしゃるのでしょうか？」

レイブンウェル卿がびくっとして炎から目を上げた。「私に妻はいない。君の教え子はクララだけだ」

「それでしたら、必要なのは子守りか、子ども部屋づきのメイドではありませんか？」その言葉は止める間もなく口から出ていた。私は何をしているの？彼に私を雇うのをやめさせたいの？

レイブンウェル卿が眉をひそめた。「幼い子どもの面倒を見るのは無理だと言っているのか？　あるいは、訓練を受けた家庭教師には役不足だと？」

「いいえ、無理ではありませんし、役不足だとも思っていません。私はただ……」

「クララが誰かになついたあと、数年してまた別の人間と一から関係を築かせるのは気が進まない。あの子はもう十分、混乱を経験している。君はこの仕事がほしいのか、ほしくないのか？」

「もちろん……ほしいです」グレースの心が舞い上がった。こんなにすばらしいことがあるだろうか？

レイブンウェル卿は彼女を見て顔をしかめた。

「ここは、君のような若い女性には寂しい場所だと思うが、本当にいいのか？」

「はい」

グレースは歯を食いしばり、こみ上げる笑みをなんとか抑えようとしたが、鏡を見なくとも、瞳から喜びがあふれ出ているのがわかった。感情をあらわにするのは家庭教師としてふさわしくないし、雇用主からも評価されないと、デュボア校長からいつも言われていたが、平静を装うことはできなかった。

「クララを連れてきて紹介しよう」レイブンウェル卿は立ち上がってからちょっとためらい、手をさし出した。「外套《がいとう》を預かろう。シャープ夫人にブラシをかけさせるよ」

思いがけない気遣いに戸惑いながら、グレースは温かくて実用的で家庭教師にふさわしい灰色の外套を脱ぎ、侯爵に渡した。そのとき初めて、クララの家庭教師として働くということは、この屋敷の使用人の一人になり、レイブンウェル卿と一つ屋根の下で暮らすということだと思い至った。先に行動してあとで考えるとどうなるか学んだつもりだったが、心の奥の彼女は衝動的な少女のままらしい。クララのそばにいたいという思いで頭がいっぱいになっていたのだ。グレースは唾をのんだ。一度も笑顔を見せず、この冷えきって孤立した家に引きこもっているとおぼしきレイブンウェル侯爵は、これで彼女の雇い主に、彼女の未来の一部になったのだ。

クララと一緒にいられるだけで、その価値はある。それに私がいなければ、あのかわいそうな天使がどんな暮らしを送ることになるか。

この仕事につくことが何を意味するか十分に検討していないとしても、断るという選択肢はなかった。

「こちらには使用人が何人いるのでしょうか？」彼女はたずねた。

「屋敷内に三人、外働きの男が二人だ。我々はひっそりと暮らしている」

侯爵が部屋から出ていき、一人残されたグレースはこの予想外の成り行きについて考えた。ファンワース先生に話したら、なんと言うだろう？　慕っていた教師を思い出す。クララを産んだあの恐ろしい夜、グレースに救いの手をさし伸べ、赤ん坊を養子に出すよう忠告してくれたのも、ついに学校を去る番になった彼女を脇へ連れていき、娘の養父母について教えてくれたのも、ファンワース先生だった。

〝この情報をどう使うかはあなたしだいよ、グレース。でも、あなたには知る権利があると思ったの〟

その日学校を出たグレースは、娘の養父母の名前と、彼らがグロスターシャーに住んでいることしか知らなかったが、絶対に見つけ出すと心に決めていた。だがようやく彼らの居場所がわかったときには、夫婦は亡くなり、グレースの娘は伯父で後見人のレイブンウェル侯爵に引きとられていた。

彼女はくじけることなく、レイブンウェル卿の田舎の住まいを目指した。ハロゲイトの南まで来ると、村人にたずねて回り、侯爵がここに、シバーストーン館に住んでいることを突き止めた。そして、今こうしてここにいる。彼女はやりおおせたのだ。ついに娘を見つけ出した。

ファンワース先生の抑制のきいた声が聞こえる気

がする――慎重にね、グレース。あなたはとても危険な綱渡りをしていますよ。

空想だとしても、懸命な警告だった。慎重にふるまわなくてはならない。恐ろしい侯爵に秘密を知られたらと思うと、また胸が震えた。

でも、私はそこまで悪いことをしているわけではないわ。実際に家庭教師の訓練を受けたのだし、全身全霊でクララを守るつもりだもの。

扉が開き、グレースはびくっとして物思いから覚めた。レイブンウェル卿がゆっくりと入ってきた。彼と手をつなぎ、もう一方の腕にすり切れた人形を抱えたクララが、傍らを歩いてくる。

「クララ」グレースの前まで来ると、侯爵が呼びかけた。「こちらはミス・バートラムだ。おまえの世話をするために来てくれたんだよ」

グレースの全身に感情の波が押し寄せた。体の奥からわいてきて膨れ上がり、全身を洗い、小さな固まりになって胸を疼《うず》かせた。喉がつまって苦しい。グレースは幼い少女の前に膝をつき、じっと見つめた。明るい茶色の巻き毛、金色と緑色のまじった瞳――私と同じだ――ふっくらした頬に、薔薇《ばら》のつぼみのような愛らしい口。

ああ！　神さま！　ありがとうございます！　感謝いたします！

グレースはクララの小さな手に触れた。なんと柔らかい肌だろう。最後にこの手にキスをしたときと比べてどれほど大きくなったことか。

深く息を吸い込んで必死に感情を抑えた。クララの手を離して脇によけていたレイブンウェル卿がこちらを見ているのが感じられた。

「かわいいお人形ね」声が引きつったが、意志の力で涙を止めようとした。「名前はあるの？」

クララは親指を口にくわえ、大きな目でグレースを見た。二歳の少女の表情にしては真剣すぎないだろうか？

「両親を亡くしてからほとんどしゃべらないんだ」

グレースは思わずクララを抱き寄せた。幼子の甘い香りがして、細い巻き毛がグレースの首筋や頬をくすぐった。

見上げると、レイブンウェル卿が顔をしかめてこちらを見ていた。グレースは息をついて心を落ち着かせようとした。侯爵に疑念を抱かせてはいけない。

「孤児になるのが、ど、どんなふうか知っているものですから」グレースは釈明した。「でも、クララには私たちがいます。わ、私たちがこの子をもう一度幸せにしてあげられるはずです」

グレースはクララの背中を優しく撫《な》で、小さいけれどしっかりとした体の感触を味わった。少女はかすかにため息をついて肩の力を抜き、体を押しつけてきた。涙がこみ上げる。グレースにその涙を止める力はなかった。彼女は一度びくっと体を震わせてむせび泣いた。そして、もう一度。

「泣いているのか？」

深みのある低い声に問われ、腕の中の完璧な存在に夢中だったグレースは、しぶしぶ顔を上げた。涙で霞《かす》む視界に、レイブンウェル卿がさし出すハンカチが映った。グレースはそれを受けとって目にあてた。自分を愚かしく思いながら。

なんとか腕の力を緩めてクララを放す。レイブンウェル卿が彼女を雇うことを考え直さない限り、クララを抱きしめる時間はこれからいくらでもあるのだから。〝常に感情を抑制すること〟というデュボア校長の警告が頭の中で鳴り響いた。

先生にとっては難しいことではないのでしょうね。繊細さなど持ち合わせていない人だもの。

その言葉はどこからともなく浮かんできたが、不当な言いがかりだとグレースにはわかっていた。

噂《うわさ》が本当なら、そしてジョアンナが学校を去った日にファンワース先生が話してくれたことや、マダム・デュボアが手紙の束を前に泣いていたというレイチェルの言葉が真実なら、かつてグレースたちが学んだ女学校の校長もまた、過去に悲劇を経験している。厳しい校長を思い出すと、グレースは冷静さをとり戻した。

感情をあらわにしたせいでレイブンウェル卿の信頼を損ねていなければいいのだけれど。彼女は少しぎごちない動きで立ち上がった。何か言い繕う必要がある。でも、本当のことは言えない。グレースはもう一度目元を拭ってからハンカチを返した。

「あ、ありがとうございました。感情的になってしまって申し訳ありません。私は――」

小さな手が自分の手の中に入り込んでくるのを感じて、グレースの心臓が止まりそうになった。クララがもう一方の手で人形をさし出す。グレースはまた涙ぐみそうになり、必死で瞬《まばた》きをした。人形を受けとると、かがんで少女に微笑《ほほえ》みかけた。

「ありがとう、クララ。ほ、本当にかわいいお人形ね。あなたと同じくらい、か、かわいいわ」

クララの滑らかな頬を撫で、顎の下をくすぐると、少女が恥ずかしげな笑みを返してくれた。グレースは舞い上がるような心持ちで体を起こし、侯爵と向き合った。全身に力と決意がみなぎっていた。絶対に考え直させたりしないわ。私はここで働くのよ。

「先ほども言いかけたのですが、クララと私の子ども時代の境遇が似ているので動揺してしまいました。それに、すばらしい仕事が決まってほっとしたのだと思います」彼女は顎を上げた。「言語道断の失態でした。二度とあんな真似《まね》はしないとお約束します」

3

ナサニエルは自分がまた眉をひそめているのに気づいた。グレース・バートラムに対する疑念を脇によけて表情を整える。誰が家庭教師の職に応募してきても疑念を抱くのは同じだ。心の底ではまだ、他人がこの家で暮らすことに反発しているのだから。

止めどない波に押し流されているようなこの感覚がたまらなくいやだったが、彼はクララの法定後見人であり、姪《めい》のためにもハンナのためにも、正しいことをしなくては……いや、してやりたいのだ。いつもの喪失感が胸に広がって喉をしめつけ、自分を動かしているのは単なる義務感ではなく、ハンナとデビッドと彼らの子どもに対する愛なのだと思い出させた。クララにできるだけ幸せで気楽な子ども時代を過ごさせてやりたいと思っているが、レイブンウェル邸から戻って三週間がたち、そのためには助けが必要だと思い知らされていた。

だが、彼女でいいのか？

その疑念がまた浮かび上がる。

グレース・バートラムを雇わないほうがいい理由はいくらでもあった。まず若すぎる。それに美しすぎる。その二つだけでも、シャープ夫人は難色を示すだろう。クララの家庭教師は大人の女性にするべきだというのが彼女の忌憚《きたん》のない意見だった。シャープ夫人が心配しているのはクララではなく彼のことだとナサニエルにはわかっていた。屋敷の中に美しい顔があると抵抗できない意志の弱い男だと思われているのがいらだたしい。

ミス・バートラムはさらに、姪の幸福だけでなく倫理観も委ねる女性としては感情表現が露骨すぎた。

口にしないほうがいい考えもある、という常識がないのだろうか。将来の雇用主に対して、靴を脱げとは。だが公平に考えれば、これは彼女が訓練を終えて初めてつく仕事のはずだから、神経質になるのも仕方がないだろう。

それに、グレース・バートラムを雇うべきもっともな理由もある。彼女は好感が持てるし、心が温かい。幼い子どもにとって、それはおまけの恩恵だ。ナサニエルは二歳の姪の世話と教育を、愛情も示せない――あるいは示す気のない――厳格な家庭教師に委ねるつもりはなかった。もっと重要なのは、クララがミス・バートラムを気に入っているように見えたことだ。そして実際問題として、ほかに候補者がいなかった。レイブンウェル邸にいるあいだに二人の女性の面接をした。すぐにも誰かを雇いたかったからだが、どちらの女性も辞退した。そして三人目の女性、ミス・ブラウンは面接に現れもしなかった。

ナサニエルはグレース・バートラムを見た。顎を上げてこちらをまっすぐ見ている。若いのに気骨のある女性だ。彼女はここで働くことを望んでいる。そして、彼の見かけにもひるんでいない。

彼女はおびえた顔も見せず、ナサニエルをじろじろ見たりもせず、かといって目をそらしたりもしない。まるで彼の痣《あざ》などどうでもいいというようだ。どうでもいいに決まっているだろう。僕は家庭教師の面接をしているのであって、妻や愛人の面接をしているのではないのだから。

そう考えると決心がついた。二人が顔を合わせる時間は少ないとしても、ミス・バートラムが彼の見た目を受け入れたことは、大いに評価すべきだ。

「では」ナサニエルは言った。「シャープ夫人に君を紹介する。彼女に家の中を案内させよう」

クララを肩車すると、少女が嬉《うれ》しそうな声をあげた。厨房《ちゆうぼう》へ向かうあいだ、ミス・バートラムが無言でついてくるのを感じて、ナサニエルの肌が粟立《あわだ》った。一人になりたい。慣れる時間が必要だ。厨房の前に来るころには神経がひどく張りつめ、誰かが何か一言でもよけいなことを言えば、悲惨な結果になりかねない状態だった。彼は扉を押し開けると、クララが頭をぶつけないように膝を曲げて中に入った。シャープ夫人が林檎《りんご》を切っていた手を止めた。

「今度の人は合格ですか？」

ナサニエルは脇へよけ、背後にいたミス・バートラムを中へ入らせた。

「ああ。シャープ夫人と……ミス・バートラムだ」

シャープ夫人は口を一文字に結んで新しい家庭教師を上から下まで見回した。「靴はどうしたの？」

ミス・バートラムがちらりとこちらをうかがうのが、見えたというよりも感じられた。シャープ夫人とのあいだをとりもつべきなのだろうが、ナサニエルはこの場から離れたい一心だった。彼はクララを下ろしながら、心の中で己の無礼を弁解した。彼に期待しても無駄だとミス・バートラムは学ぶ必要があるし、彼女は所詮、家庭教師でしかない。賃金を払い、食べ物と部屋を提供すれば、その気持ちまで考える必要はないはずだ。

「ミス・バートラムに屋敷を案内するのは君に任せるよ、シャープ夫人。彼女の部屋や、新しい子ども部屋を見せてあげてほしい」

ナサニエルはぱっと向きを変えて厨房を出た。もう今までほどクララに会えなくなるなと残念に思う気持ちを握りつぶす。この数週間は思い煩うことも多く、時間もとられたが、相手はわずか二歳の姪とはいえ、人と関わる単純な喜びをとり戻すこともできた。クララは眠りが浅いので、夜、泣いたときに気づけるよう、ナサニエルは自分の隣の部屋で寝かせていた。だが、もうその必要もない。家庭教師が決まったときのために、すでに続き部屋が用意されている。今夜からクララは、彼の部屋とは屋敷の反対側にある新しい部屋で眠るのだ。

裏口の横のフックから外套《がいとう》をとって袖を通すと、外へ出た。犬たちが彼の足音を聞きつけ、尻尾を激しくふり、息をあえがせながら集まってきた。

「落ち着け」一匹ずつ頭を撫《な》でるうちに、ナサニエルの動揺は治まっていった。彼のお気に入り、黒と黄褐色が交じった雑種のブラックが、ほかの犬たちをかき分けて前に出てくる。片耳はぼさぼさで垂れていて、もう一方は子犬だったころに噛《か》まれて根元しか残っていない。その不揃《ふぞろ》いの耳を両手にはさんで撫でてやると、ブラックはうっとりと半目になった。犬は単純だ。彼らは無条件の愛をさし出してくれる。納屋まで来ると、馬丁のネッドが奥の飼料庫から出てきた。

「お出かけで？」ネッドは口数の少ない男だった。

「いや、まだだ。ペグはどうだい？」

「もう大丈夫です」羊に丘の牧草を食べさせるために飼っているポニーの一頭が、球節を腫らせていた。

ナサニエルは馬房に行き、ポニーの滑らかな肩から前脚へと手を滑らせた。球節がまだ少し熱を持っているが、昨日に比べればかなりましだ。「だいぶいいようだ。この調子で頼む。僕は鳥たちのところに行ってくる」

「承知しました」

犬たちの興奮は治まり、とことことナサニエルについてきた。鷹《たか》小屋のそばに世話係のタムの姿がなかったので、ナサニエルは小屋の中に目を向けた。隼《はやぶさ》が三羽、のすりと小型の長元坊が一羽ずつ止まり木に止まっている。どれも眼光鋭く、羽はつややかだ。先ほど空に放った二羽は空腹を満たし、落ち着いていた。

鳥たちをざわつかせたくなかったので、そのまま小屋を回り込んで古い納屋に入った。犬たちが入らないよう扉を閉める。中は暗いが、壁の隙間と二つの小さな窓からわずかに光が入ってきていた。隅の大きな囲いの中で羽音と足音がした。太枝にとまる金色の鷲《わし》は、大きさからして若い雌と思われた。

羽が折れたその鷲を、スコットランドに住むタムのいとこが見つけ、猛禽《もうきん》類に詳しいナサニエルのところに送ってきた。ナサニエルとタムでけがを治し、今はもう一度飛ぶことを教えている。いずれは野生に戻すのだが、ナサニエルはその鷲をアンバーと名づけた。ほかの鳥たちは最初から人の手で育てられているので自力で生きていくことはできないが、アンバーは違う。手元に置いておきたいのはやまやまだが、故国の山や峡谷を自由に飛べる彼女を囲いに閉じ込めておくのは不当だろう。

ナサニエルはタムのベンチに置かれていた皿から新鮮な兎《うさぎ》の肉をとり、囲いの閂《かんぬき》を外して手だけ中に入れた。そっと呼びかけると、鳥が頭を巡らし、鋭い金色の目をナサニエルの手に向けた。彼が器用に手首を動かして肉の固まりを投げると、アンバーが空中でさっとくわえてのみ込んだ。

ナサニエルは腕を引っ込めて閂を閉めたが、その場にとどまっていた。館に帰らなくてはならない。読まなくてはいけない仕事がある。読むべき手紙に書くべき手紙。支払うべき請求書。領地の数々の問題に対して下すべき決定。彼はアンバーの囲いの板に額を押しあてた。アンバーがじっと彼を見る。

「おまえの気持ちはわかる」彼は小声で鷲に話しかけた。「人生は一瞬にして変わるから、頑張って慣れるしかないよな」

ナサニエルの人生の変わり目は、レイブンウェルの旧邸を焼き落とした火事だった。もちろん、館は建て直された。建物を復元するのは簡単だが……一変した人生を元に戻すのはそう簡単ではない。ナサニエルはただれた頬に手をあてた。そして、失われた命を元に戻すことは不可能だ。父を思い出すと、いつもの罪悪感と寂寥《せきりよう》感が押し寄せてきた。

その後、ハンナの死とともに、ナサニエルの人生は新たな節目を迎えた。

必死に人を近づけまいとしているのに、運命が邪魔をしてくる。ナサニエルは手を強く握りしめたが、囲いの横木にその拳を打ちつけたいという衝動はなんとか抑えた。動物や鳥のそばにいると、感情を抑制することを学べる。彼は囲いから離れて出口に向かい、怒りを自分に向けた。僕はどうしてするべき仕事もしないでここに隠れている？　図書室にこもり、新たなる侵入者のことは忘れて仕事をするとしよう。

侯爵の背後で扉が大きな音をたてて閉まると、グレースは眉をひそめ、置き去りにされたことを恨めしく思わないようにした。シャープ夫人はデュボア校長と同じように白髪が交じった黒っぽい髪を引っつめ、校長の一番厳しい顔と同じくらい怖い顔をしている。グレースをにらみつける家政婦をよそに、クララが調理台のそばの椅子にとことこと近づき、よじのぼろうとした。手を貸さなくてはと思ったわけではないが、グレースは自然に歩み寄っていた。クララが家政婦を恐れていないのなら、私だって怖がる必要はないでしょう？

「それで？　靴はどうしたの、ミス・バートラム？」

「屋敷に入ってすぐ、だんなさまから脱ぐように言われました。泥がついていたので」グレースは器の中の林檎を見た。すぐに使わなければ茶色くなってしまいそうだ。「屋敷を案内してもらう前に、林檎の皮むきを手伝いましょうか？　変色させるのはいやですから」

シャープ夫人は何も言わずに、ナイフと皮をむいていない林檎を一個渡してきた。二人はしばらく無言で林檎の皮をむいた。全部むき終えると、家政婦は扉の向こうに姿を消し、やがて片手にパイ生地、もう一方の手にパイ皿を持って戻ってきた。それを台の上に置くと、エプロンのポケットからビスケットを出し、傍らの椅子に静かに――グレースに言わせれば静かすぎるほど静かに座っているクララに渡した。クララがビスケットを口元に運ぶ。グレースはその手を止めた。

「クララ、シャープ夫人になんて言うの？」

大きな緑色の瞳がじっと見上げてきた。

グレースはクララの椅子の横にしゃがんだ。「人が何かくれたときは、〝ありがとう〟って言いましょうね。さあ、言ってみて」

クララがゆっくりシャープ夫人のほうを向く。台と麺棒に小麦粉をふっていた夫人が手を止めた。

「だんなさまから聞いてないのかい？　ここに来てからほとんど話そうとしないんだよ」

「うかがいました。でも、最初からきちんと教えたいんです。クララがもう一度話せるように」グレースは言った。「ねえ、クララ、〝ありがとう〟って言える？」

クララが首をふると、耳のまわりで巻き毛が跳ねた。それでもグレースがビスケットを持った手を押さえ続けていると、少女は口を開いた。出てきた声は言葉というよりため息のようだったが、グレースはすぐにクララの手を放して言った。

「お利口さん。シャープ夫人にちゃんとお礼が言えたわね。では、ビスケットをいただきなさい」

グレースはシャープ夫人のほうを見たが、家政婦はすでにうつむいてパイ生地を伸ばすことに集中していた。クララを褒めるとか返事をするとかしても損はないでしょうに。だが、家政婦の敵意をこれ以上あおりたくはない。グレースはいらだちの言葉をのみ込んだ。

林檎パイがオーブンに収まると、シャープ夫人がつ厨房から出ていったので、グレースはクララを抱いてあとを追いかけた。階段を上がり、回廊を横切って、奥に窓が一つあるだけの暗い廊下に入った。

「ここがあんたの寝室だよ」

シャープ夫人が指し示した扉の向こうは、寝台と大きな衣装棚と頑丈そうな洗面台があるだけの簡素な部屋だった。カーテンが半分閉まり、屋敷のほかの部分同様、暗くて陰気だ。グレースの鞄《かばん》がすでに寝台の足元に置かれていた。

「どなたが鞄を運んでくれたのでしょう？」グレースはクララを下ろしながらきいた。屈強なレイブンウェル卿《きょう》が彼女の鞄を部屋に運び込むところを想像すると、体の奥で奇妙な感覚がうごめいた。

「シャープだよ。私の夫の」

「では、ご主人もこちらのお屋敷で働いていらっしゃるんですね」

「そうだよ」

すっかり嫌気がさし、グレースは年上の女性のぶっきらぼうな物言いにひるむのをやめた。

「だんなさまの話では、屋敷内の使用人が三人と、外働きが二人いるそうですね。あなた方ご夫婦のほかには誰がいるのかしら？」

シャープ夫人の口からいらだたしげな息がもれた。

「屋敷の中は私と夫とハウスメイドのアリスだよ。彼女はここに来てまだ三週間だ。だんなさまがミス・クララと一緒にレイブンウェルから連れてきたのさ。私の仕事を手伝わせるためにね。外働きの男たちは主にだんなさまの動物の世話をしている。ネッドは独身で馬車小屋の二階に住んでて、タムは領地のコテージ暮らしだ。奥さんのアニーは羊毛を紡いだり、洗濯の日には私を手伝ってくれたりする。

さあさあ、私は夕食の支度があるんだ。あれこれきかれても、全部答えてる時間はないよ」彼女は出口に向かった。「急いでおくれ。案内するところはまだいろいろあるからね」

「その前に靴だけ履かせて」

厨房の石の床にずっと立っていたせいで、ストッキングしかはいていない足がまた冷たくなっていた。家政婦がまた腹立たしげに息を吐き出すのを無視して、グレースは鞄を開け、丈夫な靴をとり出した。その靴と、飾りのないハイネックの長袖ドレスが、デュボア校長が家庭教師にふさわしいと認める服装であり、ドレスについてはグレースは灰色と茶色の二枚を持っていた。

彼女が急いで靴を履くあいだ、シャープ夫人はこつこつと足を床に打ちつけていた。グレースが靴を履き終えると同時に部屋を出て、板張りの廊下をどんどん進んでいく。グレースはクララを抱き上げて追いかけた。

「屋敷の東側のこの部分が」家政婦が次の扉を開けて言った。「あんたの持ち場だ。ここは子ども部屋で、ごらんのとおり、さっきのあんたの寝室と扉でつながっている。反対側の扉の向こうは小さな居間で、あんた用だ。一番端の部屋はいずれ勉強室になるだろうが、今はミス・クララがだんなさまの邪魔にならないように遊ぶ場所にすればいい」

どの部屋もグレースの寝室と同じようなしつらえで、冷え冷えとして温かみがない。これではクララがかわいそうだ。グレースは模様替えをしてもっと居心地のいい部屋にしようと心に誓った。

「だんなさまはお金に余裕があるかしら？」

シャープ夫人がぎろっと目を光らせた。「それがあんたとどんな関係があるんだい、お嬢さん？」

4

敵意むき出しの家政婦には曲解されかねない質問だったと、グレースは遅まきながら気がついた。「あの、そうではなくて……」屈辱感で頬が熱くなる。「私はただ……部屋をもう少し明るくしたいと思っただけなの。クララのために」

シャープ夫人が全身をこわばらせた。「この家はぴかぴかだよ！　見てわからないのかい」

「それはよくわかっているわ、シャープ夫人。気を悪くしないで。あなたの仕事ぶりはすばらしいわ」模様替えのことはあとで侯爵にきこう。この家政婦よりは話が通じるはずだ。「よければ、屋敷の残りの部分を案内してくれるかしら」

三人は階段まで引き返した。「あっちはだんなさまの部屋と客用の寝室だけど」踊り場の反対側を指さすシャープ夫人の口調はどこか牽制《けんせい》するようだった。「あんたには用のない場所だ。屋根裏はアリスとシャープと私の部屋。あと一階の部屋を見せたら、私は厨房《ちゅうぼう》に戻るよ。私がいなきゃ夕食の支度が進まないし、ミス・クララも寝る前に何か軽く食べるかもしれないからね」

グレースはクララの手を引いてシャープ夫人のあとから階段を下りた。玄関扉から彼女がブーツを脱いだ椅子まで、床に泥汚れが連なっているのが見えて唇を嚙《か》む。だが幸いなことに、シャープ夫人はそれについて何も言わなかった。広間の振り子時計が四時半を告げ、シャープ夫人が歩調を速めた。先ほどグレースが面接を受けた客間、家具がつめ込まれてオランダ布がかけられた広い晩餐《ばんさん》室、小さくて何もない居間、食卓と六客の椅子が置かれた朝の間。

レイブンウェル卿《きょう》はここで食事をとるらしい。

私はどこで食事をすればいいのだろうとグレースは思った。クララと子ども部屋で？　ほかの使用人たちと厨房で？　だが、きくことはできなかった。

クララが疲れてきたようなので、グレースは彼女を抱き上げ、三人は玄関扉の右手にある最後の部屋の前にやってきた。

「ここが」シャープ夫人は扉を開けてグレースを中に促した。「図書室だよ」

グレースはガラス扉つきの書棚が並ぶ部屋を見回し、レイブンウェル卿の姿を認めてびくっとした。暖炉と窓のあいだに置かれた机の奥からこちらをねめつけている。

背後でシャープ夫人が言葉を継いだ。「ここで……。だんなさま！」グレースの腕をつかんで引っ張る。「申し訳ありません、お邪魔いたしました」

「待て！」

レイブンウェル卿の鋭い命令に、さっきから眠そうにぐったりしていたクララがぐずり始めた。グレースは少女をしっかり抱いて侯爵をにらみつけた。

「クララは疲れていて、おなかもすかせています。よろしければ……」

「シャープ夫人、クララを連れていって何か食べさせてやってくれ。ミス・バードトラムに話がある」

「承知いたしました」

グレースは小さな体の温《ぬく》もりを恋しく思いながらしぶしぶ子どもを渡した。シャープ夫人とクララがいなくなると、彼女は不安げにレイブンウェル卿を見た。彼はうつむき、机の上の紙を凝視している。嘘《うそ》がばれたのだろうか？　やめさせられるの？

グレースの膝が震えた。私がどれほどこの仕事を求め……必要としているか……。

「座れ！」

グレースは息をのんだ。しがない家庭教師とはいえ、そんな乱暴な話し方をされるいわれはない。こちらの目も見ず、右下を向いて命令を下すなんて失礼にもほどがある。彼はまだ顔の傷を隠そうとしているのだろうか？　グレースは大股で歩いていって机の前の椅子に座った。

侯爵が眉を上げた。グレースは目をそらして不安をあらわにしないよう必死に抗《あらが》った。一時間も過ぎたかと思われたころ、侯爵の片側の口角が上がった。

「自分に言われたと思ったのか」

「な……なんのことでしょう？」

「僕は犬に言ったんだ」侯爵が右側に頭を傾けた。

グレースが中腰になって彼の視線の先をのぞき込むと、床に長毛種の犬が座っていた。玄関先でグレースに飛びかかってきたあの犬だ。

「まあ」グレースは唾をのんだ。犬はとても大きく、彼女は動物を扱った経験がほとんどなかった。

「では、仕事にとりかかろう」まるで何もなかったかのように侯爵の表情からユーモアの痕跡が消える。

「君の応募の手紙がどうして届かなかったのかわからないが、本人がここにいるのだから、それを利用しない手はないだろう。君は学校を卒業して初めて仕事につくということでいいだろうか？」

グレースは応募の手紙は書いていないと口走りそうになるのをこらえた。「はい、そうです」

「紹介状か何かあれば……」

「教師のミス・ファンワースの推薦状があります」

彼女は勢い込んで言った。侯爵の口ぶりからすると、やめさせられるわけではないのかもしれない。「二階の鞄《かばん》の中に入っています」

「では、とってきてほしい。それから、君がいた学校の校長の名前と住所も知りたい」

「校長……ですか？」グレースの気持ちが沈んだ。

「ミ、ミス・ファンワースの推薦状があるのに、どうしてでしょうか？」

悪さばかりしていたグレースは、デュボア校長のお気に入りではなかったし、最悪のいたずらのあとで言われたこともある――あなたは本当に頭痛の種だわと。でもそれはクララを産む前の話で、その後はグレースもかなり大人になった。幸い、あの無鉄砲な行動について校長先生は何も知らないから、もしかしたらグレースの学校生活を酷評するような手紙は書かないかもしれない。

侯爵は相変わらずグレースをじっと見ている。

「理由は明らかだと思うが。それに、君は僕の決定に口をはさむ立場にない」

「おっしゃるとおりです」

グレースは犬を警戒しながら立ち上がった。ふさふさの尻尾が左右に揺れたので、彼女はあわてて目をそらした。

「こいつが怖いのかい？　ブラック、来るんだ」

レイブンウェル卿が机を回り込んできてグレースの隣に立った。彼女は後ずさりそうになる自分を抑えた。すっかり忘れていたけれど、侯爵はかなりの長身で威圧感があり、肩幅も胸板もとても広かった。先ほどと同じ革と戸外と石鹸《せっけん》の匂いがしたが、今はすぐ近くにいるので、その下にある生身の男性の匂いもする。ずっと無視していた欲望が、グレースの体の中で渦巻いた。長い髪が顔にかかって右頬と顎が半分隠れているものの、今の彼は意識して痣《あざ》を隠そうとしているようには見えない。グレースはただれた肌にちらりと視線を走らせてから、ブラックに目を戻した。犬は思わぬ近さまで来ており、彼女はとっさに後ずさった。

「大丈夫だ。怖がる必要はない」

レイブンウェル卿の声にはいらだたしげな響きがあった。グレースはまた彼をちらりとうかがった。怖いほど大柄だしぶっきらぼうだが、暗褐色の目には今度もユーモアの色が浮かんでいるようだった。

「肩の力を抜いて。手を出してごらん。ほら」

　彼に手をつかまれると、グレースの体の奥に感じたことのない小さな震えが走り、鼓動が速くなった。レイブンウェル卿が呼ぶと、ブラックが嬉《うれ》しそうに二人の手の匂いを嗅ぎ、頭のてっぺんを押しつけてきた。黒と黄褐色の毛にこすられてグレースの手がちくちくした。犬の見かけは立派とは言い難かった。片方の耳が垂れて目を覆い、もう一方の耳はぎざぎざの根元しかない。グレースは唾をのみ込んだ。レイブンウェル卿が危険な犬を室内で飼うはずがない。そうでしょう？

「こいつはただ人の気を引きたいだけだ」レイブンウェル卿の声は温かかった。

　グレースの胸がしめつけられ、肺が必死に空気をとり込もうとする。「ほかの犬たちはどこに？」

「屋敷の中に入っていいのはブラックだけだ」レイブンウェル卿が彼女の手を放して離れていくと、グレースはまた息ができるようになった。「母犬が死んだあと、僕が育てたんだ」

　ブラックの背中を撫《な》でるうち、勇気がわき上がってくるのを感じた。「すぐに慣れると思います」

　グレースは友人にこの話をするところを想像した。たかが一匹の犬におびえるなんてと、みんな笑うだろう。だが、彼女たちに打ち明け話をすることはもうないのだと思い出し、寂しい気持ちになった。夜、寝台で内緒話をして希望や不安を分かち合うことはもうないのだ。ジョアンナとレイチェルとイザベルは、一番大変なときにグレースを支え、慰めてくれた大事な友人たちだった。彼女たちの愛が、グレースの知る唯一の愛だった。

　みんなが新米の家庭教師としてどう過ごしているのか知りたかったし、みんなもグレースの話を――誓いどおり赤ちゃんを見つけたのかどうかを聞きたがっているはずだった。

「だんなさま……マダム・デュボアに手紙を書かれるのでしたら、私もミス・ファンワースに手紙を書いてよろしいでしょうか？　無事こちらに到着したことを伝えたいのです」

「叔父上たちは？　彼らも君がここにいることを知りたいのでは？」

「ええ、そうですね」

そうは答えたものの、叔父夫婦がグレースの安否を気にかけているとは思えなかった。彼女が舞い戻ってこず、金がかかりさえしなければ。クララを探し始める前に二人を訪ねたとき、グレースは、おまえはもう大人なのだから、ここを自分の家と思わないようにと言い渡されていた。

「二人にも書きます」

「ここで書けばいい。たいていの日はネッドが午前中に郵便物を村に持っていっている」

「ありがとうございます」

推薦状をとりに二階へ向かっていると、侯爵に対する自分の奇妙な反応が思い出された。彼が隣に立って私の手をつかんだとき……。彼女は首をふり、あんな反応に意味はないわと考えた。ただ犬が怖かっただけ。でも、心を乱す雇い主がいるときにあの部屋で手紙を書くのはやめておこう。

階下に戻ったグレースは、胃が引きつるように感じながら、ファンワース先生の推薦状を手渡した。

「クララの様子を見てきます」彼女の口からその言葉がこぼれ出ると、侯爵の眉が上がった。「手紙はあとで書きますので、明日の朝には出せます」

グレースは侯爵の返事を待たず、急いで部屋を出た。後ろ手で扉を閉めると同時に緊張がほどける。

クララは厨房でバターつきパンとスープを食べていた。おいしそうな匂いが満ちた暖かい室内に入った瞬間、グレースの胃が大きな音をたてた。そういえば、朝食のあと何も食べていない。

赤らんだ頬と小さな青い目と撫でつけた口髭《くちひげ》の男がクララの隣に座り、ジョッキのエールを飲む合間に、少女がスプーンでスープを口に運ぶのを手伝っていた。グレースが入っていくと、男性はにっと笑ってみせたが、磨かれた調理台の向かいに座っていたシャープ夫人は顔をしかめた。

「だんなさまの用事はなんだったんだい?」

グレースは顎を上げた。「自分できいてちょうだい。あなたに私たちの会話について知ってほしいとお考えなら、侯爵は教えてくださるはずよ」

シャープ夫人は目をすがめたが、それ以上何も言わなかった。グレースが男のほうを向くと、彼はさらににっと笑った。盛り上がった頬の中に目が埋もれそうになっている。

「こんにちは。グレース・バートラムよ。私がクララのお世話をすることになったのは、もうご存じよね」

男性は立ち上がってうなずいた。「よろしく。シャープだ。こいつの亭主だよ」彼はシャープ夫人のほうにウインクをしたが、夫人は唇が見えなくなるほどきつく口を結んでいた。「だんなさまのお世話をしている。あとは薪《まき》や石炭を運んだり、火の番をしたり、ちょっとした庭いじりをしたり、だな。このお嬢ちゃんは……」クララの巻き毛をくしゃくしゃっとした。「あんたが来てくれて喜んでると思うよ。それに、俺もな」シャープはそうつけ足すと、妻のほうに挑むような視線を投げた。シャープ夫人は聞こえよがしにため息をついて立ち上がり、かまどの上につるされた鍋の中身をかき回した。

シャープは妻の背に向かって無言でジョッキを掲げると、満足そうにエールをあおった。

「まあ、かけて……」彼が音をたててジョッキをテーブルに置くと、夫人がふり返ってまたいらだたしげな目を向けた。「ミス・クララが食べ終わるまで、あんたの話を聞かせてくれよ」

グレースは侯爵に話したことだけをシャープ夫妻に繰り返した。嘘をついているわけではない。事実をいくつか省略しただけだ。シャープは無口な夫人とは対照的におしゃべりで知りたがりだった。あまりあれこれきいてくるので、グレースはクララが食べ終わるのを待って立ち上がった。

「クララを二階に連れていくわ。眠る前に新しい部屋に慣れさせなくてはいけないから」

唐突な切り上げ方を微笑《ほほえ》んでごまかすと、グレースはクララを抱き上げて片方の腰にのせた。早く娘を独り占めしたかったし、シャープの質問やシャープ夫人のうさんくさげな視線から逃れたかった。どうして彼女がグレースを嫌うのか見当がつかないが、もしかしたら……。

「奥さんは自分でクララの世話をしたかったのかしら?」シャープ夫人が食品庫で大きな音をたてて何かしていた隙に、グレースは声をひそめてきいた。

「だから、私がここにいるのが気に入らないの?」

「そうじゃない」シャープも小さな声で返し、食品庫の扉を横目で見て続けた。「あいつはだんなさまを守ろうとしてるんだ。だんなさまが……」彼は口を閉じてかぶりをふった。「いやいや、やめとこう。あんたもいずれ知ることになる」

「何を?」グレースはひそめた声に怒気をこめた。どうして家政婦が侯爵の心配をするのだろう? 彼を誰から守るというの? 私から? そんなの、わけがわからない。「何を言おうとしていたの?」

そのときシャープ夫人が食品庫から出てきたので、シャープはつくり笑いをし、グレースはそれ以上問いつめるのをあきらめた。

「だんなさまの晩餐は六時で、私たちの食事はそのあとだから、遅れるんじゃないよ」シャープ夫人が言った。

意地悪おばさん。グレースはクララを二階に連れてあがった。

「ようやく二人きりになれたわね」子ども部屋の扉をしっかり閉めると、彼女は言った。

体が震えた。暖炉には火が入っておらず、明かりは彼女が持って上がってきた蝋燭《ろうそく》一本しかない。

グレースはクララを床に下ろした。「どうにかしなくてはいけないわね、クララ。これはどう見ても、改善の余地があるわ」

少女の額に心配そうに皺《しわ》が寄り、口がへの字になった。グレースも悲しくなって床に膝をついた。

「そんなに悲しそうな顔をしないで。私はあなたに怒っているんじゃないのよ」

彼女は自分が引き受けた仕事の大きさに今初めて気づいていた。こんな小さな子の世話について私が何を知っているというのだろう。母親だからクララの育て方などひとりでにわかるとでも思ったのだろうか。グレースはクララの顔を両手で包み、額にキスをした。

「どうすればいいかは二人で追々勉強していきましょう。でもまずは、あなたの伯父さまに話して必要なものを揃《そろ》えてもらわなくちゃ。その第一歩は、かわいらしくて居心地のいい遊び場所よ」

「ナナルおじちゃ」

グレースの体がこわばった。「今なんて言ったの、クララ?」

クララは目を大きく見開き、すでに親指をくわえている。グレースはその指をそっと口から出させた。

「もう一回言ってみて、いい子だから」

「彼女は〝ナサニエルおじちゃん〟と言ったんだ」

5

グレースの心臓が止まりそうになった。彼女はふり返り、よろめきながら立ち上がって、戸口いっぱいに立ち塞がる侯爵と向き合った。いつからそこにいたのだろう? 何を聞かれたの? クララの話し声を聞いた喜びは消え、不安がわき上がった。自分が何をしゃべったかほとんど思い出せない。

「そこにいらっしゃったとは知りませんでした」

「そのようだ」

侯爵が眉をひそめてこちらを見続けるので、グレースの心臓はどきどきし始めた。

「明日、暖炉に火を入れさせよう。家具などの保管場所はシャープ夫人が教えてくれる。君とクララが快適に過ごせるよう、必要なものはなんでも使ってくれてかまわない」

この人はクララのことをお荷物とは思っていないみたい。自分の姪《めい》として受け入れているのだわ。

「ありがとうございます」

レイブンウェル卿《きょう》がクララのほうを見て表情を和らげた。「僕の名前を言ってくれたのか。賢い子だ。もう一回言えるかい?」

「ナナルおじちゃ」クララがささやいた。

彼はにっこり笑った。「よくできたぞ。さあ、おやすみのキスは?」

クララはとことこと歩いていって両腕を上げた。侯爵は彼女を抱き上げ、音をたてて頬にキスをした。クララは彼の首に腕を回し、まず左の頬に、次に小さな声で何かつぶやきながら痣《あざ》のある頬にもキスをした。レイブンウェル卿の視線が一瞬グレースをとらえてそれていった。

「行こう」しわがれた声でクララに言う。「伯父さんにおまえの新しい部屋を見せておくれ」

彼はクララを抱いて隣室に向かった。クララと最初に会ったとき、この子は伯父を恐れていると思ったけれど、お尻をついて階段を下りたり、ホールで足を引きずるように歩いたりしていたのは、伯父ではなくグレースを、見知らぬ客を警戒していたのだ。

勝手な思い込みは禁物ということね。

グレースはレイブンウェル卿とクララのもとに行こうとして、隣の部屋の入り口で足を止めた。暖炉で火が燃え盛り、部屋は暖かい輝きに満ちていた。暖炉の前に敷物が敷かれ、そこにブラックが寝そべっていた。犬は顔を上げてグレースをじっと見つめ、床の上で静かに尻尾を揺らした。二度。

「まさか……」

グレースは反論の言葉をのみ込んだ。クララが伯父の腕の中で身をよじり始めたのだ。

「ブラック！　ブラック！」

侯爵が床に下ろすと、クララは甲高い声をあげて駆け寄り、犬に覆いかぶさるように抱きついた。犬の尻尾がまたゆっくり揺れた。

グレースはあんぐりと口を開けて見つめた。

「まさか、なんだい？」レイブンウェル卿の声には、彼女が初めて聞くからかいの響きがあった。

「なんでもありません。クララはブラックが大好きなようですね」

「あの子はあれだけ大きな犬も恐れていない」

侯爵が〝あの子は〟という言葉を強調したことに、グレースはむっとした。「ええ。でも、私はブラックが人なつこいことを知らなかったんです」

「確かに。それに自分でも言っていたが、君はすぐに犬たちに慣れるだろう」

「そうなるように努めます」

ブラックとじゃれるクララを見ていると心が温か

くなり、グレースは微笑《ほほえ》まずにいられなかった。だが、レイブンウェル卿は楽しげな表情を消して顔を背けた。

「行くぞ、ブラック」

彼は大股に部屋から出ていった。

ナサニエルは図書室へ逃げ込んだ。机の脇に立ち、長年のあいだにできた傷やへこみをなぞりながら、ミス・バートラムに対する自分の反応について考えた。特に、ミス・バートラムの笑顔に対する反応について。

シバーストーン館に住み込んで彼の姪の世話をしてくれる人間など見つからないのではないかと不安になり始めた矢先に、グレース・バートラムは現れた。レイブンウェル邸に戻るという代替案が頭をちらつき始めたころだったから、疑念はあったものの彼女を雇った。脳の中の〝使用人〟と書かれた扉の奥に入れ、彼女のことは女性として考えないと決めて。誰がその職につこうとありがたいしありがたくないのは同様で、彼女の容姿は重要ではなく……重要であってはならなかった。

すると、ミス・バートラムが微笑んだ。脳の奥に閉じ込めていた記憶がどっとよみがえり、彼は過去の残像に圧倒された。戯れ、ふざけ合い、笑い声。かつての人生の記憶。

こぼれるような笑みを向けてくる美しい女性たちの思い出したくもない記憶。隠遁《いんとん》前の暮らしを思い出させるいやな記憶。

ナサニエルは小声で悪態をつくと椅子に座り、帳簿を引き寄せた。そして晩餐《ばんさん》前の着替えの時間になるまでなんとか意識を仕事に向け続けた。

晩餐は常に六時からで、彼は常にその前に着替えた。たとえ一人きりの食事だとしても。その決め事だけが以前の暮らしと同じであり、自分が今も紳士だという幻想を持たせてくれた。彼は鏡を見ながら首布を巻き、結び目を整えた。ミス・バートラムは彼が自分のために着飾ったと思うだろうか？

そうだとしたら、なんだ？　僕は彼女の好意に応じられる身ではない。誰の好意にも応じられない。

ミス・バートラムと二人で食事をしながら会話をすると思うと、弱気の虫が頭をもたげる。だが食事が始まれば、このみぞおちのこわばりもほどけるだろう。ミス・バートラムは痣に嫌悪感を示さないので、こちらも自意識過剰にならずにすむはずだ。

だが、彼女のまぶしい笑みが思い出させた記憶については？　それはそれだ。記憶でしかない。意識の外に追いやれば、害を及ぼす力はない。

ナサニエルはもつれた髪を力任せにといた。荒野の風のせいで、例によって大変なことになっている。シャープに切ってもらうか。彼は、今ではなじみになった類のごわつきに手を滑らせた。髪は火傷《やけど》の一番ひどい部分を隠していた。特に生え際にはもう髪が生えてこない部分もある。だが完全には隠せないので、長い髪も無意味と言えば無意味だった。

寝室の扉が開く音がして、彼ははっと物思いから覚めた。

「あいすみません」シャープが言った。「てっきり……もう……」

「いや、謝る必要はない。僕が遅れているんだ。もう階下に下りるところだから、続けてくれ」

ナサニエルが食事をしているあいだに寝室を整え、暖炉に火を入れるのがシャープの仕事だった。

ナサニエルは階段を駆け下りたが、わずかに開いていた扉から朝の間の中を見た瞬間、足を止めた。食事の用意は一人分しかされていなかった。彼はすぐさま向きを変えて厨房《ちゅうぼう》に向かった。シャープ夫人がお玉で皿に料理をよそい、ネッドとアリスが卓について待っている。シャープが二階の仕事をすませたら、彼らの食事の時間になるのだ。

「だんなさま、下りてらっしゃるのは聞こえておりましたよ。食事の支度はできています。すぐ――」

「どうして朝の間に一人分の皿しか出ていないんだ、シャープ夫人？」

家政婦は顔をしかめた。「だんなさまがあの人と食事をなさりたがるとは思いませんでしたから」

ナサニエルは叱責しかけて思いとどまった。責任は自分にある。ミス・バートラムが食事をとる場所を指示せず、勝手に決めつけていたのだから。

「家庭教師はふつう厨房で食事をしないし、子どもと食べるのでは仕事が増えるだけだ。朝の間にもう一人分用意するのが一番だろう」

「ですが……だんなさま……」

「今すぐに、頼む」

かすかな咳払《せきばら》いの音がしたのでふり向くと、戸口にミス・バートラムが立っていた。野暮ったい灰色のドレスに着替え、胸元で指を組み合わせている。身にまとう色らしい色といえば、頬をうっすらと染める紅色しかない。

「私はどこでいただいてもかまいません」

「僕はかまう。君は僕と朝の間で食べるんだ。もう一人分席を用意してくれ、シャープ夫人」

ナサニエルは手をふってミス・バートラムを先に厨房から出させた。朝の間へ行くと、自分の席の左隣の椅子を引いてミス・バートラムを座らせ、彼自身はいつもの上座に座った。

沈黙が広がる。

シャープ夫人が部屋に入ってきてミス・バートラムの前に皿とカトラリーを並べると、背筋をこわばらせて出ていった。

「クララはなんの問題もなく眠りにつきました」

ナサニエルは相手の気をそぐように低くうなった。

「あなたもお知りになりたいだろうと思ったもので

すから」

そのときシャープ夫人が料理を運んできたので、ナサニエルはそれ以上答えずにすんだ。

「鹿肉のシチューです、だんなさま」家政婦が最初の料理を食卓の中央に置いた。「あと、昨日の馬鈴薯《じやがいも》とパイも温め直してありますので」

ミス・バートラムがシャープ夫人に微笑みかけた。

「ありがとう。おいしそうな匂いだわ」

「どうも」家政婦はしぶしぶそう答えながら、ナサニエルのほうに心配げな視線を向けた。シャープ夫妻は火事の前から彼に仕えている。火傷の痛みより心の痛みに苦しんでいたときも世話を続け、文句一つ言わずにこの奥地のシバーストーンまでついてきてくれた。だが彼らは明らかに、ナサニエルがしたいくつかの選択を危ぶんでいた。

「本当にいい匂いだ。ありがとう、シャープ夫人」

それは食事への感謝ばかりではなかった。彼女が心配してくれていることも、ミス・バートラムの皿を朝の間に用意しなかった理由もわかっていた。

ありがとう、気にしてくれて。

シャープ夫人はちらりと微笑むと、ほかの料理をとりに行った。

ミス・バートラムが何か思案するように瞳を光らせてこちらを見ている。ナサニエルは顔を背けたいという衝動を抑えた。彼女が好奇心を抱くのは罪ではなく、痣を隠したいという気持ちを克服しなくてはならないのは彼のほうだった。ほかの使用人に対しては痣を隠したいと思わないし、そもそも隠すのは不可能だ。それに、これまでのところ、ミス・バートラムの反応は好ましかった。

ナサニエルは彼女の皿にシチューをよそった。

食べながら、彼はミス・バートラムをちらちらとうかがった。どうしてこんなに若くて美しい女性が仕事を得るために、シバーストーンのような寂れた場所まで来たのだろうか？　彼女は社交的なタイプに見えるが、現にここにいて、確かにクララに好意を持っている。それは彼の姪にとってすばらしいことで、ハンナもデビッドもミス・バートラムを認めるはずだ。

妹と義弟のことを思うと、いつもの苦悩に続いて別の考えが浮かんできた。そういえば、ミス・バートラムはクララの両親について何も質問しなかった。ふつう、教え子が孤児になったいきさつに興味を持つものではないのか？

とはいえ、会話を拒んだのはナサニエル自身だった。ミス・バートラムがシバーストーンになじめないと言ってやめたらクララはどうなる？　それに、この九年間どんなふうに暮らしてきたにせよ、彼は今も紳士であり、食事の席でのこの沈黙は、教え込まれてきた礼儀に反していた。

「君はどうしてここへ来ることにしたんだい？」

左隣から喉をつまらせたような音が聞こえてきた。ナサニエルは自分のせいだと思った。食べている最中に突然、質問をして驚かせてしまった。

「地元に仕事はなかったのかい？　たしか、ウィルトシャーの育ちだったね？」

ミス・バートラムは咳払いをしてワインを口に含んだ。「叔父には村の外で仕事を見つけることを勧められました。姪が知り合いのために働くのは恥だと思ったようです」彼女はナサニエルと目を合わせず、皿に向かって苦笑した。「学校で訓練を終えたあと、叔父の家に戻りましたが、歓迎はされませんでした。父が遺《のこ》してくれたお金が少しありましたので、チェルトナムで部屋を借り、そして……そして……この仕事の話を聞いて、北部に行くのも面白いかと思ったんです」

「ソールズベリーからはかなりの長旅だ。チェルトナムからも。期待どおりだったかな？」

「正直に申し上げるなら……いいえ、想像より辺境でした。でも、すばらしいとも思いました」

「この先、好きになれそうかい？」

「ええ、もちろん」熱のこもった口調に彼は驚きを覚えた。「きっとそうなると思います」

ナサニエルは鹿肉を咀嚼《そしゃく》した。彼女は何かから逃げているのか？　身を隠したいのか？　デュボア校長に手紙で遠回しにきいてみるか。

「もしよければ……」ミス・バートラムがためらった。相変わらずうつむいて皿を凝視している。「つらい記憶を思い出させるのは心苦しいのですが、クララのご両親について教えていただけませんか。クララと彼らの話ができるように」

まるで僕の疑念を感じとったみたいじゃないか。

「つらい記憶というわけではない」ナサニエルは目を閉じて過去に思いをはせた。「ハンナは一歳年下で、子どものころから僕たちは仲がよかった。晩餐室に夫のデビッドが描いた彼女の肖像画がある。覆いがかかっているが、見てもらってかまわない」

絵に覆いをかけるのはクララを守るためだと自分に言い訳したが、心の奥では、今はもういないハンナの姿を見ることに彼自身が耐えられないからだとわかっていた。

「デビッドは優れた芸術家で風景画を得意としていたが、今年の六月、ハンナを描いたのでと言って持ってきてくれた。それが、最後になった」

ワインを飲むふりをしながら、ナサニエルは新たにわき上がってきた苦悩をのみ下した。

「ハンナは歌とピアノフォルテが好きだった」

「すてきな女性だったのですね。クララが両親のことを少しでも覚えているといいのですが」

「僕もそう思うよ。妹は気立てがよく、いつでも前向きだった。つらいことがあっても」

「つらいこと？」

ナサニエルは沈黙した。よけいなことまでしゃべってしまった。二人ともすでに食事を終え、ミス・バートラムは今、真剣な表情で身を乗り出していた。

「子どもができなかったんだ。クララは養子だ」

また沈黙が広がった。ミス・バートラムが口を結んでうつむくと、頬に透かし模様のようなまつげの影が落ちた。彼女は空の皿にきちんと置いたナイフとフォークをつついている。その手は小さくて指は細く、爪は美しい卵形をしていた。

彼女が咳払いをした。「それは……知りませんでした」

「ハンナとデビッドにとっては、クララは実の子だった。溺愛していたよ。あの子は幸せだったと思う。望まれ、愛されていた」

ミス・バートラムが顔を上げた。大きな金緑色の瞳が蝋燭《ろうそく》の明かりを受けてきらめいた。「彼女はこれからまたそうなります。私がお約束します」

6

ミス・バートラムの言葉が放つ真摯なきらめきが、ナサニエルの心を明るく照らした。手を貸してくれる人がここにいる。クララを育てて幸せにする責任を重荷と呼ぶつもりはないが、それを一人で抱え込む必要はもうないのだ。母の手紙を読んで以来、自分が根深い懸念に煩わされていたことに、彼は今初めて気がついた。今初めてこの先の年月を穏やかに、そして自制心を持って迎えられそうな気がした。

「ありがとう」

ミス・バートラムの美しい眉がひそめられた。

「どうして私にお礼をおっしゃるのですか?」

ナサニエルは正直に答えた。「君がここに住んでクララを育てるのを手伝ってくれることに感謝しているからだ。君には長くいてほしい。姪《めい》がまた放り出されて苦しむのは、僕の望むところではない」

彼女は無言でナサニエルを見つめたあと、また皿に視線を落とした。彼女の声は耳をすまさなければ聞こえないほど小さかった。

「放り出したりしません、に……」

ミス・バートラムが急に口を閉じたので、何を言おうとしていたのかとナサニエルはいぶかった。すると彼女が深く息を吸い込んで顔を上げ、にっこり微笑《ほほえ》んだ。その瞬間、彼は憶測を巡らすのをやめた。女性に笑いかけられるのはいつ以来だろう……。無理やり浮かべた笑みでも、瞳に嫌悪感の浮かぶ笑みでもない、純粋な笑みを向けられるのは？　ナサニエルが本能の反応を抑え込むのは、その夜二度目だった。ミス・バートラムは使用人だ。僕は紳士として彼女を守る立場にあり、欲望を抱く立場にはない。僕が好意を示すような真似《まね》をしたら、彼女がどんな反応をするか。彼女の嫌悪の表情を思い描くだけで、スコールに見舞われた夏の日のように彼の欲望は冷めた。肌が冷たくなり、内臓が縮み上がる。そうやって彼自身を守ろうとしているかのようだった。

扉が開き、シャープが酒の匂いをさせながらゆっくりと入ってきた。日中飲みすぎることはないし、ハロゲイトの友人や気に入りの酒場に別れを告げてシバーストーンくんだりまで来てくれているのだから、小言を言うつもりはない。いつもは夜になると饒舌《じょうぜつ》なシャープだが、今夜は黙々と皿を片づけ、彼と入れ替わりにシャープ夫人が温かいパイとクリームを運んできた。匂いからして林檎《りんご》のパイだろう。

ナサニエルはこの隙に新しい使用人をもう少し観察した。とても繊細で美しい。上品な頬骨、透き通った肌、絹のような金髪……。一目見た瞬間に引きつけられたのも不思議はない。だがその外見にもいつかは慣れるはずだ。彼女が僕の痣《あざ》に慣れるように。いずれにせよクララは大事にされ、幸せだろう。

「そう言ってもらってよかった」ナサニエルが言うと、シャープ夫人が一瞬、横目で彼を見た。その鼻が〝なんの話ですか？〟というようにぴくぴくと動いた。

ミス・バートラムが目を輝かせて面白そうに家政婦を見ている。「シャープ夫人、シチュー、とてもおいしかったわ。パイもいい匂いね。食欲を抑えないと、お屋敷に収まらなくなってしまいそう」

「ふん。あんたの体重が増えたところで、誰も気にしやしないけどね」

ミス・バートラムがちらりとナサニエルのほうを見た。共謀者に笑いかけるように。彼がしゃべりすぎたのは確かだった。二人は仲間だと、いずれ友人になると彼女に思わせてしまったのだ。気をつけろと、本能が警告した。

「食事が終わったら、図書室でさっき言っていた手紙を書くといい」

ミス・バートラムの顔に傷ついたような表情がよぎったが、ナサニエルは心を鬼にした。彼女に勘違いをさせないほうがいい。僕は彼女の友人になるためにここにいるわけではない。

「シャープ夫人、ミス・バートラムの紅茶を図書室に運んであげてくれないか。そうだな、十五分後に頼む。そしてシャープに言って、僕のブランデーをここに持ってこさせてくれ」

「承知いたしました」こんな短い言葉にこれほどの満足感をこめられるとは。

食事は沈黙のうちに終わった。

なんて書こう？　グレースは切《き》り揃《そろ》えていないペンの羽で頬をなぞりながら、ファンワース先生にどこまで伝えようかと考えた。

叔父への手紙は簡単だった。叔父家族が元気かどうかたずね、レイブンウェル侯爵の姪の家庭教師の職を得たことを伝え、彼らが連絡をとりたいと思ったときのために住所を知らせた。そんなことありえないけれどと、ふんと息を吐き出しながら。

でも、ファンワース先生には……。グレースはかがみ込んで書き始めた。

親愛なるファンワース先生

先生が喜んでくださるといいのですが、娘が見つかりました。愛されて幸せに暮らしており、これで私も気がすみました。娘の新しい両親の名前を教えてくださって本当に感謝しています。このご恩は一生忘れません。

それに、運良くレイブンウェル侯爵邸で家庭教師の仕事が得られたこともお伝えしておきます。侯爵はマダム・デュボアに私の身元照会をするおつもりです――ファンワース先生の推薦状があるにもかかわらず。マダム・デュボアが照会状に私の初期の問題行動ではなく、後半の学校生活について書いてくださるといいのですが！

私の新しい住所はこの便箋の上部にあるとおりです。ときどきお手紙をいただけると嬉《うれ》しいですし、レイチェルとジョアンナとイザベルにも私の住所を知らせてもらえますか？　あと、学校に私あての手紙が届いていたら転送していただきたいのですが。

校長先生やほかの先生方、職員の皆さまにどうぞよろしくお伝えください。

感謝の気持ちでいっぱいの元生徒
グレース・バートラム

グレースは何度も手紙を読み返した。嘘《うそ》はついていないし、真実もうまくごまかせたはずだ。新しい仕事が本当はどういうものかデュボア校長に知られたら、校長はきっと侯爵に伝えるだろう。そして侯爵はすぐさまグレースを追い出すだろう。

それにしても、侯爵はよくわからない人だ。食事の席で最初話をしたがらなかったのは残念だとしても、意外ではなかった。話し相手がほしい人はこんな隠遁《いんとん》生活をしないはずだから。だが人見知りでもないのに、礼儀としての会話もしないのは、グレースに言わせれば、無作法だ。彼女はただの家庭教師で、敬意を払われるべきお客ではないとしても。

でも、しばらくすると彼は話し始めた。他人と食事をすることに慣れていないだけだったのだと思うと、グレースの肩から力が抜け、想像力が一人歩きし始めた。侯爵がぎごちなさを克服する手助けをし、人づき合いを楽しむことを教えてあげたい。いずれ屋敷は光と笑い声で満たされ……。だが、あの意地悪なシャープ夫人が現れてグレースを現実に引き戻し、レイブンウェル卿《きょう》も無表情に戻してしまった。

この先の夜のことを思うと、グレースの気持ちは沈んだが、シバーストーン館にまったく話し相手がいないわけではなかった。シャープ夫人は意地悪だけど夫は気さくだし、十四歳の新参のハウスメイド、アリスはぽっちゃりとしたおしゃべり好きで、ネッドは口数こそ少ないが、愛想は悪くなさそうだ。

そしてなんと言ってもクララがいる。柔らかくて温かな輝きがグレースの中に広がった。私の娘。これからの日々はクララが満たしてくれる。むら気な侯爵なんか、いやみなシャープ夫人なんか、く……。

グレースは頭の中にその言葉が浮かぶ前に押し戻した。今の私は母親だ。責任感のある母親。問題を起こしたがる反抗的な少女ではない。

手紙はこれでいいだろう。あとでホールのテーブルに置いておくことにして、グレースはレイブンウェル卿の椅子の背にもたれかかった。まぶたが重い。

体力的にも精神的にも大変な一日だった。学校での日々や友情を懐かしく思う気持ちと一緒に熱い涙がこみ上げてきた。彼女は懸命に瞬《まばた》きした。自己憐《れん》憫《びん》は無意味だと人生が教えてくれたはずでしょう。友人たちはきっとホームシックなんか感じていない。希望と自信を持って新しい生活に向き合っているだろう。

少なくとも、イザベルとレイチェルはそのはずだ。でも、優しくて控えめなジョアンナは？　赤ん坊のとき、学校の入り口の階段に捨てられていたジョアンナ。デュボア校長と先生たちに育てられ、九歳になって同い年の少女たちが寄宿生としてやってくるまではひとりぼっちだった。グレースとイザベルとレイチェルはジョアンナにとって家族に一番近い存在だったのだ。ジョアンナの雇い主の家族が親切な人たちでありますようにとグレースは祈った。

レイチェルについては、独立心旺盛で自立した彼女がフーリア王国のシークに雇われ、異国の暮らしを謳歌《おうか》していることに疑念の余地はなかった。みんなで地図を見て、その国が地中海のさらに向こうにあることを知り、レイチェルが旅をする距離に驚異を覚えたものだ。シバーストーンへの旅でも十分遠かったのに！

そしてイザベルは……。一瞬、グレースの心がざわついた。イザベルが学校を去ったときの無頓着さは何かおかしかった。家庭教師としての将来をおとなしく受け入れるなんて彼女らしくない。彼女が有名な歌手になりたがっていることは、みんなが知っていた。彼女は新しい暮らしに腰を落ち着けたのだろうか？　それとも、何もかも投げ出して興奮を追い求めているのだろうか？

みんながどうしているのか知りたかった。三人が学校をあとにしたとき、グレースの仕事はまだ決まっておらず、彼女あての手紙は学校に送ってもらう約束になっていた。グレースのほうは旅の途中、彼女たちの住所をなくしてしまい、そのことに身勝手な安堵《あんど》を覚えていた。住所が手元にあったとしても、手紙にどこまで正直に書けるか、この新しい状況の真相を認められるのか……。今まで友人たちに隠し事をしたことはない。身ごもったことがわかったときでさえ、秘密にはしなかった。でも……今回、私がしたことは理解してもらえるだろうか？ それとも、責められる？ 彼女たちは心配するだろう。それは間違いない。

レイブンウェル卿が妹の思い出を感動的な言葉で語ってくれたあの短い一幕は夢だったのかもしれない。シバーストーン館での最初の数日、グレースが雇い主の姿を見ることはほとんどなかった。彼は晩餐《ばんさん》のときにだけ現れた。黒の燕尾服《えんびふく》に身を包み、首布をきっちりと結び、ルビーのピンで留めて。そしていつもよそよそしかった。何度か無駄な試みをしたあと、グレースは会話をすることをあきらめた。昼は長くて忙しく、夜になるころには疲れきっていたので、雇い主にならって黙々と食事をした。

静かで平和な食事のあいだ、彼女は考えた。彼はどうして隠遁生活を送っているのか。どうして痣ができたのか。最初の夜にしゃべったきり黙り込んでいるのはなぜなのか。彼は不思議な人だった。沈黙はまた、観察する時間も与えてくれた。かつての彼は見目麗しかったに違いない。今だってハンサムだ。痣があるという以外は。顎と右頬の皮膚がただれ、荒野の日ざしと風にさらされて軽く日焼けしたほかの部分と比べて青白いだけだ。

ある夜、妻がたまたま近くにいなかったとき、ほろ酔いのシャープが、主《あるじ》がレイブンウェル邸の火事で火傷《やけど》を負ったことを教えてくれた。その火事で彼の父親が命を落としたことも。それまでのレイブンウェル卿は社交界でも人気の独身男性で、毎日楽しく遊び興じていたらしい。火事が傷跡を残したのはだんなさまの肌だけじゃなかったんだなと、シャープはぼそりと言った。火事は彼という存在の核となる部分に傷を残したのだ。グレースは同情したが、侯爵が送る隠遁生活の謎は謎のままだった。彼は寂しいに違いない。

もう彼の体の大きさに脅威を感じることはないが、沈黙は怖かった。それに、ブラック以外の犬たちも。レイブンウェル卿は一日の大半を戸外で過ごした。グレースとクララも毎日外の空気を吸いに行ったが、屋敷から遠く離れることはなく、少女の伯父を見かけることもなかった。

グレースは自分の考えを当面、胸にしまっておくことにした。今は二階の部屋を居心地よくして娘の笑顔や言葉を引き出すことに注力し、それで満足だった。

7

「こんにちは」

シバーストーン館で暮らし始めて四日目のその日、グレースとクララは屋敷の前の芝生で遊んでいた。クララは馬車道から拾ってきたきれいな石を積み上げ、ご機嫌だ。グレースはクララから視線をはがし、手をかざして低い太陽の光をさえぎった。黒の外套《がいとう》を着て山の低い黒の帽子をかぶった若い男性が、少し離れたところから笑いかけていた。

「こんにちは……」

「レンデルです。ラルフ・レンデル」男性が帽子を上げると、明るい茶色の巻き毛が現れた。「聖メアリーの副牧師です」

グレースの表情が〝聖メアリー〟なるものを知らないと告げていたのだろう、彼は笑って言った。

「シバークーム村の教会ですよ」

「はじめまして、レンデルさん。こちらにはよくいらっしゃるのですか？」

副牧師の笑みが大きくなった。「それは私の訪問の目的を遠回しにたずねているのでしょうね」

グレースも笑みで応じそうになり、唇を噛《か》んだ。

「私の訪問の目的は」副牧師が続けた。「すでに果たされたようです」

「とおっしゃいますと？」

「あなたの無事が確認できました、ミス……」

「ああ、ごめんなさい。私はミス・バートラム、ミス・グレース・バートラムです」

レンデル氏が頭を下げた。「お会いできてよかった、ミス・バートラム。先週の火曜日、シバークームでこの館への道をたずね、以来姿を現していない若い女性というのはあなたですね？」

「ええ、そうです。家庭教師の求人広告を見て来たんです」グレースの頬が熱くなった。神に仕える人にこんなあからさまな嘘《うそ》をつくなんて。レンデル氏の顔から目をそらしてクララのほうを見ると、少女は立ち上がって親指をくわえ、二人を見ていた。グレースはかがんでクララの手にそっと触れた。「だめよ。手が汚れているから」

「このお嬢さんの家庭教師ですか？　では、噂《うわさ》は本当だったんですね。侯爵にお子さんがいらっしゃるとは知りませんでした」

「クララは侯爵の姪《めい》です。この子は孤児なんです」

でも、クララにはまだ私がいる。この先、真実を知ることはないとしても。かわいそうな子。養父母は亡くなり、実父はポルトガルで戦死し、生みの母は本当のことを伝えられないなんて。

クララがまたしゃがんで石を積み上げ始めたので、

グレースは過去を嘆く気持ちを押し戻した。この子は今、ここにいる。大事なのはそれだけだ。

「なぜあなたが私の無事を心配するのですか?」

「あなたが戻ってこないので、村で不安の声があがっているのです。シバークームの人々にとってレイブンウェル卿《きょう》はちょっとした謎でして。ここの使用人たちが主《あるじ》の噂を中途半端に拒絶するものですから、村人たちは欠落部分を埋めるために勝手な物語をこしらえてしまうんです」

グレースは笑った。「ええ、ここへの道をたずねたとき、危険だから行かないほうがいいとずいぶん熱心に忠告されました。でも、来てよかったです」

「私もあなたが無事だとわかり、安心しました」レンデル氏が微笑《ほほえ》むと、榛《はしばみ》色の目の目尻に皺《しわ》が寄った。彼はクララのそばにしゃがみ、きれいな縞模様《しまもよう》の石を渡した。「こちらのお嬢さんにも会えたし」

クララが副牧師に笑いかけた。「ありあと」

「きれいな目をしている」レンデル氏が言った。「実に珍しい色ですね」

グレースは無頓着な口調を装った。「本当に愛らしいですよね」彼女はかがんでクララの手をとった。「行きましょう。そろそろおうちに戻る時間だわ」

レンデル氏も立ち上がり、外套の裾を払ってグレースに微笑みかけた。「私もおいとまします。目的は果たせましたから」

唐突な幕引きに後ろめたさを覚え、グレースは言った。「紅茶を飲んでいかれませんか、レンデルさん? ここまで歩いていらしたのですか?」

「いいえ、馬車で。厩《うまや》のタムに預けてあります」

彼は屋敷を見上げてまたグレースのほうを見た。

「そうですね、紅茶をいただきます、ミス・バートラム。ありがとう」彼の返事には決意が感じられた。

グレースは先に立って玄関へ向かった。副牧師の口調に葛藤がにじんでいたのは、彼女の謎めいた雇い主が客を歓迎しないことをよく知っているからに違いない。だが、わざわざ彼女の無事を確かめに来てくれた人にお茶も出さないのは失礼だろう。

見知らぬ人間を館に招き入れてはいけないという不文律を犯しているかもしれないと思いながら、グレースは玄関広間に入った。ちょうど階段を下りてきたシャープ夫人を見て弱気になりかけたが、なりかけただけだ。クララを人とうまくつき合えない恥ずかしがり屋にしたくなければ、他人と交流させなくてはならないし、私だって……屋敷の外に友人を持ってもいいのでは？

「シャープ夫人、こちらは……」グレースはそこで言葉を失った。家政婦が両手で髪を撫《な》でつけると、満面の笑みを浮かべて階段を駆け下りてきたのだ。

「レンデルさん、よくお訪ねくださいました。ミス・バートラム、お客さまを客間にご案内して。私は飲み物をとってくるから」

「前にもいらしたことがあるのですか？」グレースは客間で腰を下ろしながら副牧師にきいた。

「いいえ。ただ、シャープ夫人は礼拝にいらっしゃいますから、私たちは知り合いなんです。といっても、お会いするのは一月ぶりですか。正直、彼女の歓待にはちょっと驚きました。これまで館を訪ねることは止められていましたから」

「レイブンウェル卿も教会に通われていますの？」

「いいえ、使用人たちだけです。それも天気しだいですが。館と教会を結ぶ道は、天候が荒れると歩くのも大変なんです。それに、彼らは村人たちと交流を持ちません。そのことがまた、彼らの主に関する噂を呼ぶのです」レンデル氏は身を乗り出し、急に熱のこもった口調になった。「あなたはここで幸せですか、ミス・バートラム？　手助けが必要なときは、私がいますから頼ってください」

「私は……不満はありません」

私は幸せだろうか？　クララのそばにいられてわくわくしているけれど、それ以外のことではどうだろう？　無愛想な雇い主や、不機嫌な家政婦のことは？　とはいえ、シャープ夫人は自分の家事のやり方を批判されたわけではないと知ると、グレースが二階の子ども部屋に手を加えるのに驚くほどよく協力してくれた。いずれにせよ、何かを判断するには時期尚早だし、クララには絶対に私が必要だ。

「でも、お心遣いありがとうございます。助けが必要なときには真っ先にあなたに相談しますね」

「結構です。では明日、教会で会えるのを楽しみにしていますよ。このお嬢さんにも」彼はクララの巻き毛を撫でた。敷物の上に座っていたクララは小首を傾《かし》げて彼を見上げた。「神の教えを授かるのに、幼すぎるということはありません」

「うかがいます」

グレースは嬉《うれ》しくなった。単なる礼拝だとしても、屋敷での単調な生活に変化を与えてくれるはずだ。これまでに行った一番遠くの場所は、シャープが春の種まきに備えて耕していた家庭菜園だった。

「今週が無理だとしても、来週には」彼女は続けて言った。「村への行き方がよくわからないものですから。クララはそんなに遠くまで歩けませんし」

「アニーと私と一緒に馬車で行けばいい」客間に来て紅茶をついでいたシャープ夫人が言った。「いつもネッドが送ってくれるんだ。シャープは彼と御者台に乗るし、タムは馬で行くからね」

グレースは家政婦の変貌ぶりに唖然《あぜん》とした。キリスト教徒として副牧師に好印象を与えるため？

グレースが答える前に、ホールの石の床を進むブーツの音が聞こえてきた。

クララがよろよろと立ち上がる。「ナニェルおじちゃ」

ナサニエルはブラックを従えてホールを大股に横切った。午前中、丘でアンバーを飛ばさせたあと、強烈な空腹を覚えていた。

客間のほうで音がしたので、彼は足を止めた。両腕を広げて走ってくる姪を見た瞬間、空腹を忘れた。

「ナニェルおじちゃ」

「クララ！」

かがんで抱き上げ、大きな円を描くように回してやると、少女が小さな笑い声をあげた。彼はクララを抱きしめて頬にキスをした。ああ、この子にどれほど会いたかったか。

自業自得だろうと、心の中で声がした。

そのとおりだ。意図的にミス・バートラムを避けた結果、クララまで避けることになったのだから。あの最初の夜、ナサニエルは自分がくつろいでいることに気づいた。饒舌《じょうぜつ》になり……話さなくてもいいことまで話し……。彼は友人などほしいと思っていなかった。彼女が、というか誰かがそばにいることに慣れたあとでまた一人になったらどうなる？　自分で課した流刑のような暮らしをもう一度受け入れるのは、地獄の苦しみに違いない。

毎晩一緒に食事をするだけでも十分過酷だった。沈黙のおかげで——これも自ら選んだものだが——考える時間は十分すぎるほどあった。思い出す時間も。ほのかな鈴蘭《すずらん》の香りをまとったミス・バートラムは、彼があきらめたものを絶えず思い出させ、長いあいだ押し殺してきた男の本能に試練を与えた。ミス・バートラムのような美女は、自分のような男に言い寄られるなど、考えるだけでおぞましいと思うはずだ。それに、雇用主という立場を利用して無垢《むく》な使用人を思いどおりにするなど、彼自身の道徳観が許さなかった。

とはいえ……自分に対するいらだちは増す一方だった。これでは臆病者だ。ミス・バートラムがやめると言うなら、それに対処すればいいだけの話で、今までもっとひどい事態にも対処してきたではないか。ハンナの顔が脳裏に浮かび、ナサニエルは胸苦しさを覚えた。警戒心を脇に置き、ミス・バートラムの存在を受け入れてみるか。一生逃げ回ることはできないのだ。ナサニエルは客間に向かって歩き始めた。クララはそこから出てきた。ミス・バートラムもそこにいるということだ。

そろそろ僕も変わらなくては。

ナサニエルが部屋に入った瞬間、三つの顔がこちらを向いた。三つのうちの二つ――シャープ夫人とミス・バートラムの顔には驚愕《きょうがく》の表情が浮かんでいた。三人目の若い男は微笑んで立ち上がり、右手をさし伸べた。

「突然押しかけて申し訳ありません。聖メアリー教会の副牧師、ラルフ・レンデルです」男は近づいてこそ来なかったが、手をさし出し、自信に満ちた笑みを浮かべていた。滑らかな肌の、整った顔立ち。

ナサニエルはクララを下ろして副牧師に近づきながら、顔を背けて痣《あざ》を隠したいという衝動に抗《あらが》った。握手をすると、レンデルの指がナサニエルの手の甲の痣に触れた。痛みはないのに、手を引っ込めそうになる自分を戒める。副牧師がなんの反応も見せなかったので、緊張がいくらか和らいだ。

「レイブンウェルだ」

ナサニエルは副牧師に椅子を勧め、二つの選択肢について考えた。このまま回れ右をして部屋から出ていくこともできる。シバーストーン館で客が歓迎されないことは周知の事実だ。誰も驚きはしないだろう。あるいは紳士らしくふるまうこともできる。そ僕もそろそろ変わろうとさっき考えたばかりだ。そのとき、視界の隅に、下唇を噛むミス・バートラムの姿が映った。心配そうに眉根を寄せるその不安げな様子を見てナサニエルの心は決まった。

「シャープ夫人、僕にもカップを持ってきてほしい」そう言うと、彼は腰を下ろした。

クララがすぐさま膝にのってきて彼の腕の中に収まり、満足そうにため息をついた。

「クララはあなたに会えて嬉しいんです」

ナサニエルは非難の響きを聞きとった。「このところ忙しくてね」それは事実だ。アンバーを再び飛ぶことや新たな自由に慣れさせるには時間がかかる。彼はクララの頬に自分の頬を押しあてた。「僕もおまえに会えて嬉しいよ、クララ」

クララは親指を口から引き抜いた。「ナニェルおじちゃ」

ナサニエルはレンデルのほうに向いた。「シバーストーン館に客とは珍しい」

「そのようですね」明るい茶色の目はまっすぐナサニエルを見ていた。「ミス・バートラムの無事を確かめるためにうかがいました」

ミス・バートラムが押し殺したあえぎをもらし、ナサニエルは自分の眉間に皺が寄るのを感じた。

「無事?」

レンデルは視線を外さなかった。「ええ。彼女がシバーストーンへ向かったことはわかっていました。無事に着いたかどうか確認しに来たのです」

如才ない言い回しだ。ナサニエルが入念につくり上げた評判をものともせず、見知らぬ女性の無事を確かめに来る若者の勇気に、彼は感服した。

「立派な心がけだ」

シャープ夫人がカップとフルーツケーキをのせた皿を持ってせかせかと入ってきた。激しい空腹感が戻ってきて、ナサニエルの胃が低いうなりを発した。彼はケーキを一切れとって口に入れた。

「明日、クララと教会の礼拝に参加すると、レンデルさんにお約束したんです」ミス・バートラムが言った。「許可をいただけたら、ということですが」

ケーキを頬張っていたナサニエルは、すぐに答えられなかった。

「あなたが道徳の教えを受けることに、ご領主は反対なさらないはずですよ、ミス・バートラム」レンデルが言った。

ナサニエルは口の中のものをのみ込んだ。「君が教会に通うことに反対するつもりはない」

レンデルが言葉を継いだ。「シバークームへ来たら、ぜひ牧師館に寄ってください、ミス・バートラム。教区牧師の娘さんはあなたと同じくらいの年頃で……」彼が乗り出してクララの顎の下をくすぐると、少女は嬉しそうに身をよじった。「この子が好きそうな子猫たちを飼っているんです」

「子猫ですって、クララ！　すてきね」ミス・バートラムが少女から副牧師に視線を移した。「彼女はきっと喜びます。お屋敷の犬たちのことも大好きですから。でも明日は日曜で、お忙しいのでは？」

「ええ、明日の話ではありません。でも、たまに隣人を訪ねる理由があるのはいいことでしょう？　皆がひっそり暮らしたいとは限りませんからね」

ナサニエルはかっとなったが、反論の言葉をのみ込んだ。他人の家でその主を暗に非難するとはいったいどういう了見なのか。

神に……いや、この場合は神の使いに、してやられた。

その瞬間、ナサニエルは笑い出したくなった。いったい僕は何を考えている？　ミス・バートラムを館に閉じ込めておくつもりか？　自分が近所づき合いをしないから彼女にもそうさせるのは理不尽だ。それに、クララのことも考えなくては。

「君の言うとおりだ」彼は言った。「馬車は運転できるのかい、ミス・バートラム？」

「いいえ」彼女は残念そうに言った。「伯父は、私が馬車の乗り方を教わっても意味がないと思ったのでしょう。誘ってくださってありがとうございます、レンデルさん。でも、ちょっと無理みたいですね」

「こちらの使用人は毎日、馬車か馬に乗って出かけていますよね、侯爵？　ミス・バートラムとクララを乗せることはできませんか？」

「それはできるが、彼は早朝に出かけてすぐに帰ってくる。人を訪ねるには時間が短すぎるだろう」

副牧師の顎が頑固そうに傾く。簡単にあきらめる気はないらしい。ナサニエルは言葉を継いだ。

「ミス・バートラム、自分でギグ馬車を運転してみてはどうだい？　老馬のビルなら確実に安全だ」

ミス・バートラムがはっと息をのんだ。頬がピンク色に染まり、緑色の瞳が輝く。そんなに外に行きたいのか？　だがすぐに、ばかげた問いだと気づいた。二歳の子どもと、ほとんど口をきかない雇用主と、数人の使用人しかいないこの屋敷にこもっていて何が面白い？


「それは……。でも、私にできるかどうか……」

「ばかな。ビルは目をつぶっていても村まで行って帰れるし、絶対にゆっくりしか歩かない。僕が乗り方を教えよう。すぐに乗りこなせるとも」

そう話しているあいだに、ミス・バートラムが実に嬉しそうにレンデルに笑いかけたので、ナサニエルの胃が引きつれた。副牧師の傷一つない整った顔を見ると、自分が女性からあんなふうに見られることは二度とないのだと思えて胸が痛む。

女性から？　それともミス・バートラムからか？

頭の中のその声にいらだち、彼はさっと立ち上がった。そして、うとうとし始めたクララをミス・バートラムに預けた。

レンデルに嫉妬しているのではない。自分の家に他人がいるのがいやなだけだ。

噂のおかげで九年近く誰も寄りつかなかったのに、ミス・バートラムが現れたら一週間もたたないうちに館に男が入り込んできた。これこそ美人の影響力だ。だから距離を置くことが必要なんだ。この家庭教師が醜い年増《としま》だったら、副牧師がわざわざここまで来ただろうか？

副牧師にとってはとんだ言いがかりだと思う気持ちを、ナサニエルは脇に押しやった。道理をわきまえたい気分ではない——とにかく、人にここにいてほしくないのだ。動物や鳥たちといるほうがいい。

「よく訪ねてくれた」彼はなんとか愛想よく言った。「申し訳ないが、用があるんだ」

レンデルが立ち上がり、ナサニエルと握手をした。

「ついにお会いできて光栄です、侯爵。いつか教会でお目にかかれると期待していいでしょうか？」

ナサニエルは彼を見つめた。そして、くるりと向きを変えると部屋をあとにした。

厚かましい悪魔め！

8

「シャープ夫人」

夕食をよそっていた家政婦が手を止めた。「はい、だんなさま」

「月曜の朝、一、二時間クララを見ていてほしい」

「承知いたしました」

ナサニエルは家政婦が部屋を出るのを待って言った。「月曜日に、ビルに馬具をつけて運転する方法を教えるよ、ミス・バートラム」

彼女は口の中の食べ物をのみ込んでから緑色の瞳を輝かせてナサニエルのほうを向いた。なんてきれいなんだ。それに比べて僕は……。彼は例によって顔を背けたいという衝動に抗《あらが》った。彼女は僕の顔に痣《あざ》があることを知っている。顔を背けることになんの意味がある？

「ありがとうございます。でも、クララはシャープ夫人に預かってもらわなくても大丈夫です。邪魔にはなりません」

「クララはシャープ夫人のことが好きだし、君以外の人間に面倒を見てもらうのはあの子にとっても悪いことではない。もしも……」

「もしも？　私がここを出ていったら、とおっしゃりたいのですか？」

ナサニエルはナイフとフォークを置いて考える時間を稼いだ。どうしてこんなふうに食ってかかるのか？　今、彼女はうつむいて頬をぴくぴくさせながら、フォークで皿の食べ物をつついていた。

やがてちらりとナサニエルを見た。「申し訳ありません。お話をさえぎってしまいました」

「僕が言おうとしていたのは、君が寝込んだりしたときのことだ。シャープ夫人は少し……きついとしても、クララのことはかわいがっている」

「それはわかっています。私はそういう意味で言ったのではありません。あんなふうに言うべきではなかったと思いますが……」

意を決したように話し始めたミス・バートラムはそこでためらい、金色の斑点のある瞳でナサニエルの目を探った。彼女がしようとしているのは、愉快な話ではなさそうだった。

「最初に私がここへ来たとき、だんなさまは、クララが十分混乱を経験してきたとおっしゃいました」

「シャープ夫人といることが混乱とは思わないが」

「ええ、もちろんです。だんなさまはクララに二度と身近な人間を失わせたくないという意味で言われたのですよね」彼女は小首を傾《かし》げ、両方の眉を上げた。「でも、だんなさまご自身はどうでしょう？」

「僕？」低くうなるように言う。「いったい……どういう意味だ?」

彼女が息を吸い込む音が静寂の中に響いた。「両親を亡くしたあと、クララがここに来てまだ数週間です。だんなさまに慣れ始めた矢先に、私が来ました。その火曜日以降今日の午後まで、あの子はナサニエル伯父さんと顔を合わせていません」

彼はミス・バートラムがナサニエルと言う言い方が好きだった。その的外れな考えを脇に押しやり、彼女の言葉に意識を集中した。そして一抹の後ろめたさとともに、彼女の言うとおりだと認めた。

僕は自分を守ろうとしてクララを最大の恐怖にさらしてしまったのだ。愛する人間を再び失う恐怖に。どうりでさっきあの子が僕に会って大喜びし、膝によじのぼってきたはずだ。

ミス・バートラムは食事を続けているが、緊張感はとぎれていない。彼女を見てかき立てられるこの気持ちはなんだろう? 居心地の悪さではない。彼女の存在にはすでに慣れつつある。彼女の口出しにいらだっているというのも違う。むしろその勇気と決断には興味を覚える。クララを思う彼女の気持ちを責めることはできない。

「反省したよ」彼は言った。「義務を放棄していたことを指摘してくれてありがとう」

ミス・バートラムの目が光り、金色の火花を散らした。「義務?」

ナサニエルの口調がこわばった。「立場をわきまえたまえ、ミス・バートラム」

彼女はひるまなかった。「子どもが全面的に頼っている大人に求めるのは義務感ではありません。クララが求めているのは……必要としているのは……愛です。そして……時間です。そして……」

ナサニエルは両手を上げた。「もう十分だ! 僕の負けだ。僕の言葉の選択が間違っていた。君の言うとおり、これからはもっとクララと一緒に過ごすようにする。とりあえず、月曜日にシャープ夫人に預けてもクララはいやな思いをしないということを認めてほしい。ビルはおとなしいが、子どもがそばにいるところで馬を馬車につなぐものではないと僕は思う。温かい厨房《ちゅうぼう》にいるほうが安全だ」

ミス・バートラムは頭を下げた。「おっしゃるとおりです」

二人は今ではなじみになった沈黙の中で食事を終えた。だが、最後にブランデーが運ばれてきてミス・バートラムが部屋に引き上げようとしたとき、ナサニエルはいつにない人恋しさを覚えた。

「君はチェスをたしなむかい、ミス・バートラム？一局楽しみたい気分なんだが」

「いいえ」

「やり方を覚える気はあるだろうか？」彼女の金緑色の瞳に浮かぶ疑念を解読するのは簡単だった。

「強制しているわけではない。断ったからと言って解雇はしないよ。トランプを一、二回でもいい」

「チェスを教えてください。女性の頭では理解できないゲームだと言われたことがあります」ミス・バートラムは口を引き結んだあと微笑《ほほえ》んだ。「私はそれを挑発と受け止めたのですが、本当に彼が言うとおりなのか判断する機会がなかったんです」

「彼？」

ミス・バートラムはすぐには答えなかった。客間まで歩きながら横目でうかがうと、彼女の眉間には皺《しわ》が寄り、頬がピンク色に染まっていた。

「古い友人です」その声はかすかに震えていた。「異国で兵士になりました」

求愛者か？

シバーストーン館へ来るまでのことを、彼女はほとんど語らない。だが、ナサニエルのほうからきくつもりはなかった。どうして彼女の過去について知らなくてはならない？彼女は家庭教師だ。それだけ知っていれば十分だ。

客間に入った瞬間、彼は足を止めた。

「忘れていたよ。チェス卓は片づけたのだった」

出しておいても、埃《ほこり》をかぶってシャープ夫人の仕事を増やし、彼のつらい記憶をよみがえらせるだけだからだ。ここでチェスの相手をしてくれるのはデビッドと決まっていた。彼亡き今……。

ナサニエルは苦悩と後悔を抑えつけると、テーブルの上の蝋燭《ろうそく》をつかみ、大股で晩餐《ばんさん》室に向かった。追いかけてくる足音が聞こえたので歩幅を狭めると、喉にかかった笑い声が聞こえた。

彼に追いついたミス・バートラムは、瞳をきらめかせた。「だんなさまと同じ速さで歩くのは大変です。脚が私の脚よりずいぶん長いんですもの」

その無邪気な言葉にナサニエルは低いうなり声で応じた。想像力が彼女の醜いドレスの中の脚を描き出す。最初の日に見た形のよい足首を思い出すのは簡単だった。すぐに鼓動が高まり、そのイメージはなかなか消えてくれなかった。

有象無象のものをつめ込んでオランダ布をかけた晩餐室まで来ると、ナサニエルはチェス卓を探した。

「あれだ」

窓際の覆いの下から、ハンナとデビットがくれたチェス卓が出てきた。イタリアの大理石でできた六十四升の盤が美しい紫檀《したん》の枠にはまっている。ひんやりとした盤面を撫《な》でると、まったく別の記憶がよみがえり、先ほどの不埒《ふらち》な欲望の波がしずまった。

「きれい。こんな美しい品を隠しておくなんて」

ミス・バートラムが同じようにうやうやしく卓を撫でる。彼女の優雅な手、ほっそりとした指に完璧な楕円形《だえんけい》を描く爪が、彼の醜い手の隣にあった。胃が重苦しくなり、ナサニエルは手を引っ込めた。

ミス・バートラムがこちらをちらりと見たのがわかったが、彼は目をそらしたままチェス卓を持ち上げた。「僕一人で十分運べる重さだ」

「駒はどこですか？」

「チェス卓の中だ。天板が開くようになっている」

ナサニエルが出口の近くでふり返ると、ミス・バートラムは何か考えるように部屋を見回していた。

「蝋燭を忘れないように」

彼女は蝋燭をつかみ、小走りに追いかけてきた。

ナサニエルはチェス卓を客間の窓辺に置いて椅子を二脚引き寄せた。ミス・バートラムは天板を開けて中をのぞき込んでいる。

「チェッカー！　学校で友人とよく遊びました」嬉《うれ》しそうに言ったあと、寂しげな口調で続けた。「イザベルが教えてくれたんです」

「イザベル？」

「親友の一人です。私たちは四人組でした」ミス・バートラムがきらめく瞳を上げた。「チェッカーをしませんか？　それならルールも知っています」

「挑戦から撤退するのかい、ミス・バートラム？」

彼女は頬を染めた。「まさか、そんなことはしません」

「よし。では、今夜は駒の名前や動き方などの基本を教えよう。そもそもこのゲームの最終目的は、相手のキングを追いつめて動けなくすることだ」

「そうして殺すのですか？」

彼女が妙に嬉しそうに言うので、ナサニエルは思わず笑い声をあげた。「それはキングのことであって対戦相手のことではないだろうね？」

「とりあえずは」ミス・バートラムがまつげのあいだから艶《なま》めかしい視線を送ってきた。

こんなふうに冗談を楽しむのはいつ以来だろう？　だが、ナサニエルはチェスに集中しようとした。

「いや、キングを盤上からとり除くことはできない。とり囲めばそれで勝ち、チェックメイトだ」

彼は盤に駒を並べてそれぞれがどう動くか教え、

大事な駒を失わないように数手先まで考えることの重要性を説明した。

「では、これは……」ミス・バートラムが黒のナイトを持ち上げた。「ここへ進むのですね？」彼女が置いた升は違っていた。

「いや、違う。ナイトの動きは複雑でL字形に進むんだ。つまり……」彼は左手を使って示した。「この升からだとここか……ここか……」

「ここ！」

ミス・バートラムが突然、駒ごとナサニエルの手をつかんで四つ目の候補の升に動かした。彼女の肌は温かく、指は柔らかかった。彼女は眉間に皺を寄せ、盤を凝視している。そしてまたナサニエルの手を動かした。

「それに、ここにも動かせますね！」顔を上げてにっこり微笑んでからあっと口を開け、あわてて手を引っ込めた。「申し訳ありません。私……」

「すっかり夢中になっていた？」

「そうなんです」唇にためらいがちな笑みが浮かんだ。「もうゲームを始められるでしょうか？」

ナサニエルは唾をのんだ。彼女はあまりにも若い。無邪気だ。「まずは今のルールを覚えるんだ。明日、時間があれば、ここに来て駒の名前や動かし方を確認するといい。そして夜に対局しよう」

ミス・バートラムの顔が曇った。

「今夜は……チェッカーを一局、お手合わせ願おうか」ナサニエルは言った。

彼女の表情がぱっと晴れた。「もちろんです。楽しそうだわ」

楽しそう。彼と彼の人生には縁のない言葉だった。ナサニエルはチェスの駒を片づけ、チェッカーの駒を並べた。そのあいだミス・バートラムは、先ほどシャープ夫人が運んできた紅茶をカップについだ。

「さっき学校の友人の話をしていたが」ナサニエル

は最初の一手を打ってから言った。「みんな家庭教師なのかい？」

僕の〝何も知りたくない〟主義はどうなった？　それとも、知りたくないのは彼女の昔の求愛者のことだけか？　ナサニエルは頭に浮かんだ自嘲の言葉をふり払った。ミス・バートラムが駒を動かし、彼が応じた。クララのためにも、彼女を育ててくれる女性について知っておく必要がある。

そうだろう？

「そうです。みんなの近況を知りたいのですが」ミス・バートラムが駒の配置を見ながら舌先で唇をなぞる。「私の住所を彼女たちに伝えてほしいとミス・ファンワースにお願いしたので、そのうち手紙が届くといいなと思っています」彼女は駒を動かしてから続けた。「レイチェルの手紙が届くには、ずいぶん時間がかかると思いますけど」

「海外にいるのかい？」


「ええ。フーリア王国という砂漠の中にある国で、シークの子どもたちの家庭教師をしています」

「それは興味深いね。君もそんな冒険をしてみたいと思わなかったのかい？」

ミス・バートラムはしばらくためらってから言った。「いいえ。私にとっては北イングランドに来るだけで十分冒険です。レイチェルの場合、両親が彼女を置いてあちこち旅行していたので、異国への憧れが強いのでしょう。彼女は子どもたちに教えるのが大好きですから、楽しく暮らしているはずです」

ミス・バートラムが盤面に目を走らせるあいだ、沈黙が広がった。彼女は駒をつまみ、ナサニエルの駒を飛び越して動かすと、得意げな笑みを浮かべ、彼の駒を芝居がかったしぐさでとった。

やられた。美しい対戦相手ではなく、ゲームに集中しなくては。

「イザベルは……」ナサニエルが次の手を考えてい

ると、ミス・バートラムが言葉を継いだ。「子どものころ、たくさんの時間を両親と過ごしたのは、私たちの中では彼女だけです。お父さんからチェッカーを教わって、それを私たちに教えてくれました。彼女は今、サセックスで働いています。そしてもう一人の友人、ジョアンナには家族がいません。学校でマダム・デュボアに育てられたんです」

「友だちに会いたいだろうね」

「ええ」一瞬、間があった。「だんなさまもそうではありませんか？」

「別に」また沈黙が落ちたが、ナサニエルは盤面を見続け、しばらくしてから顔を上げた。「僕はもう軽佻《けいちょう》浮薄《ふはく》な暮らしに興味はないし、以前の友人たちはそれ以外のものを望んでいない」

彼女の問いにも、説明しなくてはならないように感じた自分にもいらだち、ナサニエルはまた盤面に視線を戻した。あれだ。見逃していた手があった。

彼は相手の駒二つを両にらみする手を打った。

「むむ。二つとも守るのは無理ですね。でも、だんなさまだって二つ同時にはとれないわけだから、そうすると、私の次の手はこうです」また得意げな笑みを浮かべると、彼女は別の駒をナサニエルの陣地に進めてキングに〝成ら〟せた。「これでこの駒は斜めだけでなく、前後左右にも動かせますよね」

ナサニエルは彼女の駒を一つとり、二人はゲームを続けた。会話はゲームに関する安全な内容に終始した。ゲームが終わったとき、ナサニエルは緑色の瞳ににらまれていることに気づいた。

「わざと私に勝たせましたね」

それは違う。あまりに気が散ってゲームに集中できなかっただけだ。

「チェスの対戦になったら味わえないものを最後に味わわせてあげたのさ。勝利の味をね」

ミス・バートラムが真珠のような歯を見せて笑っ

た。ナサニエルも頬を緩めたが、引きつれた皮膚が彼を現実に連れ戻した。僕は何をしているんだ？

「行こう。もう夜も遅い」彼は立ち上がり、チェッカーの駒を寄せ集めた。「天板を開けてくれないか、ミス・バートラム」

彼女は言われたとおりにし、ナサニエルは駒を卓の中に片づけた。

「あの……明日、一緒に教会へ行かれませんか？」

ナサニエルは語気を荒らげそうになるのをこらえた。彼女に他意はない。若いし、まだこの家のルールをよく知らないだけだ。

「行かない」説明する必要はない。彼は部屋を横切り、扉を開けた。「おやすみ、ミス・バートラム」

彼女は、扉を開けて待つナサニエルの前を通って部屋を出た。「おやすみなさい、だんなさま」

9

月曜日の朝、クララは厨房《ちゅうぼう》の調理台でシャープ夫人と楽しそうにパイ生地をこねていた。

「いってきます、クララ。シャープ夫人の言うことをよく聞いてね」グレースは声をかけたが、クララは顔を上げもしなかった。

わずかな時間とはいえ、娘のそばを離れる寂しさはあったが、血管の中では期待感がはじけていた。早足で厨房を出た瞬間、グレースは固い筋肉の壁にぶつかった。後ろによろめくと、二つの強靭《きょうじん》な手に腕をつかまれ、髭剃《ひげそ》り石鹸《せっけん》と麝香《じゃこう》の香りに包まれた。心臓がどくんと打って鼓動が速くなった。

「きゃっ！」

「落ち着いて」顎を持ち上げられ、二つの黒茶色の瞳に見下ろされると、グレースの全身が熱くなり、頬が火照った。「君がそんなに運転の練習をしたがっているとは思わなかったよ、ミス・バートラム」

「申し訳ありません」

グレースは咳払《せきばら》いをして一歩下がった。侯爵の手が下に下り、彼女の動悸《どうき》も治まった。

「だんなさまをお待たせしたくなかったんです」

彼はじっとグレースを見ていたが、やがて相好を崩した。「そうか。だが、僕は待っていない。だから落ち着きなさい」

二人が厩《うまや》に向かっていると、突然、咆哮《ほうこう》が辺りの空気をつんざいた。グレースは息もできないほどおびえて立ち止まった。「なんの声ですか？」

「ブラックだ」侯爵は足を止めようともしない。「ほかの犬と犬舎に閉じ込められるのをいやがっているんだ。ブラックがいないほうが、君がビルに集中しやすいだろうと思ったのだが」

グレースは小走りに彼を追いかけた。「私は動物に慣れていないだけなんです。でも、すぐに慣れるとお約束します」

今度足を止めたのは侯爵だった。「それは確かだろう。それに、ここの人間にも慣れるはずだ」

「皆さん、よくしてくださいます。ただ……」

「シャープ夫人のことだね。ああ、僕も気づいているし、彼女と話してみるつもりだ。君のことを嫌っているのではないと思う。君が動物に慣れなくてはいけないように、彼女も新しい仲間に慣れなくてはいけないだけだ」

グレースはさっと侯爵を見た。新しい人間に慣れなくてはいけないのは家政婦だけではないだろう。

納屋に入ると、レイブンウェル卿《きよう》は馬房に行き、灰色の馬の丸くて大きなお尻を叩《たた》いた。そして、綱をほどき、後ろ向きに馬房から出させた。

「ミス・バートラム、これがビルだ」

グレースは壁に背中を押しつけた。ビルはそこまで大きくないが、それでも横幅が広くて強そうに見えた。前から見ると恐ろしい感じではなく、目は優しそうだ。ビルは鼻面をグレースのほうに向け、髭のあいだから鼻息をもらした。

「手袋をとって君の匂いを覚えさせてやってくれ」

グレースは手袋をとり、恐る恐る手を伸ばしてビルの鼻を撫《な》でた。

レイブンウェル卿が手のひらに人参《にんじん》をのせてさし出すと、ビルは震える唇で器用にくわえ、満足そうに目を半分閉じて噛《か》み砕《くだ》いた。

レイブンウェル卿はグレースにも人参を渡した。

「手のひらを平らにしてごらん、こうして」

彼は片手でグレースの手を下から支え、もう一方の手で指を伸ばさせた。心地よい震えが全身に走り、グレースは意識して侯爵の言葉に集中しなくてはならなかった。

「指を曲げると、ビルが人参と間違えて噛んでしまうかもしれない。馬の歯は強いからね」

続いて彼は馬具のつけ方を説明した。グレースが紐《ひも》や留め具と格闘するあいだ、ビルは辛抱強く立っていたが、口を開けさせ、長くて黄色い歯の奥に馬銜《はみ》をくわえさせるのは恐ろしかった。

「君が一人で馬具をつける必要はないかもしれないが、出かけたいと思ったときにみんなが外に出払っていることも考えられる」

二人でビルを厩から出し、ギグ馬車のながえのあいだに立たせていると、グレースの中にだんだん自信のようなものが芽生えてきた。こんなにおとなしい馬だから怖がる必要はないのだろう。

グレースは侯爵に手伝ってもらって馬車に乗り込んだ。彼が隣に座ると、その脚は温かくて固く、グレースはまたぶるっと身震いした。大柄で男らしいレイブンウェル卿のそばにいると、安心感があった。

「では……」彼はグレースの両手をつかんだ。「手綱をこう握って、ちょっと揺らしてやればビルが動き出す」

ビルが前進し、馬車ががたっと動いた。

「ビルの口に軽く力を伝えることで歩かせられるが、彼は村までの道をよく知っているので、君が何かする必要もないだろう。浅瀬まで行って川を渡り、それから戻ってこよう」

レッスンが進むにつれてグレースの自信は深まり、レイブンウェル卿と一緒にいることと景色の両方を楽しむ余裕が出てきた。一年のこの時期にしては穏やかな天気だった。青空に白い雲が流れていたが、地上ではほとんど風を感じなかった。人気のない自然のままの景色がすばらしい。この雄大さを絵に描けないだろうか。突然、そんな思いがわいてきてグレースは驚いた。学校では、肖像画と細密画はいいが風景画のセンスに欠けると、ベルトーリ先生によく嘆かれていた。いいかげんでだらしないけれど生徒思いの美術教師を思い出し、グレースの心が温かくなった。クララの世話をしながら絵を描く時間はなかなかとれないとしても、技術を磨くのは楽しそうだし、若い淑女に必要なたしなみとして、娘が大きくなったときに教えてもあげられるだろう。

「運転の仕方を教えてくださり、ありがとうございます」彼女は唐突に言った。「人に頼らなくても村を訪ねられると思うと気が楽です」

「日曜の礼拝は楽しめたかい？」

「ええ。お説教されるのを楽しめる範囲で」

「そんなふうに言われたら、レンデルは喜ばないだろう」

「あら、彼は退屈な人ではありません。ほかの若い殿方とおんなじです。だんなさまにチェスを教わっていると話したら、彼もいつかお手合わせを願いた

「大丈夫だとは思うが、最初は念のためネッドに送らせよう」

「彼がいなくても館は大丈夫ですか？」

「ああ。君とクララの安全のほうが大事だ。村で友人ができれば、君も楽しいに違いない」

「ありがとうございます」

グレースは主《あるじ》の言葉にためらいを感じとっていた。彼女が村を訪れたら、村からシバーストーン館を訪ねる者が出てくるかもしれないと心配なのだろうか？　レイブンウェル卿が見知らぬ人間に抱く嫌悪感をグレースはまだ理解できずにいた。痣《あざ》のせいだろうか？　彼は大人だし侯爵なのだから、素知らぬ顔をしていればいいだけの気はするが、ほかにもっと深刻な理由があるのかもしれない。最初の夜、シャープが匂わせたことをあとできいてみよう。

シバー渓流まで来ると、グレースはビルを止めた。

「どうして橋を架けないのですか？　最初の日、踏み外しそうになったと言っていましたよ」

沈黙が落ちた。グレースが横目でうかがうと、レイブンウェル卿は眉をひそめ、口を固く結んでいた。

友人もなくここで暮らすのは寂しいに違いないから、この話を聞けば喜ぶと思ったのだけれど。

彼は自分でこの暮らしを選んでいるのだから、私に邪魔をされて喜ぶはずがないでしょう。

無思慮に口にした言葉のせいで、二人のあいだの気安さは消えてしまった。一度言った言葉はとり消せないが、せめてたわいのないおしゃべりで場を和ませ、彼に物思いや不安を忘れてほしかった。こんなにたくましくて裕福な男性が何を不安に思うのか、グレースには想像がつかなかいとしても。

「ミス・ダンが来週、私とクララを牧師館に招待してくれるそうです。もちろん、だんなさまが許可してくださるなら、ですけれど。それに、馬車を運転していいとおっしゃってくださるなら」

み石を伝って川を渡ったら、びしょ濡《ぬ》れになってしまいました」

レイブンウェル卿は笑いを押し殺している。

「笑い話じゃありません」

「そうだな」その言葉とは裏腹に、彼の瞳はきらめいていた。「シバーストーンまで歩いてくる人間などめったにいない。馬車で来るんだよ、ミス・バートラム。馬車なら足が濡れることはない」

グレースは手綱を揺らした。ビルは平然と小川を渡ったが、反対岸に着いたとたん、レイブンウェル卿が馬車を方向転換する方法を説明し始めた。これ以上村に近づく気がないのは明らかだった。

シバーストーンへ戻ると、すぐにネッドが納屋から出てきて馬具を外し、ビルにブラシをかけ始めた。

「あれも習ったほうがいいのではありませんか?」

グレースはきいた。

「そうだな。ネッド、それは僕たちがするよ」

ビルにブラシをかけ終えてレイブンウェル卿を見上げると、彼が面白がるような表情をした。そして片方の手袋を外し、そっとグレースの頰に触れた。

彼女は動けなくなった。背筋に震えが走り、体の内側がざわざわした。

「泥がついていたんだ」

レイブンウェル卿が笑うと目尻に皺《しわ》ができた。グレースの膝から力が抜け、体が彼のほうに傾いていきそうになる。自分の無意識の反応におののき、彼女は背筋を伸ばした。

「君ができのいい生徒だということがわかったので、もう一つ課題を出そう」

グレースはぐっと唾をのんだ。彼女の不安をかき立てたのは課題ではなく、侯爵の親密なしぐさであり、彼に触れられて疾走し始めた自分の鼓動だった。

そして、笑ったときの彼の目がどれほど優しくてすてきか、突然気づいたことだった。いつもは辛辣なこの男性からは想像できないほど……。

だが、レイブンウェル卿は自分のしぐさにも、グレースの反応にも気づいていない。

「犬たちに会ってもらおう」彼が言った。

先ほどまでの戸惑いはすぐさま消えた。馬と犬は違う。ビルはほとんどの時間じっと立っていたし、綱につながれるか馬具で制御されるかしていた。でも犬は……。グレースは一歩後ずさった。

「さあ……君がおびえていたら、犬たちは嗅ぎつけるぞ。クララが犬舎に行きたがったらどうするつもりだい？」

「犬たちは小屋に入っているのですか？　まさか……」彼女は唾をのんで恐怖をしずめようとした。「飛びかかってはきませんよね」

レイブンウェル卿が笑った。「僕が飛びかからせないよ」彼は肘を曲げてグレースのほうに向けた。

彼女がためらうと、片方の眉を上げた。「犬舎までの道は石だらけだ。君に捻挫されては困る。さあ」

雇い主の腕に手をかけるのは不思議な気分だった。レイブンウェル卿の腕は岩のように固く、グレースはまた彼の頑丈な体を思い出した。自分を弱々しく感じると同時に、守られているようにも感じる。奇妙に入り交じった感情は不快ではなかった。

「犬は何匹いるのですか？」

「ブラック以外に九匹。種類はいろいろで、主に狩猟用だ。ただ、コリーのフライとフラッシュは牧羊犬だ。まずその二匹に会わせよう」

しばらくののち、グレースの頭の中ではテリアやスパニエルやポインターやコリーの名前と役割が渦巻いていた。犬舎に閉じ込められてすねていたブラックは今、二人のあとから屋敷へ向かっている。

「どうしてブラックだけ屋敷の中に入るのを許され

ているのですか?」

「家の中に十四の犬がいたらどんなに騒がしいか。彼らは犬舎で十分幸せだ。子犬のころからそこで暮らしているからね。だがブラックは……こいつの母親のテリアは大きくておてんばだった。二週間ほど姿を消したと思ったら、戻ってきたときには妊娠していた。どうやらケンダルのほうにいる川獺《かわうそ》猟用のオッターハウンドに会っていたらしい。生まれてきた子犬たちの見かけにはそれらしき特徴があったし、ブラックは水遊びが大好きだ。今となってはとても信じられないが、こいつはきょうだいの中で一番小さかったんだ。なかなか大きくならなくて、母親が見限ってしまった。それで僕が育て始め、以来館の中で暮らしている。あれからもう八年か」

グレースはブラックのもじゃもじゃの頭を撫でた。同じ状況に遭遇したら、たいていの人は弱々しい子犬を見殺しにするだろう。

「この耳はどうしたんでしょう?」グレースは付け根だけ残っているブラックの左耳に触れた。

「母親がこいつを拒絶したときに噛みちぎったんだ。ブラックは世界一ハンサムな犬ではないとしても、忠誠心が強くて頼りになる犬だよ」

「見た目以外にも大事なものはありますから」グレースは厨房の扉を開けながら言った。「ブラックはクララの相手も辛抱強くしてくれますし」

温かい空気とおいしそうな匂いが二人に襲いかかってきた。帽子と外套《がいとう》を脱いでいるグレースを見て、クララが椅子から這《は》い下りた。

「マ・バーム。マ・バーム」両腕を広げて駆け寄ってくる。

「ミス・バートラムよ」正しい発音を教えながら、グレースの心は舞い上がっていた。まるでママと言われたようだった。でも、忘れてはだめ。私はミス・バートラムであって、ママではない。グレースは上着を手近の椅子にかけてクララを抱き寄せた。

「何をしていたの、クララ?」

馬鈴薯《じゃがいも》の皮をむいていたアリスが顔を上げた。

「料理を手伝ってくれていたんですよ。シャープ夫人が今、談話室に飲み物を運んでいます。お二人は長いあいだ外で過ごされて、さっぱりするものが飲みたいはずだからって」

「ナニェルおじちゃま!」

クララがグレースの腕の中で身をよじり、両腕を伸ばして伯父のほうに乗り出した。不意に腕の中が軽くなったせいでグレースはよろめき、朝に続いてまたもや侯爵に寄りかかる格好になった。侯爵の腕が彼女を支え、クララの腕が彼の首に巻きつき、三人が一つながりになる。つかの間、グレースはレイブンウェル卿の筋肉質の体にうっとりともたれかかった。だがすぐに体を起こそうともがいて、二度失敗したあと、なんとか侯爵から離れた。侯爵のほうをうかがうと、彼の目は今にも笑い出しそうに輝いていた。

「飲み物の前に、君は確かにさっぱりする必要がありそうだ、ミス・バートラム」

そうからかわれ、グレースはひそかに憤然とした。グレースが衝動的な反応をしたところで、侯爵が彼女を面白い気晴らしとしか思っていないことは明らかだった。彼女がほどけた髪にふと手をやったとき、シャープ夫人が厨房へ戻ってきた。

「ああ、こちらにおいででしたか。今――」

彼女が急に口をつぐみ、いかにもうさんくさそうにグレースを見たので、頬がまた熱くなった。だが、グレースはすぐに顎を上げた。私は何も悪いことはしていないわ。この家政婦はなんの権利があって、私の悪事を見つけたみたいな顔をするの?

「アリスから軽食の話を聞いたところだよ」レイブンウェル卿が不穏な静寂を破って言った。「ありがとう、シャープ夫人。クララが大はしゃぎでミス・バートラムを出迎えたものだから、彼女は先に髪を直してくるそうだ」侯爵の唇がぴくぴくしているのは、笑いをこらえているせいに違いない。「この子は僕が見ているよ、ミス・バートラム。支度ができたら、談話室で会おう」

十分後、手と顔をさっと洗って髪を整えたグレースは階下に下りた。レイブンウェル卿と顔を合わせるのがなぜだか恥ずかしくて、足取りが重くなる。

だがそのとき、甲高い声が聞こえてきて、彼女の気まずさを吹き飛ばした。グレースは談話室へ急ぎ、目の前の光景にぎょっとして足を止めた。レイブンウェル卿が四つん這いになり、クララが小猿のようにその背中にのっかって髪をつかみ、嬉《うれ》しそうに笑い声をあげていたのだ。

ブラックが傍らで激しく尻尾をふっている。

「ブラックのる！」

「ブラックに乗る？」レイブンウェル卿は笑い声をあげると、膝立ちになって背中に手を回し、クララを下ろした。「君がとても丁寧にお願いできたので、ミス・クララ、ブラックに乗って一周だけ部屋を回らせてあげよう」

侯爵はクララをブラックの背中に座らせると、彼女を支え……犬に重みがかからないようにしたのが、グレースの位置から見えた。

「ミス・バートラム、ブラックに部屋を一周させてくれないか」

グレースはびくっとした。ここにいることは気づかれていないと思っていたのに。彼女は歩いていってブラックの襟首をつかんだ。

「いらっしゃい、ブラック」犬が命令どおりに動いたのでグレースはわくわくした。

一周し終えると、クララが叫んだ。「もっかい！

プ夫人からこれを預かったよ」

グレースは手紙を受けとり、表書きを見た。見慣れたイザベルの字だった。学校の住所の上に線が引かれ、シバーストーン館へ転送されている。裏返すと、ファンワース先生から、グレースの手紙に対する礼と、近いうちに必ず返事を書くというメッセージが添えられていた。グレースは嬉しくなって封を開けようとしたが、思い直した。食卓で手紙を読むものではないし、誰にも見られていないところで、ゆっくり味わって読みたかった。

クララが食べ物を片っ端からちぎり、一口かじっては投げ捨てるのをやめさせようとするうちに三十分が過ぎた。

レイブンウェル卿は揶揄《やゆ》するように眉を上げ、グレースの奮闘を見ている。

「これを見ていると、どうして子どもは子ども部屋もっかい!」

レイブンウェル卿は笑ってクララを犬の背から下ろした。「ブラックが疲れてしまうよ。それに、ミス・バートラムと僕はおなかがぺこぺこなんだ」彼はグレースのために椅子を引いた。「来年、クララに馬を買うことを考えよう。この子はきっと喜ぶだろう。君も一緒に馬の乗り方を習えばいい」

たわいもない言葉が大きな喜びをもたらした。グレースはシバーストーンに来て初めて館の一員になれた気がした。この世界に居場所と、家族のようなものができたのだ。彼女は椅子に座ったが、胸がいっぱいで、小声で礼を言うことしかできなかった。

レイブンウェル卿はクララをグレースの隣の椅子に座らせ、バターつきパンを一切れ持たせた。

「これで、僕たちが食事をしているあいだ、お嬢さまも静かにしていてくれるだろう。ああ、ところで……」彼はポケットの中を探った。「さっきシャーで食事をするべきなのかよくわかるな」

グレースは憤然とした。「この子はここで私たちと食べていることに興奮しているだけです」

彼は笑い、両手を上げた。「そんなに躍起になってクララをかばう必要はない、ミス・バートラム。僕はただ観察しているだけだ。行儀が悪いと文句を言うつもりはないよ」

グレースは唇を噛んだ。あんなふうに雇い主に言い返すべきではなかった。「すみません。だんなさまのおっしゃるとおりです。これでは、食べるものも食べられませんね」

「少なくとも、シャープ夫人の料理のせいでウエストが大きくなると心配する必要はないがね」

レイブンウェル卿の瞳に浮かぶからかうような光を見て、グレースは肩の力を抜いた。クララが椅子の上に立ち上がって身を乗り出し、自分の皿に食べかけのマカロンがのっているのに新しいマカロンをつかもうとしたので、やめさせた。

「本当にそのとおりです」グレースは立ち上がり、クララを片方の腰にのせた。クララは身をよじって抗《あらが》い、何か訴えたが、何を言っているかはわからなかった。「この子はもうおなかがいっぱいのようですから、二階に連れていってお昼寝をさせます」

レイブンウェル卿も立ち上がった。一介の家庭教師に対しても紳士的にふるまう彼に、グレースは何かくすぐったいような感覚を覚えた。

彼女は微笑《ほほえ》んだ。「馬車の乗り方を教えていただき、ありがとうございました。この新しい技術を十分活用するつもりです」

侯爵は小首を傾《かし》げた。「君はこの田舎に慣れ始めていると思っていいのかい？　景色を楽しんでいるように見えたが」

グレースは髪に絡まったクララの指をほどいた。

「ええ。実は、最初は荒涼としていてちょっと怖いと思ったのですが、今日はとても楽しめました。画帳を出してこようかと思ったほどです。それに、天気が許す限り、毎日クララと散歩に行くことに決めました。ブラックを連れていくのもいいですね」

「結構！　今日という日は十分成功したようだ」

グレースは出口に向かった。

「手紙を忘れないように、ミス・バートラム」

イザベルの手紙！　忘れるなんて！

グレースがぱっとふり向くと、すぐそこに手紙を持ったレイブンウェル卿がいた。グレースは広い胸から微笑む褐色の瞳に視線を上げた。何かがまた体の奥のほうを引っ張り、脈が飛び跳ねて鼓動が速くなった。彼の瞳が黒みを帯び、さらに鋭くなる。だがそのとき、クララがグレースの頬に頬を押しつけてきて、緊迫の瞬間は過ぎ去った。

「ありがとうございます」グレースは手紙を受けとり、ちらりと笑みを浮かべて部屋を出た。

10

クララはやがて眠りに落ち、グレースは自分用の居間へ行ってイザベルからの手紙を読んだ。

それは簡潔な、ぶっきらぼうと言ってもいいような手紙で、グレースはその内容にショックを受けた。イザベルが結婚？　あの陽気で、歌うことが大好きで、情熱的な恋に落ちることを夢見ていた友人が、子爵の跡継ぎと便宜結婚？

イザベルが言うには、ウィリアム・バルフォーとの結婚は〝互いを正確に理解する理性的な二人の人間〟の結びつきらしい。

楽天的な彼女が書いたとは思えない文言で、グレースの心は痛んだ。イザベルのそばで支え、慰めてあげることができたら。手紙の日付は八月になっている。結婚してもう二カ月にもなるのだ。

すぐに返事を書こうと思ったが…… 一度膨らんだグレースの熱意がしぼんだ。イザベルは手紙の中でグレースに、赤ちゃんを見つけられたかときいていた。真実は彼女の重荷になるだけだから、返事には嘘《うそ》を書くしかない。

でも、嘘をつくことは友人を裏切ることだ。

手紙はもう少ししてから書こう。数週間すればこの暮らしにももっと慣れるはずだ。願わくばそのころには、イザベルが今より幸せな気分になり、私も自分の欺瞞《ぎまん》に折り合いをつけられていますように。

「今夜はやけに静かだね、ミス・バートラム」レイブンウェル卿《きよう》が言った。夕食のあと、二人はチェス卓をはさんで座っていた。「さっきの手紙が悪い知らせでなかったらいいのだが」

グレースの意識が、今いる客間に戻ってきた。

「悪い知らせではありません、正確には。でも、不安になりました」

彼女はゲームに集中しようとした。盤面を眺め、さらに身を乗り出して駒を見回す。確かに私は初心者だけど、こんなに少ない手数でこんなに不利な状況になれるものかしら？

「まさしく」グレースの考えが聞こえたかのように、侯爵が口元をほころばせて言った。「君の意識はチェス以外のところにある」

「申し訳ありません」

「謝る必要はない。この遊びを楽しむためには練習と集中が必要だ」彼は駒を最初の位置に戻した。

「ほかに気がかりなことがないときにまたやろう」

侯爵はブランデーを手に立ち上がった。図書室に行って帳簿の仕事をするつもりだろう。グレースは失望を覚えて驚いた。一人で考え事をしたいと思っていたはずなのに。

だが、レイブンウェル卿はその場から動かない。

「悩んでいることがあるなら、話してみるかい？」

孤独を好む彼がこんな申し出をするにはよほどの葛藤があったはずだ。グレースを避けるためにクララに犠牲を強いていると指摘されたあと、彼は確かに変わろうとしていた。グレースはもう彼の無愛想な態度を怖いとは思わなかった。その陰には姪《めい》を愛し動物に優しい紳士がいるとわかっていた。

「私はイザベルの手紙のことばかり考えてしまっているようです。話せば、少しは頭の中を整理できるかもしれません」

侯爵は暖炉のそばの椅子を示した。「では、話してみるといい」

彼はイザベルが今属する社会の人なのだから、少なくともかつてはそうだったのだから、この不安を和らげてくれるかもしれない。グレースはイザベルとウィリアム・バルフォーの便宜結婚について話した。

「バルフォー……。その一家のことは知っているが、ウィリアムという青年は思い出せないな。僕よりも若いのは間違いなさそうだ。だが、どうしてその友人のことがそんなに心配なんだい？　すばらしい結婚相手を見つけて将来は安泰じゃないか」

「だんなさまはわかっていらっしゃいません」イザベルのような自由な人間には会ったことがないだろうから、わかるはずもないのだけれど。「イザベルは両親に溺愛されて育ちました。夢はオペラ歌手になることで、愛されてこそ輝く女性なんです。愛のない夫とどうやって生きていくのか……」

レイブンウェル卿が面白がるように息を吐き出したので、グレースはむっとした。彼は私のことを恋に憧れる愚か者と思っているのだ。

「結婚に愛が必要とは思われないのですね？」

「思わない。そんな詩的な戯言《たわごと》を信じる君は、よほど若くて世間知らずなのだろう」

彼が知っていれば……。

グレースはもうずっと前に悟っていた。クララの父親フィリップは、すらりと背が高くてハンサムでいつも上機嫌な、魅力たっぷりの人だった。十六歳のグレースに言い寄り、彼の愛を信じ込ませたフィリップ。グレースの妊娠を知って軍隊に逃げたフィリップ。一年二カ月前に戦死したフィリップ。

戦場で命を落とした彼のことを思うと、いつもの悲しさがわいてきたが、自分はただお世辞を浴びせられてのぼせ上がっていただけだということはずいぶん前に受け入れていた。ハンサムな青年に大切な人のように扱われて自尊心をくすぐられたけだと。本当の彼に接するたび、グレースの心から無邪気で幼い愛は消えていった。彼は甘くささやけば求めるものを得られると考える利己的な若者だった。

そして彼の考えは正しかった。そうでしょう？

親友以外の人たちに妊娠を隠し通したあの恐ろしい時期を思い出すと、グレースの体に震えが走った。それでも、フィリップとの経験のせいで人生に幻滅するつもりはない。

「愛を単なる詩的な戯言とは思いたくありません」

「それこそ僕が言いたかったことだ。ずっと学校の中で暮らしてきた君には現実社会での経験がない。いくつのときから……。十歳だったかな？」

「九歳です」

「九歳。そうだった。愛は無邪気な戯言だよ。ロマンティックでばかげた考えは君自身のためにも排除するべきだ」

彼は苦々しさを隠そうともしなかった。痣《あざ》のせいだろうか？　それとも不幸な恋愛の経験があるのだろうか？　いずれにせよ、愛に対する彼女の考えをけなさせるつもりはない。グレースはイザベル同様、真実の愛をずっと変わらず信じていた。

「君の友人の結婚生活にはなんの問題もない」レイブンウェル卿は続けた。「君がやきもきしても時間を無駄にするだけだ」

「それは……」グレースはそこでやめた。

「それはなんだい、ミス・バートラム？」

彼の目は暗く、何を考えているかわからなかった。

悲しすぎます。でも、そう口にすることはできなかった。レイブンウェル卿が友好的になったとしても、無遠慮は許されない。彼が雇用主であることに変わりはなく、彼女を解雇するのも自由だ。

「賢明なお言葉ですね。私はイザベルのために何もできませんし、彼女にはなんとかやっていくための強さと意志がありますから」

レイブンウェル卿が立ち上がった。「君の気もすんだようだから、僕は仕事をするよ。おやすみ」

彼は出ていき、グレースは一人その場に残された。

暖炉では燃えさしの薪《まき》が赤く輝き、ときおり炎が上がって火花が散っていた。グレースは侯爵のことを考えた。あんなふうに愛を否定する彼は、ずいぶん孤独に違いない。グレースは彼が微笑《ほほえ》んでくつろぐ姿を見たかった。なんとしてでも彼の生活に明るさと活力と笑いをもたらしてあげたかった。

「だんなさまが大あわてで出ていかれたが、あんたたち、なんの話をしていたんだね？」

グレースははっとした。シャープはいつの間に入ってきたのだろう？

「愛と結婚について話していただけど……私の友だちから届いた手紙のことで」シャープがにやっとしたので、彼女は急いでつけ足した。「だんなさまはロマンティックな考えは捨てるようにとおっしゃって、仕事があるからと出ていかれたの」

シャープは空のカップをトレーにのせ、レイブンウェル卿のグラスに残っていたブランデーを飲み干してグレースにウインクした。

「なるほどね」

「どうして〝なるほど〟なの？」

シャープは鼻の片側を指で叩《たた》いた。「俺は噂話《うわさばなし》はしねえんだ」

「ええ、あなたはすばらしく口が固いわ。でも、だんなさまのことを理解しているあなただからこそ、私はきいているの。ほかの人たちには――」

「ほかの人たち？　みんな俺の半分も知りゃしねえよ」

「ええ、だんなさまが友人とも家族とも交流を絶った本当の理由なんて誰も知らないでしょうね」

「そうとも」シャープはグレースの向かいの椅子に座り、身を乗り出した。「全部知ってるのは俺とかみさんだけだ。焼け落ちたお屋敷を建て替えるあいだ、みんなで寡婦用邸宅に身を寄せてたからな。だんなさまはレディ・セアラと交際なさってたが、火事のあとロンドンに会いに行っても彼女は知らん顔で、しばらくしてほかの人と結婚しちまった。だんなさまは屋敷に戻ってきたあと、二度とロンドンに行こうとはなさらなかった。レイブンウェルにいても、じろじろ見られるし噂はひどいしで、領地から出ること自体なくなっちまったが、罪悪感は相変わらずだった」

罪悪感？　グレースは詳しくききたかったが、言葉をはさむと、シャープが話すのをやめてしまいそうでできなかった。

「そのうち、奥さまが見合いをさせようと思いつかれた。相手はミス・ヘイバーズ。喉から手が出るほど爵位と金をほしがってたが、あのあば――失礼、彼女はだんなさまを見るなり、いくら爵位と富があっても怪物とは結婚できないと抜かしやがった。火事のすぐあとで、まだ傷も生々しかったんだ」

なんて浅はかな女性たちなの！　傷ついた人をそ

んなふうに嘲るなんて。

シャープが、膝の上で拳を握るグレースを見て笑った。「かみさんがあれほどだんなさまを守ろうとするわけがわかったかね？」優しく言ったあと、またきびきびとした口調になった。「そのあとみんなでここに移り住み、以来ずっとこの暮らしを送ってるってわけだ」

やはりレイブンウェル卿は拒絶から身を守るために自ら社会との関わりを絶ったのだ。それでも……まだわからない。他人とつき合いたいと思えば、好奇や哀れみのまなざしなど彼なら耐えられるはず。

「それで、罪悪感というのは？」

シャープの目が細くなった。「しゃべりすぎちまったな。忘れてくれ。あんたにゃ関係ない話だ」

グレースは牧師館の前でギグ馬車を止め、教わったとおり手綱を束ねた。シバークームまで初めて自力でたどり着き、誇らしい気持ちでいっぱいだった。

「ミス・バートラム！」

玄関扉が勢いよく開き、すらりと背が高くてハンサムなレンデル氏が満面の笑みで駆けてきた。あんな男性が注目してくれることに舞い上がっていたときもあったけれど、今グレースの心に浮かぶのは別のイメージ――陰鬱に思い悩み、まったく違う魅力を放つ姿だった。少年ではなく大人の男性の姿。彼女は背骨を伝い下りた震えを無視した。

「こんにちは、レンデルさん」グレースは彼に手を借りてギグを下り、クララも下ろした。「ごらんのとおり、頑張って自分で運転してきたんですよ。念のためネッドにもついてきてもらいましたが」

馬でついてきていたネッドがギグの前に回り込んでビルの綱をつかんだ。

「そういうことなら、初運転の成功おめでとう。君たちが無傷で到着してよかった」

「目的があると、馬車を駆るのも楽しいですね。ミス・ダンが招待してくださったときには、天気が読めなくて日にちを決められなかったのですが、今から三十分ほどお邪魔してもかまいませんか？」

「あいにく僕は教区の人を訪ねるところだが、ミス・ダンは家にいるし、君たちに会えて喜ぶはずだよ。出かける前に僕が彼女のところへ案内しよう」

「ありがとうございます。ネッド、少しだけ待っていて」

「馬をつないだら厨房《ちゅうぼう》側に回るといいよ、ネッド。料理人が飲み物を出してくれるはずだ」

レンデル氏はクララを抱き、石づくりの四角い牧師館に案内した。彼はグレースをしゃれた客間へ招き入れ、ミス・ダンを探しに行った。

だが、部屋に入ってきたのはダン牧師だった。彼はきらめく目を細めて福々しい笑みを浮かべた。

「ミス・バートラム、なんと嬉《うれ》しい驚きだろう。エリザベスが談話室に来てほしいそうだ。クララが喜びそうな小さな友だちがいるんだよ」

彼はグレースにウインクしてクララのほうに手をさし出した。クララがすぐにその手を握ると、牧師はグレースを先に行かせ、廊下の端の扉を示した。

そこは少し古いものの居心地のいい部屋だった。こういうのをくつろげる部屋というのだわとグレースは思った。シバーストーン館の暗くて人を寄せつけない談話室とは全然違う。

「こんにちは、ミス・バートラム」

グレースは驚いて、無人に見える部屋を見回した。「さあ、中へ」背後からダン牧師に促されて中に入ると、扉の陰のソファのそばで、ミス・ダンが暖炉の前に座り、子猫を二匹、膝にのせていた。三匹目の子猫が鼻先にぶら下げられた紐《ひも》を前足でつついている。その傍らで大きな白い雌猫が子猫たちを目で追いながらせっせと体をなめていた。

子猫が紐に飛びついて背中から落ちると、グレースは笑った。「こんにちは、ミス・ダン。日曜日に聞いていたのに、子猫たちのことをすっかり忘れていました。かわいいですね」

「エリザベスと呼んで。私たち、きっと大親友になると思うの」彼女はグレースに椅子を勧めるしぐさをした。「家族の休憩室にお招きしたこと、気を悪くしないでね。母がこの子たちを客間に入れさせてくれないの。仕方がないわ。この子たち、部屋をめちゃくちゃにしてしまうんだもの。立ってご挨拶できなくてごめんなさい。でも、子猫たちの遊び場として柔らかい膝を提供しているから、これでも役に立っているのよ」

「全然かまわないわ。それに、私のことはグレースと呼んでね」

グレースは嬉しくなった。新しい家のこんな近くに友だちができるなんて。学友たちがいない寂しさを紛らせてくれるだろう。

「見て、クララ。子猫よ。かわいいわね」

クララが駆け寄ると、子猫たちが逃げ出した。

「気をつけて、クララ。子猫が怖がっちゃうわ」エリザベスは少女を膝に座らせた。「どの子が勇気を出して近づいてくるか、ここで見ていましょ」

一時間後、グレースはビルの広い背中に手綱をあててシバーストーンへ向かわせた。ネッドが馬で後ろからついてくる。彼女はエリザベスとレンデル氏に手をふった。レンデル氏はあれからしばらくして訪問先から戻り、紅茶のセットを持ったダン夫人とともに談話室へやってきた。新しくできた友人とレンデル氏が並んで立ち、ときおり目を見交わす様子を見ていると、二人には友情以上の秘密の関係があるように思われた。

クララはグレースとのあいだに置いた籐《とう》のかごの

持ち手をしっかり握り、いつになく静かに座っている。クララへのこの贈り物を受けとって本当によかったのだろうか。村の外れまで来たとき、グレースはふと不安になった。だがそのとき、クララがきらきら輝く大きな目を上げ、その瞳を見るとグレースの疑念は消え去った。

レイブンウェル卿は姪を愛しているから、彼女が子猫を飼うのを渋ったりしないはず。そうよね？

侯爵のことを考えると、みぞおちがまたぞくぞくした。彼に頬の汚れを拭われて以来、その感覚が消えない。抑えても抑えても、愚かしい考えや願いがわき上がってくる。彼が言っていたとおり、ビルは屋敷へ帰る道をよくわかっており、運転に集中する必要はなかった。グレースは辺りの陽光や景色の美しさを満喫し、これをどんなふうに絵にしようかとたわいもない考えを巡らせていた。

11

ナサニエルはゼファーにまたがり、森から村へ通じる道を進んでいた。ブラックが地面の匂いを嗅ぎながらついてくる。ミス・バートラムが自らギグを運転してシバークームに向かったと聞いてから何も手につかないのは、クララが心配だから、それだけだ。ネッドがついていようと関係ない。それは彼の仕事だ。ナサニエルは川まで行き、そこで二人を待つつもりだった。もちろん、それまでに出会わなければの話だ。シャープによれば、ミス・バートラムが牧師館で三十分ほど過ごしてくると言って出かけたのは、一時間半も前のことらしい。

森を出ると、湾曲した道に沿って浅瀬へ向かった。

そこの踏み石を伝って馬車はシバー渓流を渡る。大雨の直後だけは急流のため通行不能となるが、水かさは増してもすぐに戻るので、館が長期間孤立することはない。

浅瀬に着くと、ナサニエルはゼファーから降り、草を食べさせた。ブラックはすぐさまもっと深い下流へ泳いでいった。十一月の爽やかな一日だったが、気候や自然の美しさを楽しむ気分ではなかった。ナサニエルは腕組みをして足を地面に打ちつけながら、浅瀬の先の道に視線を据えていた。

村へ行って二人の無事を確認するべきか？　彼が考えられないようなことを考え始めたとき、ようやく馬の蹄《ひづめ》と車輪ののどかな音が聞こえてきた。ナサニエルの心臓が通常の位置に戻ると、ブラックが川から飛び出してきて体をふり、きらきらと輝く水滴をまき散らした。彼はゼファーにまたがって浅瀬を渡った。ゆっくりゆっくり馬車を引くビルの姿が現れ、ミス・バートラムの声が届いてきた。「まあ、クララ。ナサニエル伯父さまだわ！」

「ナニェルおじちゃま、ねこちゃんよ！」

ビルがゼファーのそばで止まった。クララが座席の上で飛び跳ね、ミス・バートラムは……家庭教師は彼と目を合わせず、はにかんでいるように見えた。それとも、後ろめたそうと言うべきだろうか。

「ネッド、先に帰ってくれ。二人でつき添う必要はないだろう」

そう指示するあいだもミス・バートラムの表情が気にかかる。レンデルに会ったからか？　仕事中に彼と会ったことが後ろめたいのか？　ナサニエルはみぞおちの辺りからわき上がる怒りの渦を押し戻した。彼女にも個人的な時間や友人をつくる機会は必要だ。彼の隠遁《いんとん》生活を他人にまで強要することはできない。たとえ相手が使用人でも。

それに、と彼は姪《めい》の嬉《うれ》しそうな顔を見た。クララが楽しんできたことは間違いなさそうだ。

ゼファーの向きを変え、なぜかギグに乗り込もうとしているブラックについてくるよう命じると、浅瀬を引き返した。ビルが慣れた様子であとに従う。浅瀬を渡りきると、ナサニエルは馬をギグの隣に移動させた。

「ミス・ダンのところに行っていたそうだね？」

「ええ、私たち、仲良くなって洗礼名で呼び合うようになりました」ミス・バートラムはにっこり笑ったが、ナサニエルはその瞳に不安の色があるのを見逃さなかったし、彼女が早口になっているのも聞き逃さなかった。「とても楽しかったです。あとからダン夫人と、レンデルさんと……」

「ねこちゃん！」クララがナサニエルの気を引こうとして立ち上がりかけた。「ねこちゃん！」

「クララ、座りなさい。危ないわ」ミス・バートラムは少女を座席に戻らせた。「それに、人の話をさえぎるのはお行儀がよくないわね」

「ナニェルおじちゃまああ」クララがべそをかきながら訴える。

ミス・バートラムは帽子のつばの下からナサニエルの表情をうかがうと、観念したようにギグを止めた。「今、お話ししてしまったほうがよさそうですね。どうせあとでわかることですし」

突然恐怖に襲われ、ナサニエルの胃が引きつった。何を言うつもりだ？　今、彼女を失うことはできない。クララがどれだけショックを受けるか。

みゃあ。

ブラックが前足をギグのステップにかけ、吠《ほ》えながらミス・バートラムの膝に頭を押しつけた。

「ブラック！　降りろ！　すまない、ミス・バートラム。何がしたいのかさっぱりわからないな」

「私にはわかります」彼女は茶色の上着についた泥を払って苦笑した。

「ねこちゃん！」

みゃあ。

「仕方がないわね……。だんなさま、エリザベスが――ミス・ダンがクララに子猫をくれたんです」その口調は挑戦的だったが、表情は用心深かった。「まずだんなさまに許可をいただくべきだとわかってはいたのですが……」

子猫か！　ナサニエルはほっとして笑い出しそうになり、なんとかこらえた。それなのに僕ときたら……。自分が何を恐れていたかはあえて考えなかった。ミス・バートラムのこととなると、どうも想像力が暴走してしまう。あの恋愛談義のあと、彼女とは距離を置くと決めるべきだったのだ。彼女が本当にレンデルに恋をしているならよかったのに。

「それでブラックがギグの中をのぞき込んでいたのか。そのかごの中に猫がいるのかい？」

ミス・バートラムがうなずいた。

「ねこちゃん、見る？」

「あとで見るよ、クララ。子猫がここで逃げたら、見つけるのは無理だからね。それに、ブラックが夕食代わりに食べてしまうかもしれない」

「まあ。それは考えませんでした……。ブラックはこの子をいじめるでしょうか？」

「行こう。まずは帰るんだ」一行はまた進み始めた。「それに、僕にもわからない、というのが正直な答えだ。屋敷で猫を飼ったことはないが、ブラックは狩猟犬だから……」

ミス・バートラムの顔が引きつった。「どうしましょう。もしこの子がけがをしたら、クララはショックを受けるはずです」

「では、けがをしないような方法を考えよう」

「ありがとうございます」

彼女が微笑《ほほえ》むと、生き生きとした瞳が緑から金色に変わってまた緑色に戻った。春の若葉の中で戯れる日の光のようだ。絶えず色を変え、光を反射し……。ナサニエルは彼女から視線を引きはがした。

「それに、シャープ夫人という難題もある」

二人の目が合った。今回は共犯者のように面白がる気持ちとおののく気持ちを交錯させて。


「猫だって？　家の中で？」シャープ夫人が両手を腰にあてた。「走り回ったり、カーテンに飛びついたり、敷物を引っかいたりするに決まって……」

「ごめんなさい、シャープ夫人。そのことは考えなかったわ。でも……クララの顔を見てちょうだい。だめとは言えないでしょう？」

ミス・バートラムが不安げにナサニエルを見た。

「シャープ夫人、大人が五人もいるのだから一匹の子猫くらいどうにかなるだろう」ナサニエルはかごを調理台に置き、蓋を留めている紐《ひも》の金具を外した。

「だんなさま！　調理台の上はやめてください」

「猫は置かない。かごから出すだけだ」

ナサニエルが蓋を開けると、弱々しいみゃあという声がして、白黒のぶちの顔が現れた。シャープがかごの中に手を入れて子猫を持ち上げた。

「煙突掃除屋《スィープ》のような顔だな」ミス・バートラムににっと笑いかける。「こいつの名前はそれでどうだい？　スィープ？」

「スィープ！」クララが子猫のほうに手を伸ばした。

「はい、どうぞ」シャープが床に下ろすと、猫はぱっと走っていって大きな棚の下に潜り込んだ。

「もうこの騒ぎだ」クララが甲高い声をあげて子猫を追いかけると、シャープ夫人がぶつくさ言った。

「ああ、ごめんなさい、シャープ夫人」ミス・バートラムが食器棚に近づいてその下をのぞく。

ナサニエルの目はすぐに、ウールのドレスがそれとなく示す彼女の形のよいお尻に引きつけられた。

彼はそんな自分にいらだって視線を引きはがした。

「失礼、ミス・バートラム」

ナサニエルは彼女のそばに膝をつき、戸棚の下から子猫を引っ張り出した。

「子ども部屋に連れていくんだ」子猫をミス・バートラムのほうに突き出す。「こいつをきれいにしてしつけをするのは君の仕事だ。いいね」

「承知しました」彼女はうつむいて言った。

きつい言い方をするのは後ろめたかったが、少なくとも彼がどんな不埒《ふらち》なことを考えていたか誰にも気づかれずにすんだはずだ。彼が不機嫌なのは猫のせいだと皆、思っただろう。

子猫の体は大部分が黒で、ところどころ白かった。白い顔の鼻の下と目のまわりが黒い彼には、スィープという名前がお似合いだ。ブラックがあの猫を受け入れてくれるといいのだが。できるだけ早く二匹を引き合わせることだなと、ナサニエルは考えた。

ミス・バートラムが子猫を抱いて出口に向かうと、クララもぴょんぴょん飛び跳ねながらついていった。

もう侯爵の前でひるんだりしないわ。彼がぶっきらぼうなのは態度だけ。スィープのことも、クララがどれほど愛しているかわかればすぐに認めてくれるし、姪のためならなんでもしてくれるはず。グレースは髪をねじってまとめ、晩餐《ばんさん》の支度をした。興奮して疲れきったクララは、もう眠っている。スィープはグレースの寝台の上に座り、大きな緑色の目でこちらを見ていた。

「夜は厨房にいるのよ」彼女は猫に言った。

いろいろ考えたが、スィープにクララの睡眠を邪魔させたくないし、自分の寝室にいさせるのもいやだった。でも、厨房に置かせてもらうにはシャープ夫人の許可が必要だ。グレースはドレスの腰の辺りを撫《な》でつけると、スィープを抱き上げた。

「シャープ夫人――」厨房に入りながら呼びかける。

「猫をこんなところに連れてきてなんだい？」

「まあまあ」シャープがグレースのそばに来た。「ミス・クララが寝ている部屋に猫を置いとけないだろう？　おまえだってついこのあいだ、鼠《ねずみ》に文句を言ってたじゃないか」彼はグレースにウインクした。「夜はここで大暴れさせてやって、昼間はミス・クララと遊びゃあいいんだよ」

「ふん。私の足元をうろつかせないでおくれ。私は忙しいんだ。足をどこに置くかいちいち確かめる暇なんてないんだからね」

グレースはシャープにスィープを渡し、笑顔で感謝を伝えると、朝の間に向かった。第一の課題は意外と簡単に突破できた。さあ、次は第二の課題だ。

グレースは客間に移り、シャープ夫人が紅茶を運んでくるまで待った。レイブンウェル卿《きょう》はいつものように朝の間からブランデーを運ばせていた。グレースは紅茶をつぎ、チェス卓ではなく暖炉脇の椅子に座った。侯爵は驚いたように眉を上げながらも彼女の隣の椅子に腰を下ろした。

「チェスより会話がしたいということかな？」

「ええ、そうなんです」彼女には今、使命があった。クララのためにどうしても成し遂げなくてはならない。「私が初めてここにうかがったとき、だんなさまは子ども部屋の模様替えをしてもかまわないとおっしゃいました」

侯爵は小首を傾《かし》げた。「そのとおりだ。それで、そうしたんだろう？」

「はい。アリスに手伝ってもらって」

グレースは息を吸い込んだが、彼女が言葉を継ぐ前に侯爵が口をはさんだ。「質問があるんだね」

彼に面白がられているのを感じて、グレースはむっとした。

「私はクララのためにお願いしようとしているだけです。ここを彼女の家にしたいんです」腕をふって今いる部屋を示す。「子ども部屋と寝室の居心地はよくなりましたが、ここはどうでしょう？」

侯爵の眉根が寄った。「ここ？　ここは客間だ。子どものための場所ではない」

「子ども？」グレースは体を乗り出した。「私たちはだんなさまの姪の話をしているんです。あの子をここに入れないおつもりですか？」

「彼女はここに入るとも」レイブンウェル卿がうなるように言った。

「そのとおりです」彼女は要点が伝わったことに満足して座り直した。「見てください。ぶしつけに聞こえたら申し訳ありませんが、この部屋には歓迎するような雰囲気も家庭らしい温かみもありません。それに、クリスマス？　クリスマスはどうされるのですか？」

「クリスマス？」彼の眉が跳ね上がった。

自己憐憫《れんびん》に聞こえないように説明するにはどうしたらいいだろう？　クララに自分の子ども時代のようなクリスマスを過ごさせたくなかった。

「子どものころのだんなさまにとって、クリスマスはどんなものでしたか？」

何かを理解したように彼が微笑んだ。「日曜のプディングづくり、厨房から連日漂ってくるおいしそうな匂い。緑の枝葉を集め、大薪を運び入れ、当日の朝には教会へ行き、贈り物を贈り合う」炎を見つめてなつかしそうな顔をする。「十二日節の前夜祭、家族でするジェスチャーゲーム……」

彼は黙り込んだ。途方に暮れて……頼りなげに見える。こんなふうに警戒を解いた姿を見るのは初めてで、グレースは胸がいっぱいになった。孤独を選んだのは彼自身だとしても、他人の反応がそうさせたのだ。彼はまだ二十一歳の若者だったのだから。

レイブンウェル卿はグレースの存在を思い出したように口を結んだ。「今は違う。僕はこの屋敷の暮らしに満足している」

「この暮らしに満足し、クリスマスを祝うことをよしとされていなくても……だんなさまのと同じくらい楽しい子ども時代の思い出をクララに与えることは、私たちの仕事だと思いませんか？」

レイブンウェル卿は小首を傾げ、グレースをじっと見た。「そして、君のと同じくらい？」

「友人たちと学校で迎えたクリスマスは幸せな思い出です」

「それ以前のクリスマスは不幸だった？」

「不幸とは違います。でも、叔父と叔母はとても信心深くて、わずかでも異教の伝統がまじったものは受け入れませんでした。彼らにとっては教会と慈善がすべてなんです。すばらしいことだとわかっていますが……子どもにとっては……」

グレースは立ち上がり、暖炉のそばを離れた。部屋の反対側の暗い隅に行って侯爵のほうを向く。

「この部屋を中心にクリスマスの飾りつけをしましょう」彼女は火のついていない暖炉やがらんとした空間のほうに腕をふった。

レイブンウェル卿が初めて見るというように部屋を見回した。「君の言いたいことがわかったよ。クララのためだ」

「クララのために」グレースは微笑んで元の椅子に戻った。「家具をいくつかこの部屋に戻したいんです。だんなさまの許可をいただいたうえで」

「シャープ夫人がいいと言うなら、反対はしない。彼女の仕事を増やさないように家具を最小限にしているだけで、僕自身が家具を疎ましいと思ったことはない。君がしたいようにすればいい」

熱烈な賛意など期待していなかった。彼がしぶしぶ認めてくれたことが第一歩だ。グレースは以前、クララのためにこの味気ない建物を温かい家に変えると誓ったが、その誓いには今、レイブンウェル卿を変えることも含まれていた。

12

三日後、目を覚ましたクララが洟《はな》を垂らしながら喉の痛みを訴えた。元気がないかと思えば癇癪《かんしゃく》を起こし、スィープですら少女の笑みや瞳の輝きを引き出すことができない。グレースは子ども部屋の暖炉のそばに座ってクララをあやしながら、熱の兆しに警戒し続けた。唯一明るいニュースは、遠いフーリアからファンワース先生を経由してレイチェルの手紙が届いたことだった。

そこには、シバーストーンとはまったく違う世界があった。豪奢《ごうしゃ》な〝宮殿〟での暮らし、広い砂漠、青々と美しいオアシス。教えている三人の子どもたち——八歳のアアヒル、六歳の妹アメエラ、四歳の弟ハキム——からも、少しずつ信頼を得ているという。三人に対するレイチェルの愛情が文面からも伝わってきた。シーク・マリク・ビン・ジャラル・アル＝マフロウキーといういかめしい名前の雇い主についてはほとんど書かれていなかった。レイチェルの言葉は用心深く、グレースはよほど恐ろしい人なのだろうという印象を持った。

十一時少し前にシャープ夫人がアリスをよこし、ミス・クララを彼女に任せて厨房《ちゅうぼう》でココアを飲むようにと言ってきた。グレースはスィープを連れて階下へ下り、この時間はいつも厨房のかまどのそばで丸くなっているブラックのそばに行った。二匹はしばらく牽制《けんせい》し合ったあと、仲良くなっていた。

「ミス・クララの具合はどうだい？」シャープ夫人がグレースにココアを渡しながらきいた。

「不機嫌よ。アリスと二人で置き去りにされるのをいやがっていたわ」

「あんたまで風邪を引かなきゃいいんだけどね。顔色が悪いよ」

家政婦の気遣いが意外で、グレースは温かい気持ちになった。椅子に座り、両手でカップを包んでココアを飲む。彼女はほうっとため息をついた。

「座ってクララを抱いているだけなのに、こんなに疲れるなんて」

「ミス・クララはちょっとは寝たのかね」

「それがまったく」グレースはココアを飲み終えて立ち上がった。「戻ってアリスを解放してあげなくちゃ。かわいそうなクララ。本当につらそうなの」

「喉の痛みを和らげる薬をつくっておいたよ」よくある不調に対してはシャープ夫人が薬を調合するのが常だった。「一さじ飲ませて、ミス・クララが眠ったら、私がつき添うよ。今日はいい天気だし、少し体を動かしてくるといい」

家政婦のいつにない優しさに驚き、グレースは礼を言った。そして昼食のあと少ししてクララがうとうとし始めると、彼女の厚意に甘えることにした。

レイブンウェル卿《きょう》は明け方に出かけたと、厨房のお気に入りの椅子に座ってパイプをくゆらせていたシャープが教えてくれた。謎めいた雇い主についてシャープがまた何か話してくれるかもしれないと、グレースはしばらく待っていた。

「だんなさまは忙しくしているのがお好きなんだ。あれこれ考えずにすむからだろうな」

「あれこれ？」グレースはクララの洗濯物をたたみながらきいた。特に意味はなく、会話の礼儀としてきいただけだというように。シャープに話させるには、無関心を装うのが一番だとわかっていた。

「ああ。だんなさまは毎日疲れきるまで動いて父上のことを考えないようにしていなさるんだ。罪悪感ってやつだな」

罪悪感。シャープは以前にもその話をしていたが、説明はしてくれなかった。

「あら、だんなさまには罪悪感を抱くようなことなんてないでしょう？」

「そこがあんたの間違ってるところだ。学はあるとしてもな」シャープが顔を上げ、目を半分閉じて完璧に丸い煙の輪を吐き出した。「そう……。だんなさまは一生自分を許さないだろうよ。ここで——」心臓の近くを叩《たた》く。「感じていなさるのさ。あの方はあんたが思うほど冷たい人じゃない」

私は彼を冷たい人だなんて思っていないわ。だが、グレースにはそう口にしないだけの分別があった。

「炎の中に戻ろうとするだんなさまを俺たちは必死で止めたんだ。だが、三人がかりでもだめだった。あの方はそれだけ腹をくくってたんだ」

「火事があったのはレイブンウェル邸？」

「俺たちがだんなさまを止められてさえいたら。だが、あのときのだんなさまは何かにとりつかれたようだった。奥さまもそうだ。あれは血も凍りつくような悲鳴だった」

「でも……」グレースはきかずにいられなかった。「どうしてだんなさまは炎の中に戻ったの？　火傷《やけど》を負われたのはそのとき？」

「そうさ。お父上のためだよ。脚が悪かったうえ、火が出たとき二階におられたお父上を、だんなさまは助けようとしたんだ。寝室まではたどり着けたが、そこで屋根が崩れてお父上は亡くなっちまった。あ、そのあとのむごさといったら。痛みだけじゃない。蝋燭《ろうそく》で手を焼いた苦しみを百倍……いや、千倍にすれば、真実らしきものが見えるだろうよ」

気の毒なナサニエル。まだ二十一歳だった彼の苦しみを思うと、哀れみの固まりがグレースの喉を塞いだ。レイブンウェル卿というパズルのピースがまた一つ見つかった。痣《あざ》だけでなく罪悪感もとなると、若者には背負いきれない重荷に違いない。

グレースはペリースを羽織ると、画帳を抱えて屋敷の背後の丘へ向かった。辺りの景色の荒々しさと美しさを鉛筆で描きたいと思っていた。

ぎざぎざの稜線《りょうせん》を青空に突き刺すシバー岩峰を目指して坂を上り始めたグレースだったが、そのはるか手前で息が切れ、足が止まった。

ふり返ると、眼下に谷間の森や牧草地が見えた。あれが村へ行くときに渡る川で……。グレースは目の上に手をかざして探した。ああ、あった。教会の塔がたくさんの屋根の上に突き出ている。冷たい空気を深く吸い込むと、肺がすっきりして血液が力強く流れ始めた。

もう少し先まで歩いたら、スケッチをして帰ろう。お昼寝のあと、クララの具合が奇跡的に回復していたらいいのだけれど。そのとき、空中でゆっくりと円を描く金茶色の大きな鳥が目に留まった。最初にここへ来たとき見かけた鳥も大きかったけれど……この鳥は巨大だ。翼を広げた大きさは目をみはるほどで、その縁の羽根は人間の開いた手指を思わせた。

グレースは峰に視線を戻した。思っていたより遠くて今日行き着くのは無理そうだけど、絵の中心に据えるにはうってつけだ。

ゆっくりと歩いて草原に着いた。そこに彼がいた。レイブンウェル卿。

彼はグレースに気づかず、地面に置いた鞄《かばん》の中を探っている。こんなところで一人で何をしているのだろう？　シャープが言っていたように、あれこれ考えているのだろうか？　父親と火事の夜のことを？　グレースは彼に気づかれる前に帰ろうと思った。今来た道を戻れば、私がここにいたことを彼が知ることはないはずだ。

でも……。この荒涼とした美しい風景をスケッチするせっかくの機会を無駄にしたくないという気持ちもあった。グレースは画帳を抱え直し、柔らかい草を踏んで侯爵のほうに歩いていった。

するとレイブンウェル卿が大きな籠手《こて》をはめた左手を体の前に伸ばして鋭い声を発した。グレースは足を止めた。何かの儀式だろうか？　視界の隅で何かが動いた。鳥だ。あの巨大な鳥が円を描くのをやめ、突然侯爵目がけて急降下し始めた。

攻撃してくる！　だめ！

グレースは侯爵に駆け寄りながら腕と画帳をふり回し、大声を出した。グレースと変わらない大きさの鳥は最後の瞬間に方向転換すると、力強く羽ばたいて空高く上昇した。鉤爪《かぎづめ》が侯爵の頭をかすめた。

グレースは彼の手を両手でつかんだ。放り出された画帳が地面に落ちる。「大丈夫ですか？」

「いったいなんのつもりだ？」

グレースは彼の剣幕《けんまく》にたじろいだ。侯爵は視線を彼女から鳥へと移した。

「僕がどれほど時間をかけて……」彼は口を閉じた。息を深く吸い込んだ。

グレースに視線を戻した。目を細くした。

「僕に大丈夫かときいたかい？」

グレースが答える前に、彼は頭をのけぞらせて太い笑い声を響かせた。

グレースは彼をねめつけた。「何がそんなに面白いのでしょう？」

「君だよ！」侯爵があえぐように息をした。「僕を助けようとしたのか？」

「実際に助けました。違いますか？　あの怪物があなたを襲ってきて、私が追い返したんです」

レイブンウェル卿の胸が膨らみ、さらなる笑い声が響き渡った。「君が怪物と呼んだ彼女は、鷲《わし》だよ。彼女の鉤爪にかかれば、君などひとたまりもないだろう。だが、君は……」

二人の視線が火花を散らし、彼の言葉はかき消えた。グレースの胸がしめつけられ、体が震えた。彼女は溶岩のような彼の瞳に引きつけられた。

「私は……」

その一言に引きつけられたように、愛撫《あいぶ》のように優しい彼の視線がグレースの唇に注がれた。

ナサニエルが最初に感じた怒りは、数秒もすると、愉快な気持ちに屈した。この華奢《きゃしゃ》でたおやかな女性は僕を救ったつもりらしい。緑と金色の瞳が陽光の中でいらだたしげに光る。柔らかなそうなピンクの唇が開くと、ナサニエルの目は無意識にその繊細な輪郭をなぞっていた。どんな味わいなのか……。

「私は……」彼女がまたささやいた。

ショックを受けたように彼女の頬に赤みがさすと、ナサニエルは我に返った。彼女がナサニエルの手を、右手を、皮膚のただれた醜い手を放す。彼はその手を背中の後ろに隠した。

「私……申し訳ありません、だんなさま」彼女はもう彼と目を合わせようとしなかった。「あの鳥はあんなふうにだんなさまを目がけて飛んでくるはずだったのですか?」

彼女は美しい。僕のような醜い男には美しすぎ、繊細すぎる。ナサニエルは互いの戸惑いを和らげるため、己の屈辱感を捨てた。

「そうだ。だが、君が責任を感じる必要はない」彼は籠手を外すことに意識を向けた。「僕のためにしてくれたことだ」

なぜかラルフ・レンデルの姿が脳裏に浮かんだ。この二人こそふさわしい者どうしだ。どちらも若くて魅力的で、傷もない。そう考えると、冬の日にシバー渓流に落ちたように欲望がしぼんでいった。

「鳥は戻ってきますか?」

ナサニエルは空を見回した。アンバーはもう自然に帰れるほどには回復している。恐怖を覚えたあとでも戻ってくるだろうか？

「あそこにいる。ほら」彼は鳥を指さした。「彼女は逃げていない。まだ」

「どうして……。彼女は飼い慣らされているのですか？　あなたのものなのですか？」

ナサニエルはアンバーが彼のもとへ来たいきさつを話した。

「けがはもう癒えたから、毎日、空に放つ時間を延ばして翼を鍛えているところだ。狩りも始めてはいるが、餌を食べに戻ってくるんだ。いつか彼女は帰ってくるのをやめ、願わくば北に、生まれ故郷のハイランドに戻っていくだろう」

「なんだかロマンティックですね。ハイランドだなんて」彼女の言葉には憧れが感じられた。

「またロマンスかい、ミス・バートラム？」

彼女が口を結び、頬をほのかに染めた。先ほどの一幕のあとで言うような言葉ではなかったか……。

あのとき、僕は一瞬、己を忘れかけていた。己の醜さを。僕は男だった。美しい女性の目を見つめる男。二度とあんなことがあってはならない。

「スコットランドに行ったことはあるかい？」彼はきいた。

「いいえ。でも、絵では見たことがあります。ここと似ていますが……ここ以上でした」

ナサニエルは辺りに目を走らせた。確かに、ここ以上だ。もっともっとここ以上だろう。

「クララは？」

「具合がよくありません。眠っていたのでシャープ夫人に預けて、そのあいだ体を動かしに来ました」

「医者に見せなくていいのだろうか？」

「ええ。シャープ夫人も私もただの風邪だと思っています。熱もありませんし。でも、かわいそうに、とても具合が悪そうです」

「家に帰ったら、顔を見に行くとしよう」ナサニエルは地面に落ちているものに気づいて拾い上げた。「画帳かな？」

「景色をスケッチできたらと思って。この辺りに来るのは初めてなんです。クララには遠すぎますし」

ナサニエルはぱらぱらとめくった。「景色の絵はあまりないようだが」

「ええ」ミス・バートラムが手を伸ばしたが、ナサニエルはその手をかわして中の絵をじっくりと見た。

「ほとんどは人物画です」彼女は抑えた声で言った。「だんなさまの知らない人たちばかりですから、ご興味があるとは思えません」

「それはどうかな。ほら」彼は三人の女性を描いた水彩画を見せて笑った。「この美女たちには興味があるよ。君が先日話していた友人たちかい？」

ミス・バートラムの頬がほんのりと赤くなった。

「そうです」

「とてもよく描けている。どの女性が誰だろう？」

ミス・バートラムがそれぞれの名前を言った。

「クララの風邪が治ったら、あの子の絵を描いてくれないか。今の姿を残しておきたい」

「わかりました」

「ありがとう」彼は画帳を返した。「アンバーが帰ってくるのを待つあいだ、スケッチをするといい」

ミス・バートラムは岩の上に座った。ナサニエルは少し離れて後方に立ち、絵を描く彼女を見ていた。一日中でもこうしていられる気がした。彼女は眉根を寄せて唇を噛《か》み、集中している。金色の髪が風に吹かれて陽光の中で輝いていた。彼女に関心を持たれているのだとしたら、レンデルは幸運な男だ。

ナサニエルにとってはあまりにもあっさりと、彼女は画帳を閉じた。

「クララのそばに戻らなくては。あら！」彼女は指さした。「アンバーが戻ってきました」

ナサニエルはまったく気づいていなかったが、確かに、鷲が谷の上空を舞っていた。

「下がっているんだ」彼は左手に籠手をつけた。「今回は静かにしていてくれ。二度も彼女を驚かせたくない」

ナサニエルは鞄から兎《うさぎ》の肉片をとり出し、アンバーを呼んだ。親指と人さし指で肉片をつかみ、左腕を伸ばす。翼のざっという音がして、鷲の鉤爪に革の籠手をつかまれる衝撃を感じた。

「撫《な》でてもいいですか?」

ナサニエルはポケットから頭巾を出してアンバーの頭にかぶせた。「どうぞ」

彼はミス・バートラムの横顔を見下ろした。完璧な鼻の上に皺《しわ》を寄せ、アンバーの羽を撫でている。

「彼女が私に危害を加えるとは思えません。彼女があなたに襲いかかっていると思った私を、あなたはお笑いになりましたけど」

「君が僕を守れると思ったその豪胆さを笑ったんだ。笑うべきではなかったのだろう。君は僕のために勇気を出してくれたのだから。だが、この先はもっと慎重になってほしい。特にクララといるときは。頭巾があればアンバーは落ち着くが、それでも野生動物だ。このくちばしを見てごらん」

グレースはアンバーをのぞき込んでぶるっと身を震わせた。「とても凶暴に見えます」

「とても有効だ。生き延びるために。彼女は凶暴ではないが、力のある捕食者で、敬意を払われるべき存在だ。行こう。彼女を小屋に返す時間だ」

二人は丘を下りて厩《うまや》へ向かった。

「ほかの鳥も見てみるかい? アンバーよりも小さいし、飼い慣らされている。鷹狩《たかが》りに使うんだ」

彼女は少しためらってから言った。「ぜひ見てみたいのですが、別の日でもかまいませんか? 今からクララのところに戻らなくてはなりませんので」

「アンバーを小屋に戻したら僕も彼女のところに行こう」

ナサニエルは歩き去るミス・バートラムを見ていた。丘で起きたことを考えると、心が乱れた。

彼女のあの表情。

あの表情を見て、彼の中のあらゆる願望に火がついたのだ。ミス・バートラムも二人のあいだで震える空気に確かに気づいていた。

女性を求めるのはずいぶん久しぶりのことだった。肉体だけでなく……もっと違うものへの希求。最も危険な考えが心に根を下ろしていた。もし……。

ミス・バートラムはなんのためらいもなく彼の手を握った。その醜さに気づいてもいないように……。心の奥で形を成し始めた希望のつぼみが開く前に、彼ははっと息を吐き出して消し去った。

ミス・バートラムのような美しい女性が、僕のような傷物をほしがるはずがない。

この思いは……ハンナとデビッドの死がもたらしたものに違いない。だが、僕にはまだクララがいる。

誰もあの子を奪うことはできない。

アンバーを囲いの中に戻すナサニエルの心は重く、喪失感の重みで疼《うず》いていた。

屋敷に戻ると、クララはなだめようがないほど不機嫌で、午後のあいだ中、家庭教師の膝から下りようとしなかった。ナサニエルは仕方なく図書室で帳簿つけをしたが、丘の上で二人の視線が絡み合ったときのことをつい考えてしまい、集中できなかった。

時計が十一時を打つとついに敗北を認め、寝室へ引き上げた。

階段を上っていると、子どものむずかる声と咳《せき》が聞こえた。クララの具合がひどくなければいいのだが。彼の足は子ども部屋へ向かった。

ただの風邪だ。恐れることはない。

だが……幼児は簡単に命を落とす。そんなことになったら耐えられない。ハンナが遺《のこ》したのはクララだけだ。あの子まで失うことはできない。

とにかく安心したかった。ナサニエルはクララの寝室にそっと入り、暖炉の残り火の薄明かりに浮かび上がる寝台を見た。

クララは眠っていた。大の字になり、柔らかな寝息をたてている。幼い少女に対する愛情がナサニエルの心を満たした。大切な大切な存在。そのとき、寝台の奥のぼんやりとした形が目を引いた。ナサニエルは足音をたてないようにして寝台を回り込んだ。グレースが椅子の背に頭を預けてぐっすり眠っていた。白い喉がか弱そうで艶《なま》めかしい。眠っていても、彼女は優雅だった。まつげが繊細な頬骨の上に広がり、蜂蜜色の金髪は緩く編まれて肩にかかっていた。

優美《グレース》。それは彼女にぴったりの名前だった。今日の午後のあと、ナサニエルは彼女をミス・バートラムと考えられなくなっていた。

グレース。

薄手の白いネグリジェが小さな胸を覆い、その先端の形を浮き出させていた。ナサニエルの下半身に血が流れ込んだ。彼はグレースの胸から視線をはがし、不適切極《きわ》まる欲望を抑え込んだ。

足元に落ちていた毛布を拾ってそっとかけると、グレースの眉間にかすかに皺が寄り、椅子の背にもたせかけていた頭が動いた。柔らかくこもった声で何かつぶやいたあと、眉間の皺がほどけ、唇からも力が抜けて、彼女は眠りに戻っていった。

ナサニエルは息をひそめ、毛布が滑り落ちないように彼女の体に巻きつけると、音をたてないように気をつけながら暖炉に薪《まき》を加えた。

それから部屋を出て静かに扉を閉めた。

13

「どう思う、アリス?」

若いメイドは後ろに下がって立った。「いいと思います。部屋が明るくなって……楽しい感じです」

「私もそう思うわ」グレースは客間の新しいカーテンを満足そうに見た。

厚手の濃い緑のカーテンを、予備の寝室の古い棚で見つけた白と金色の模様のカーテンに替えると、部屋がぱっと明るくなった。金色はチェス盤の升の縁取りや、小型の戸棚の扉にはめ込まれた大理石のパネルの黄色によく合っていた。

チェス盤を見て、グレースはまたレイブンウェル卿《きょう》のことを考えた。最初は夜、一緒に食事をするだけだったが、あれから彼はずいぶん変わった。今ではクララに会いによく子ども部屋へ来るし、昨日はヨークから送らせたという人形の家を持ってきてくれた。食後は毎晩、客間でグレースと過ごしている。チェスやトランプをしたり、本を読んだり、ときには繕い物や刺繍《ししゅう》をするグレースの横で音読をしてくれたりもする。グレースにとってはクララと過ごす昼間の時間も大切だったが、夜も待ち遠しい時間になっていた。

この模様替えを侯爵が喜んでくれるといいのだけれど。ピアノフォルテの覆いを外し、暖炉のそばに淡い金色のソファと袖椅子二脚を組み合わせて置いた。晩餐《ばんさん》室からも二脚、シャープとネッドに運び込んでもらったし、あとは炉棚を飾れば完成だ。

「別の敷物があるんです」アリスが暖炉前の小さな敷物を目で示した。まだ少し鼻声ながらも元気をとり戻したクララが、スィープと寝そべっている。

「きれいな模様が入ってて、あのくすんだ敷物より
いいってシャープ夫人が言ってました」
「クララ、スィープの爪に気をつけてね」グレース
はアリスに向かって小首を傾《かし》げた。「シャープ夫人
が？」
「はい。あなたが猫と外へ行っているときに」
グレースとクララ以外の人たちはスィープのこと
を〝猫〟と呼んでいる。使用人たちはてんてこ舞い
させられていたが、クララは子猫に夢中で、グレー
スは彼のいたずらを事前に食い止めようと心を砕い
ていた。一日に何度か外へ連れ出して疲れさせれば
屋敷を汚さないかと思ったが、今のところあまり効
果は出ていない。成長すれば少しはお行儀がよくな
るだろうと、彼女は期待していた。
「その敷物はどこにあるのかしら？」
「心配しなくても、シャープがとりに行ってます」
その瞬間、扉が開き、巻いた絨毯《じゅうたん》――ラグと呼
ぶには大きすぎる――を肩にかついでシャープがよ
ろよろと部屋に入ってきた。皆で家具を動かして薄
汚れた古い敷物を片づけ、白と緑と黄色で対称的な
模様が描かれた絨毯を広げた。
「埃《ほこり》はしっかりはたいてあるからね」シャープ夫
人が言った。
家具を元に戻すと、四人は並んで立って、できば
えを惚《ほ》れ惚《ぼ》れと眺めた。
「なかなかいい……」そこまで言ったとき、グレー
スの心臓が止まりそうになった。「クララは？」
作業の前にクララを部屋の反対側に移動させたの
だが、少女の姿は今どこにもなかった。スィープの
姿も。扉がわずかに開いているのを見て、グレース
は気をとられていた自分を罵り、広間へ走り出た。
「ああっ！」シャープ夫人がグレースにしがみつき、
真っ青な顔をして二階を指さした。
グレースの喉に吐き気がこみ上げ、胃がしめつけ

られた。クララが木箱の上に立って回廊の手すりにもたれかかり、腕をふっている。その先ではスィープが素知らぬ顔で手すりの上を歩いていた。

「スィープ！　スィープ！　いけない子！」クララが叫んだ。「あぶないよ！」

グレースが動くことも話すこともできないでいると、黒い影が人々の横をさっと通りすぎた。二階へ駆け上がったブラックが、後ろ脚で立ち上がってスィープを口にくわえる。クララの叫び声が耳に届いた瞬間、グレースははっとして走り出した。彼女が二階に着くころには、ブラックはすでに四本の脚で立って猫を壁際へ連れていき、クララは箱から伝い下りていた。

クララがブラックのほうへ走っていく。「だめ、だめ、かんじゃだめ！」

グレースはクララが犬のそばに行き着く前に抱き上げ、犬に背を向けるとぎゅっと目を閉じて甘い匂いのする娘の首に顔を押しつけた。あと一秒遅かったらどうなっていたかと思うと、そして今ブラックのほうを向いたら何が見えるのかと思うと、吐きそうだった。スィープがけがをしたら、クララは泣き叫ぶだろう。ほかの人たちも後ろから来ているのは足音でわかっていた。ブラックとスィープの惨劇の処理は彼らに任せよう。

グレースは誰かに肩をつかまれ、ふり向かされた。

「見ても大丈夫だ」深みのある声が言う。

だんなさま。いやだ。首になってしまう。自業自得だわ。クララが死んでいたかもしれないのだもの。ああ、でも……。

グレースのパニックが治まった。大丈夫。彼はそう言った。見ても大丈夫だと。彼女は恐る恐る目を開けた。犬は壁際で腹這《はらば》いに座っていた。その脚のあいだでスィープが仰向けになり、前足をブラックの鼻に向けてふっている。グレースが見ている前でブラックが頭を下げ、さらけ出された子猫のおなかをなめた。

流血も、惨劇もなかった。

グレースの鼓動は襲歩《ギャロップ》から速歩《トロット》へと速度を落とした。踊り場にはほかに誰もいない。背後に聞こえていたのはレイブンウェル卿の足音だったのだ。

「どうして……」

「僕は広間にいたんだ。だが、君は目もくれず横を走っていった。ブラックに猫を助けに行かせたのは僕だよ」

グレースはうなだれ、震える息を吸い込んだ。

「申し訳ありません。クララが……。私はついほかのことに気をとられてしまっていました」

「何に？」

部屋の模様替えに、なんてどうしたら言えるだろう？　なんてひどい話だろう。

でもクララが落ちていたら、もっとひどいことになっていた。そう思うと膝が震え、彼女はまた目を閉じた。泣き崩れてしまわないようにしようとすると首と肩がこわばった。

「それで？」

その辛辣な一言に、グレースは目を開けた。侯爵の黒い瞳が彼女の目をのぞき込んだ。

「アリス」侯爵は階下にいるメイドを大声で呼んだ。「ミス・クララを子ども部屋に連れていくんだ。このいまいましい猫も一緒に」そしてグレースに向かって眉を上げた。「僕は君の答えを待っている」

グレースは両手を握り合わせた。「みんなで客間を少し変えていたんです」

侯爵の眉根が寄った。「変える？」

グレースは目をそらすのを我慢した。「だんなさまは許可をくださいました」

侯爵の顔に侮蔑の表情がよぎった。彼を責めることはできない。今あったことに弁解の余地はない。

クララを守るのがグレースの仕事なのだ。

「申し訳ありません」彼女は言った。「言い訳をしているわけではありません。私たちは家具を動かしていました。クララは部屋の隅でスィープと遊んでいたのですが、気づくといなくなっていました」

あの恐ろしい瞬間を思い出して体が震えた。広間に走り出ると、娘が……。グレースは唇を噛《か》んですすり泣きをこらえた。

「私たち？」その静かな声には威嚇するような響きがあった。「使用人みんなが、クララが部屋を離れたことに気づかなかったと言いたいのか？」

「だ、誰の責任でもありません。悪いのは私です」

「ようやく意見の一致を見たようだ」彼の目が怒りに燃えていた。

「ど、どうなさるおつもりですか？」彼女の声は震え、また涙がまじった。「お願いです、首にだけは……。わ、私はここの仕事がとても好きなんです」

「仕事を失うことを思うと泣けてくるようだが、僕の姪《めい》が死にかけたことはどうなんだ？」

「私は、じ、自分のために泣いているのではありません！　さっきの光景は目に焼きついています。クララはとても小さくて……か弱くて……あの恐怖はとても忘れられません。彼女が……」

グレースは痛くなるほど手をよじり、涙に霞《かす》んだ視界に映る侯爵の表情を読み解こうとした。

「君がここにいるのは僕の姪の世話をするためだ」彼の口調は厳しく、揺るぎなかった。「だが君は身のまわりを――僕の家を、自分の思う贅沢《ぜいたく》な環境に変えることのほうに興味があるらしい」

その言葉に胸を刺され、グレースは彼をにらみつけた。「それは言いがかりです。私が模様替えをした理由はご存じのはずです。同意もしてくださいました」彼女はあえぐように息を吸い込んだ。「あなたの姪のために居心地がよくて楽しい住まいをつくりたかっただけす。あなたがこの陰気で寒々とした家で暮らすのは自由ですが、クララにはもっとふさわしいものがあるはずです！　彼女には温かい家と愛情豊かな家族が必要です」

「その代わりに僕がいる。そして使用人たちが」

レイブンウェル卿の言葉からにじみ出る苦々しさに気づき、グレースは自分を恥じた。彼を傷つけるつもりはなかったのに。だが失態を繕う前に、階下のシャープがあわてた様子で叫び始めた。

「だんなさま！　奥さまがいらっしゃいました！　馬車がこちらに向かっています」

レイブンウェル卿の顎がこわばった。「話はまだ終わっていない」ポケットから手紙をとり出す。「これを渡しておく。ネッドが村から持ち帰ったものだ。すぐに君に渡そうと屋敷に入ったのが幸いだった。後回しにしていたら、今ごろクララは死んでいたかもしれない」彼はグレースをにらみつけた。「クララを祖母に会わせるので、身支度をさせ、二十分後に連れてくるように。それと、猫を邪魔にならないところに閉じ込めておくんだ」

侯爵は階段を駆け下りていった。ブラックがそのあとに続く。グレースはのろのろと子ども部屋に向かった。あまりにみじめで涙があふれそうだった。

〝今ごろクララは死んでいたかもしれない〟

彼の言うとおりだ。あれほど激怒し、容赦のない彼を見るのは初めてだった。彼が母親を説得してクララを連れ帰らせたらどうしよう？　グレースには姪を任せられないと考えていたら、そうする可能性は十分にある。なんとか侯爵夫人に認めてもらわなくては。そうすれば、グレースをクララの家庭教師として雇い続けるよう、息子を説得してくれるかもしれない。

クララに支度をさせる前に、グレースはいったん自分の部屋へ行った。静かな場所で神経を落ち着けたかった。ベッドの端に腰を下ろしたが、まだ体が震え、恐怖が渦巻いていた。

気を紛らすためにグレースは手紙を開いた。それは嬉《うれ》しいことに、ジョアンナからだった。彼女はハートフォードシャーのハントフォード家で働いていたはずだが、書かれていたのは驚きの事実だった。〈マダム・デュボアの女学校〉の玄関前に捨てられていた赤ん坊は、実は侯爵の孫娘だったのだ。ジョアンナは侯爵の孫として正式に社交界に紹介されただけでなく、インガム伯爵の息子、ルーク・プレストンと出会って恋に落ち、結婚していた。

ジョアンナがしたためた単語の一つ一つから、幸福感がにじみ出ていた。

グレースの胸の中で、友人の幸せを喜ぶ気持ちとうらやましさがないまぜになった。もちろん、ジョアンナのことは自分のことのように嬉しいし、わくわくする。彼女がどれほど本当の家族に会いたがっていたか、グレースはよく知っていた。でも、ジョアンナの幸せと今の自分の不確かな状況を比べずにはいられなかった。シバーストーンを離れたくないし、離れるつもりもない。どうすればいいかはわからないけれど、どうにかして侯爵を説得しなくては。私がいなければ立ち行かないと。

手紙を脇に置くと、彼女は子ども部屋へ急いだ。

十分後、グレースは深呼吸をしてから震える手で髪を撫《な》でつけ、客間の扉をノックした。クララの手をしっかりと握って部屋に入る。レイブンウェル卿は暖炉の前に立ち、両手を背中に回していた。その目は今も厳しく、怒りがくすぶっていた。グレースは唾をのみ、部屋の中へ進んだ。クララの足取りが急に重くなったので、ひそかに手を引っ張る。骨太で息子と同じ黒茶色の瞳をした年配の女性がじっとこちらを見ていた。

グレースは膝を曲げてお辞儀をした。

「母上、こちらがミス・バートラムです。ミス・バートラム、母のレイブンウェル卿夫人だ」

「おはようございます、レイブンウェル卿夫人」

グレースは頭の先から足元まで余すところなく検分された。やがて侯爵夫人は小首を傾げたが、その表情は合否を明らかにしていなかった。これほど執《しつ》拗《よう》に吟味されてもじもじせずにいるのは難しい。グレースは校則を破って校長室に呼び出されたときの居心地の悪さを思い出した。

侯爵夫人は視線をクララに移すと、表情を和らげ、両腕を広げた。「お祖母《ばあ》ちゃまのところにいらっしゃい、クララ」

グレースは少女を前に押しやった。祖母を忘れているかもしれないと心配したが、クララはグレースの手を離すと、ぱっと駆け寄った。

「おあちゃま」クララは抱きしめられてキスをされたあと、身をよじって離れた。「おあちゃま。スィープがいるの」

「まあ、また話すようになったのね。ああ、ナサニエル、よくやったわ」

侯爵は咳払《せきばら》いした。「それはミス・バートラムの手柄と言うべきでしょう」

「そういうことなら、ありがとう、ミス・バートラム」

グレースが微笑《ほほえ》むと、また侯爵夫人の鋭い値踏みが始まった。レイブンウェル卿は彼女の職務怠慢について母親に話したのだろうか？　ちらっと侯爵のほうをうかがったが、岩のように硬い表情からは何も読めなかった。グレースは何を期待されているのかわからず、立ち尽くしていた。家族の一員として一定の地位を得たように感じていたが、こうしてレイブンウェル卿夫人が現れると、本当の身分を思い知らされた。グレースは家族でも使用人でもなく、その中間の存在だった。彼女は気まずさと疎外感を覚え、窓辺の椅子に後ずさった。クララは子猫を一緒に見に行こうと祖母を誘っている。

グレースはひそかに部屋を見回した。模様替えのおかげで部屋は居心地がよかったが、レイブンウェル卿がどう思っているかは簡単に察せられた。勝手に子猫をもらったり、彼の屋敷の模様替えを始めたり、おこがましいにもほどがある。私は自分の立場も忘れ、使用人と家族の境界を越えてしまっていた。そのうえほかの使用人まで巻き込んで——。

「ミス・バートラム！」

侯爵の怒りに満ちた声が、グレースの内省に入り込んできた。彼女はぱっと立ち上がった。侯爵がすぐ前に立っていたので、目を合わせるにはのけぞらなくてはならなかった。

「あの猫……スィープを連れてくるんだ」彼はうなるように言った。「母に見せるまでクララが納得しそうにない」

14

レイブンウェル卿《きょう》夫人との晩餐《ばんさん》は試練でしかなかった。緑の繻子《しゅす》のドレスを着たきらびやかな侯爵夫人はグレースのほうを見ようともせず、共通の知り合いについて息子に話しかけていたが、彼が興味がないのは明らかだった。食事が終わるとほっとしたものの、理由をつけて二階へ引き上げる間もなく夫人から、息子が朝の間でブランデーを飲むあいだ、客間で自分の相手をするようにと命じられた。

「紅茶をいれさせてあげるわ」侯爵夫人が部屋を出ながら言った。

グレースが肩越しにふり返ると、レイブンウェル卿がその日初めて、笑いのようなものを浮かべていた。グレースは口を固く結んで部屋を出た。彼が何を面白がっているかは明らかだった。

彼女は侯爵の母親のおしゃべりという祭壇に捧《ささ》げられる生《い》け贄《にえ》の子羊なのだ。

いや、そんな生易しいものではなかった。侯爵の母親はグレースとおしゃべりする気など皆無だった。シャープ夫人が紅茶セットを置いて出ていき、グレースがカップにつぎ始めた瞬間、尋問は始まった。

生まれはどこか？　家族の名前は？　学校の名称をもう一度教えてほしい。どんな資格――もしあるなら――を持っているのか？　そして繰り返しきかれたのが、いつ、どこで、どうやってシバーストーン館で家庭教師を探していることを知ったのか、ということだった。

「求人を出した『ヨーク・ヘラルド』は、ソールズベリーでは読まれていないでしょう？」

「女学校の教師のミス・ファンワースがご友人に教えていただいたそうです」

グレースは脇に押しつけた手の指を交差して嘘《うそ》がばれませんようにと祈った。指を交差してつく嘘は本当の嘘じゃない――昔はそう言っていたけれど。

「そのお友だちの名前は？」

「それは覚えていません」

「あなた、ハロゲイトに行ったことはある？」

「いいえ」ようやく嘘をつかずに答えられた。レイブンウェル邸へ行くために乗った馬車を降りたのは、ハロゲイトの手前だった。

一時間して侯爵が現れたときには、グレースの神経はすりきれていた。彼女は夫人の関心が息子へ移ったのを見て、自室に下がらせてほしいと申し出た。

「いつもこんなに早く部屋に戻るの？」

「今日は奥さまがいらしてお嬢さまもずいぶんはしゃいでいましたので、寝つけないのではないかと心配なのです。病み上がりですし。自分の部屋にいれば、お嬢さまが目を覚ましてもすぐにわかります」

木箱はもう片づけてあるが、クララがふらふらと回廊に出ていくイメージは頭から離れなかった。

「ぜひそうしてちょうだい。褒めるべきところは褒めるのがわたくしの主義なのよ、ミス・バートラム。実際、その若さであなたはなかなか仕事熱心だわ」

グレースは無意識にレイブンウェル卿のほうへ視線を巡らせ、目が合うと、顔を赤らめた。二人ともそれが嘘だとわかっていた。

階段を上りながら、今ごろレイブンウェル卿が母親に真実を伝えているはずだと思うと、胃が重くなった。それでなくても侯爵夫人には怪しまれているのに、今日の午後の失態を知られたら解雇は免れない。そうなったら、どうすればいいのか。彼女はクララの寝室をのぞいた。娘はぐっすり眠っていた。いつものようにおなかを上に向けて毛布を蹴り、親指をくわえている。グレースはそっと寝台に近づいた。体から愛があふれ出しそうに感じる。しばらくしてから毛布を直し、クララの額にキスをして自分の部屋に戻った。

暖炉の炎を見つめ、不確かな未来について考えた。その未来はレイブンウェル卿の手の中にあり、今夜ほど自分と彼の世界の違いが身にしみたことはなかった。その彼と同じ世界に今、イザベルとジョアンナはいるのだ。二人の幸運を妬《ねた》む気はないが、少しでいいから分けてほしいと思わずにいられなかった。

待つことしかできないとしても、ここを出ていくよう命じられたらどうするか、考えておかなくてはならない。確かなことが一つだけあった。絶対に娘のそばを離れないということだ。

二人で逃げる？　クララを連れて？

グレースは数秒その妄想に浸ったが、すぐに現実に押しつぶされた。貴族から被後見人を奪う？　そんなことをしてどうやって生きていくの？　すると、さらに大きな真実が襲いかかってきた。あまりにも衝撃的な真実で、息ができなくなった。クララを連れて逃げられるとしても、私はそうしないだろう。クララをシバーストーン館から連れ去ることは、レイブンウェル卿のそばを離れることだ。

ナサニエルのそばを。

二度と彼に会えないのも耐えられないが、それ以上に強いのは、そんなふうに彼を傷つけることはしたくないし、絶対にできないという思いだった。

そう気づいた瞬間、グレースの体が激しく震え始めた。よろよろと立ち上がってクララの寝室に行く。

彼女は美しい娘を見つめながら、いつの間にかナサニエルを愛していたという恐ろしい事実に抗《あらが》おうとした。傷を負った短気で人嫌いの見かけの下に、愛にあふれた優しくて知的な心があることに気づいてしまったのだ。

でも……。心の中で大音量の警報が鳴り響いた。フィリップを思い出しなさい。彼を愛していると思ったけれど、そうではなかったでしょう。同じ過ちを犯してはだめ。ナサニエルは侯爵で、私には手の届かない人なのよ。それに、今の彼は私に好意すら抱いていない。

ついにまぶたが重くなり、あくびまで出始めた。ベッドに行かなくては。グレースはクララのほうにかがみ込み、額の巻き毛を優しく撫《な》でつけた。

「ぐっすり眠るのよ、私のかわいいクララ。ママがずっと見守っているわ」

突然、背後で物音がした。彼女はふり返った。

ナサニエルは凍りついた。

ママ？

その言葉を聞いた瞬間、戸口の柱にぶつかった彼は、ぐいっと体を起こした。グレースの目は見開かれれ、ごくりと唾をのむと、喉が大きく動いた。彼女が唇に指をあてて近づいてくる。美しい金緑色の瞳には動揺が浮かんでいた。クララと同じ目だと、どうして今まで気づかなかったのか？

ナサニエルがわずかに体をずらすと、彼女はその横をすり抜けて廊下に出た。彼女がかすめた腕の毛が逆立ち、甘い鈴蘭《すずらん》の香りが彼の五感を襲った。

ママ。

ナサニエルも廊下に出た。

「説明するんだ」

怒りが燃え上がった。回廊から落ちそうになっているクララの姿が、それを見たときの彼自身のパニックが、怒りをあおる。今ではあの子がどれほど大切な存在になっているか。クララまで失ったら、どうすれば……どうやって生きていけばいい……。自分のもろさが怖かった。そして、この新たな事実は未来にどんな影響を及ぼすのか。


グレースがクララの部屋の扉を閉めた。

「それで？」

彼女は震えていた。ナサニエルは心を硬化させ、彼女の部屋の扉を大きく開けて中へ促した。部屋に入ると、暖炉の火をかき立て、薪《まき》を追加し、彼女と向き合う前に怒りを抑えようとした。

グレースは扉の内側に立ち、手の関節が白くなるほど強く指を絡めていた。「どうしてクララの部屋にいらしたのですか？」

「行ってはいけないのか？　彼女は僕の被後見人だ。今日の午後、危険な目にあったばかりだから、無事を確認するのは当然のことだ」

グレースがたじろいだ。「私がどれほど罪悪感を感じているか、おわかりにならないと思います」

「僕は今も君の説明を待っている」

「クララは私の娘です」

その簡潔な言葉は、聞き違いであってほしいといスの最後の望みを打ち砕いた。グレースの苦しそうな声に胸が引き裂かれそうだったが、彼女の裏切りに対する怒りを、痛みを握りつぶすことはできなかった。ナサニエルは彼女を信頼し始めていた。彼女が来て、夜は忌むべき時間から楽しみに待つ何かへと変わっていた。

僕が築いた防壁は、いつ破られたのか？

「君はクララを奪い返すためにここへ来たのか？」

彼女の口があんぐりと開き、視線がそれていった。

「まさか！　そんなことはしません」

「だが、それについて考えたことはあるはずだ」

ナサニエルがじっと見ていると、グレースの首筋から顔に赤みが広がった。

「一瞬だけです。あなたが昼間……ひどく怒っていらして……。でも、すぐにばかげた妄想だと切り捨てました。あの子をあなたから奪うなんて、あの子からあなたを奪うなんてできるはずがありません。

私はそんなひどい人間ではありません」

「クララには温かい家と愛情に満ちた家族が必要だと君は言った。僕や大勢の使用人ではなく」

彼女は目を光らせ、ナサニエルのそばに来て下からねめつけた。「あなたは私の言葉をわざと歪《ゆが》めていらっしゃいます。あの子にはあなたと使用人しかいないとおっしゃったのは、あなたです」

「だが、君はそう思っている」ナサニエルは彼女の腕をつかみ、柔らかい肌に指を食い込ませた。「クララにはもっとふさわしいものがあると。僕では幸せな子ども時代を与えられないと思っているんだ」

「違います！」

グレースは身をよじった。ナサニエルは怒りに任せて行動した自分を恥じ、手を離して一歩下がった。だが彼女は離れていかず、むしろつめ寄ってきた。

「クララはあなたを慕っています」彼女の香りがナサニエルを包み、温かい息が彼の肌に触れた。グレーースの指先がそっと彼の頬をなぞった。「あなたを見るとき、あの子の目がどんなふうに輝くかご存じないのですか？　あの子はここで幸せなんです」

グレースの瞳が黒っぽくなり、手がナサニエルの胸に滑り下りる。彼は何も考えず顔を近づけ、甘く滑らかな唇に唇を触れた。その刹那、意識の端で疑念がうごめいた。

どうして今なんだ？

グレースは僕のような男を誘惑するほど必死なのだ。なんとしても娘のそばにとどまろうとしている。

ナサニエルはぱっと顔を背け、暖炉の飾り棚をつかんだ。彼は心の中で自分をなじった。僕はばかだ。すぐに彼女を解雇するべきなのに。彼女の虚偽に弁解の余地はない。だが、理解したかった。それだけでなく、許したかった。彼女を行かせたくなかった。物欲しげな自分が腹立たしいが、それは己への怒りであり、彼女への怒りではなかった。

「今あったことは間違いだ」

「すみません」グレースの声は弱々しかった。

「君はどうしてここに来た？　娘をとり戻すためでないとしたら？」

「あの子を養子に出すとき、いつか探し出して、愛され望まれていることを確かめると誓ったんです」

「クララは愛され望まれている。妹夫婦はあの子を溺愛していた。そして今は――」

「あなたが溺愛してくださっています」

「そうだ」ナサニエルはぶっきらぼうに言った。「だったら、この芝居はなんのためだ？」彼女のほうを向く。「どうしてあの子の家庭教師になろうとした？」

グレースはうなだれた。「家庭教師になろうとしたわけではありません。正確には」彼女の口から息がもれ、肩ががっくりと落ちた。「全部お話しします。す、座ってもいいですか？」

「ああ」ナサニエルは彼女が暖炉のそばの袖椅子に沈み込むのを待ってから、椅子を引っ張ってきて反対向きにしてまたがった。

それはありがちな話だった。あまりにもよくある話だ。甘い言葉と口づけに舞い上がったうら若き乙女。後先も考えず口説く青二才の男。

「十七歳で」もしクララにそのようなことが起きたら、ナサニエルは鞭《むち》を手に相手の男を追いつめるだろう。「君の叔父上はなんと言われた？」

グレースが恐怖の表情をたたえて顔を上げた。

「叔父は何も知りません。叔父夫婦はとても敬虔《けいけん》で……話したのは三人の親友だけです。彼女たちは絶対に他言しないと約束してくれました」

「だが……教師たちが気づかないはずがない」

「体型の変化は隠し通しました。私はいつも体に合わない大きな服を着ていましたから。大柄ないとこたちのお古をほとんどそのまま」

家族に邪魔者扱いされてきたグレースが、娘が愛され求められているか確かめたいと考えるのは理解できる気がした。

「出産は……」グレースは口をつぐみ、膝に肘をついて床を見つめた。「そうですね……」再び顔を上げたとき、その頬は赤らんでいたが、目には決然とした表情があった。「あんなに大変だとは誰も想像していませんでした。友人たちがファンワース先生を呼びに行ってくれて……」

グレースの声が震え、目に涙が浮かんだ。ナサニエルは無言でハンカチを押しつけた。

「ありがとうございます」彼女は涙を拭いてまた話し始めた。「ファンワース先生が、子どもは里子に出したほうがいいとおっしゃいました。叔父夫婦が助けてくれないことは先生もご存じでしたので、何も知らせませんでした」

「だが……校長は、マダム・デュボアは知っていたはずだ。彼女が君を放校にしなかったのは驚きだ」

「知っていらしたら、そうされていたでしょう。でも、校長先生もご存じではありませんでした」

「君は、クララがハンナとデビッドに引きとられたことを知っていたのか?」

「いいえ。でも学校を出る日に、お二人の名前とグロスターシャーに住んでいることを知りました。彼らを探し出したときには、クララはもうそこにいませんでした。あなたが新しい後見人だと聞き、それまで以上に、彼女が幸福かどうか確かめなくてはいけないと思いました。あなたがあの子と暮らすことを疎ましく思っていないかどうか」

「君を迎えた叔父夫婦のように」

「私の叔父夫婦のように」

彼女は下唇を噛《か》んで手の中のハンカチを見つめたあと、首をふって顔を上げた。瞳はまだ濡《ぬ》れていたが、そこにはいたずらっぽいきらめきがあった。

「村で聞かされただんなさまの話がとても……恐ろしくて、かえって駆り立てられました。どうしても行かなくてはと。あの不気味な森の中を歩いてでも。そうやってここに着き……犬たちに吠《ほ》え立てられ……だんなさまに遅いと怒られ、いつの間にか思いついていたんです。クララに毎日会える方法を」

彼女は言葉につまり、ぐぐっと息を吸い込んだ。

「お願いですから首にしないでください。今日、だんなさまを失望させたことはわかっています。でも、これからはもっと注意すると誓います。出ていくことはできません……。とにかく、できません。本当のことを隠していてごめんなさい。でも、ここに来たら……言えなかったんです」

ナサニエルは手を上げて止めた。彼女の懇願を聞いていられなかった。彼女は嘘をついた。だが、クララを案じる気持ちだけに突き動かされていた彼女をどうしたら責められる?

だが、あのキスは？　そのことを考えるなら、彼女はここを去るべきだ。

それはわかっていても、行かせたくない。

だったら、はっきりさせろ。今この場で。

「君のしたことを許すつもりはないが、首にはしない。僕もそこまで残酷な男ではない。君はわざわざ僕を……」その言葉は口にできなかった。「ミス・バートラム、君がこの屋敷に残るのは、クララの家庭教師としてだけだ。それをよく理解しておくように。そして絶対に、誰にも真実を悟られてはならない。本当のことが外部にもれたらひどい醜聞になる。それがクララの将来にどんな悪影響を与えるか、君にもよくわかるはずだ」

「はい。もちろんです。わかっています」グレースは椅子の背にがっくりともたれかかり、ナサニエルのハンカチを握ったまま手を顔にあてた。「ありがとうございます」


彼女の声はくぐもり、肩は震えていた。慰めたいという思いを抑え、ナサニエルはグレースが落ち着きをとり戻すのを待った。暖炉では、オレンジと黄色とときおり緑色のまじる炎が煙突のほうに伸びている。しばらくすると、彼女は顔から手を離し、椅子の中で背筋を正した。

「つまり」彼は話の続きを始めた。「これは僕たち二人の秘密――」そのとき、ふと思いついた。「君は友人たちに知らせたのか？　あるいは教師に？」

「いいえ。自分のしたことがあまりにも恥ずかしかったので、まだ誰にも伝えていません。ミス・ファンワースへの手紙には、娘を見つけたことと、彼女が幸せに暮らしていること、私がここで家庭教師の仕事についたことを書きました。でも、本当のことは知らせていません」

安堵《あんど》と疑念といまだに消えない怒りがまじってナサニエルの胃がむかむかした。

「そして特に、母に知られるわけにはいかない」

「け、今朝のことはお話しになりましたか？」

「いや。心配をかけたくなかったので」

「それを聞いて安心しました」

彼女の唇が震える笑みをつくると、ナサニエルの血が下半身に流れ込んだ。もう一度あの唇を味わいたい。だが、危険を冒すことはできない。グレースのような美人が彼のような傷物を心から求めることなどありえないのだ。

では、丘でのあの出来事はなんだったのか？　あのとき確かに二人のあいだで火花が散った。

ナサニエルは心の中で悪態をつき、その考えを追い払った。グレースはあのときも、なんとか雇用主にとって必要不可欠な存在になり、クララのそばに居続けようとしただけだ。

「クララの父親は今どこにいる？」

「亡くなりました」

「気の毒に」

「同情は結構です。私が愛だと信じていたものは、ただののぼせでした。恋に憧れ、甘い言葉にその気にさせられただけです。今はあのころより年をとり、賢くもなりました」

彼は眉を上げた。「そうだろうか？　先日の話では、まったく逆のように思えたが」

グレースの頬がピンク色に染まった。「私は自分の過ちのせいですねた人間になるつもりはありません。愛に冷笑的になるつもりも。それがあなたのおっしゃりたいことだとしたら」

一本とられたな、レイブンウェル！

何を言っても負け惜しみに聞こえそうだった。冷笑的だったらどうだというのか？　僕にはそうなる理由があるんだ。

「おやすみ、ミス・バートラム」彼はお辞儀をして部屋を出た。

15

「あの若い女性のことが心配だわ、ナサニエル」

彼は表情を整えてから、机の反対側で直立不動の姿勢をとる母親と目を合わせた。ペンを置いて立ち上がり、机を回り込んで母のために椅子を引く。そして部屋の扉を閉めに行った。

「彼女の何が心配なんです？」机の前に戻り、椅子の袖に肘をついて胸の前で指を合わせた。

「家庭教師になるためにわざわざこんなところまで来るかしら。どうして地元で――」

「母上、僕の屋敷のことに口をはさむのはやめてください。ミス・バートラムはクララとうまくやっている。彼女がいなくなると僕が困るんです」

「でも、若い女性が一人で国の端から端まで旅をしてきたのよ。雇われる保証もない面接を受けるために。彼女は何か隠しているわ。絶対にそうよ」

「想像力を働かせすぎですよ」彼自身が疑念にさいなまれているときに、母の疑心暗鬼を解消するのは難しかった。「彼女の教師の知り合いがこの辺りにいて、僕の求人広告を読んだようですね」

「わたくしから女学校の校長に手紙を書いてみようかしら――」

「問い合わせは僕がもうしましたし、申し分のない人物照会状も返ってきています。母上が心配するようなことは何もありません」

「あなたの母親だもの、心配する権利はあるわ」

「僕の心配ですか？　僕たちはクララの家庭教師の話をしていたはずですが」

母は彼の言葉を無視した。「どうも気になるのよ。フィッシュが村で聞いた話では、ハンナやデビッドやクララのことをあれこれきいて回る若い女性がいたそうよ。その女性がミス・バートラムだったらどうするの?」

「フィッシュは自分の仕事だけしていればいいんですよ」レイブンウェル邸の執事は、昔から何にでも首を突っ込みたがる男だった。ナサニエルは椅子を引いて立ち上がり、母の傍らに膝をついた。「心配はいりません。ミス・バートラムはクララによくしてくれていますし、ここの暮らしにもなじんでいます。シャープ夫人でさえ彼女には優しくし始めていますからね。奇跡じゃありませんか?」

「シャープ夫人もあなたのことを心配しているわ」

ナサニエルはぱっと立ち上がった。「シャープ夫人や母上に心配してもらう必要はありません。僕は大人です。自分の家のことは自分でできます」

彼は大股で机の奥に戻り、がたんと椅子に座った。母に心を乱された自分が腹立たしかった。

悪臭がしたとでも言うように、母の唇が薄くなり、鼻の穴が広がった。

「彼女は若すぎるわ。クララの家庭教師にはもっと経験を積んだ大人の女性のほうがいいはずよ」

「誰のためにいいんですか? 若くて活発な女性のほうがクララにとっては利点が多い。それにミス・バートラムは若い淑女に必要なたしなみをすべて習得しています。クララが大きくなったとき、優秀な教師になってくれるでしょう」

「彼女はそれに、すこぶるつきの美人だわ」

ついに問題の核心に踏み込んできたな。

ナサニエルは探りを入れてくる母親に眉を上げてみせた。侯爵夫人がため息をついた。

「わかったわ。今日のところはこれくらいにしておきましょう。でもここにいるあいだ、ミス・バートラムから目を離さないでいますからね」

母が真相に気づきませんように。彼がグレースにを惹《ひ》かれ始めていることにも。二人が昨夜、唇がかすめただけとはいえ、口づけをしたことにも。あのあとナサニエルはほとんど眠れず、グレースをやめさせなくて本当によかったのかと考え続けていたが、結局は、ほかに方法はなかったと自分を納得させた。母と娘を離れ離れにはできないし、何より彼自身がグレースを失いたくなかった。彼女と過ごす時間が好きだったからだ。彼女の存在そのものがナサニエルの暮らしに光と希望をもたらしていた。

「それで母上の気がすむならそうしてください。ミス・バートラムはクララをかわいがっているし、あの子の利益を一番に考えているとわかるはずです」

「あなたがそう言うなら。では、クリスマスの話に移りましょうか」

「クリスマス？」

最初はグレース、次は母まで。火事のあとは祝う気分になれず、祝祭の季節が静かに通りすぎてくれることだけを祈っていた。だが去年は、母とハンナとデビッドと、そしてもちろんクララが丸々十二日間シバーストーン館に滞在し、彼がまた一人きりのクリスマスを過ごすことを許してくれなかった。だがその楽しい思い出は、愛する妹を思い出させるつらい記憶の一つになってしまった。

「あなたとクララがレイブンウェルに来てくれないかしら。わたくしはこちらに来られないの」

「どうして来られないんです？」母も去年のクリスマスを思い出すのがつらいのだろうか？

母は顔をしかめた。「ピーター叔父さまがクリスマスに家族でレイブンウェルを訪ねたいと言ってきたのよ。スコットランドへ行く途中に寄って、数日泊まっていくそうよ」

母のいらだちが手にとるように伝わってきて、ナサニエルは心の内で笑った。父の弟は曲者《くせもの》で、結婚する気配のないナサニエルを見て、レイブンウェルの爵位と領地に触手を伸ばしていた。

「禿鷹《はげたか》どもに家具を値踏みされて、さぞや楽しいクリスマスになりそうですね。僕が結婚して彼の鼻をあかせたらいいのですが」

「ああ、本当にそうしてくれればいいのに、ナサニエル」母は身を乗り出したが、すぐに表情を曇らせた。「でも、こんな荒野にいたのでは出会いがないのではないかと心配だわ。お願いだから、クリスマスにはレイブンウェルに来てちょうだい。以前のように十二夜のパーティをすることもできるわ」

パーティなどしたくなかった。口にはしなかったが、彼の拒絶の気持ちは表情に表れていたようだ。

「ナサニエル、こんなところで一人きりで……」

「一人きりじゃない」思いがけず強い口調になってしまった。「クララがいます」

それに、グレースも。

「でも、親戚の人たちに会うことはクララのためにもなると思わないの？」

「思いません。叔父上とクララが初めて会ったときのことはハンナから聞きました。僕は叔父上に侮辱させるためにクララを連れていく気はありません。すみません、母上。でも、僕たちはここでクリスマスを過ごします」

彼の母親は立ち上がった。「これでこの話は終わりだと思わないことね、レイブンウェル」

まずい。母を怒らせてしまったようだ。母が彼をレイブンウェルと呼ぶのは怒ったときだけだった。

母はシバーストーン館に一週間滞在した。来る日も来る日もグレースとクリスマスに関する会話が繰り返され、最終日には、ナサニエルの忍耐は限界に達しそうになっていた。だがついに母は、彼がすべての言葉を本気で言っていることを受け入れた。グレースをやめさせる気はなく、もっと年上の家庭教師を代わりに雇う気もなく、クララをクリスマスにレイブンウェル邸へ連れていく気もないと。

今、ナサニエルと母は客間にいた。グレースが模様替えをしたあと、部屋はすっかり見違えたようになった。前侯爵の寡婦でさえ、前回来たときと比べて感じがよくなったと口にしたほどだ。彼女はすでにクララと別れをすませ、馬車が回されるのを待っていた。

「ナサニエル」

彼の心は沈んだ。母のこの表情は知っている。

「なんでしょう、母上？」

「そんなに追いつめられた顔をする必要はないわ。わたくしだってときには敗北を認めるのよ。もうクリスマスの話はしないし、家庭教師を変えなさいともう一度説得するつもりもないわ」母は窓辺に行って外を見てから、戻ってきてナサニエルの前に決然と立った。「わたくしはあなたのためだけを思って言うの。それはわかっているわね？」「もちろんです」

ナサニエルは彼女の手をとった。「もちろんです」

もう逃れようがない。母に言いたいことを言わせよう。もうすぐいなくなるのだから。「義務として言わなくてはいけないことがあるんですね」

「ナサニエル！　そんな言い方はないでしょう」

「すみません、母上。どうか続けてください」

「ミス・バートラムには気をつけなさい。わたくしが彼女に疑念を抱いていることは、わざわざ繰り返さないわ。でもあなたは裕福な貴族で、計算高い女性には格好の標的なの。あなたをとり込むのに、姪《めい》を利用するほど効果的な方法があるかしら？」

母の手が痣《あざ》のある頬に触れると、ナサニエルの筋肉がこわばった。体を引きたくてたまらなかったが、そうすれば母を傷つけるし、もしかしたら自分の言ったことが図星だからだと思わせてしまうかもしれない。彼は握っていた母の手を放し、腕を組んだ。

「僕は大人ですよ、母上。青臭い若者ではありません。自分の面倒は自分で見られます」

「彼女を見つめるあなたの目を見たわ、ナサニエル。あなたは誰にも見られていないと思っていたのでしょうね」

ナサニエルはめまいを覚え、必死に抗《あらが》った。僕の気持ちは母にも見透かされてしまうほどあらわなのか。使用人たちに気づかれたらどうなる？　グレースに気づかれたら？

「こんなところに一人きりで暮らして……お願いだから気をつけて」砂利を踏む馬車の音が聞こえてくると、母は急いで言葉を継いだ。「彼女はすばらしく美しいけれど、雇用人と関係を持つことは決していい結果にならないわ。彼女はあなたを手に入れた先の贅沢《ぜいたく》で心地よい暮らしに気づいている。家庭教師から侯爵夫人となれば、大した出世だもの」

グレースがナサニエル自身に好意を寄せている可能性については一言もなかった。母親でさえ彼を愛すべき人間だとは思っていないのだ。

「心配は無用ですよ、母上」

グレースのような美人が僕のような男を相手にするはずがないし、彼女は今も定期的に村へ行ってレンデルと会っている。彼女がクララ以外の人間に関心があるとしても、それは僕ではない。

「彼女がここにいるのはクララのためだけです」

「しいっ……」グレースはクララを抱きしめ、なんとかおしゃべりをやめさせようとした。

レイブンウェル卿《きよう》夫人が子ども部屋に来てクララに別れを告げたあと、グレースはつい、お祖母《ばあ》ちゃまは馬車に乗ってお帰りになるのよと言ってしまった。すると、クララが目を大きく見開いた。

「おうまさん、見たい」

クララはとても頑固で、グレースは結局、根負けした。レイブンウェル卿夫人がグレースのことを快く思っていないとしても、孫娘に見送られるのは喜ぶに違いない。

だが今、グレースは客間の外で凍りついていた。部屋の中から扉に近づいてくるブーツの音がしたので、彼女はあわてて玄関へ向かった。聞いてしまった話について考えるのはあとにしよう。今は、ナサニエルの母の話を立ち聞きしたことを彼に勘づかれないようにするのが先決だ。それでなくても先週は、クララが回廊から落ちかけた件や母親であることを知られた件で気まずかったのだから。

それに、あのキスのせいで。自分がどんなふうに誘ったかを思い出すと、身が縮む思いだった。

キスを深めるのを拒んだのは彼だった。

ああ、でも、侯爵夫人の言うとおりなのだろうか。ナサニエルは私を見ていたの？　単なる家庭教師ではなく女性として？

でもそれならどうしてあの夜以来、彼は私と二人きりになることを避けているのだろう？　私が彼との結婚を企《たくら》んでいると疑っているのでなければ？

「ミス・バートラム」

グレースは表情に何も表さないようにしてふり返った。ナサニエルが、彼の腕に手をかけた母親と一緒に近づいてきた。

「ここにいるとは思わなかったよ」

グレースは唇を横に伸ばして笑みをつくった。

「お祖母さまが馬車に乗ってお帰りになると言ったら、クララが馬を見たがったものですから」

「ああ」ナサニエルはクララの頬をつつき、母親のほうを向いて微笑《ほほえ》んだ。「母上の孫娘は馬への健全な執着心を身につけたようですね。僕がクララを抱こう」彼はグレースから姪を引きとった。「君はほかの仕事をしているといい、ミス・バートラム。この子はあとで君のところに届けさせるよ」

届けさせる。〝連れていく〟ではなく。やはり彼は私と顔を合わせるのを避けている。娘を渡すしかなかった。グレースはお辞儀をして二階に戻った。子ども部屋を片づけるあいだ、もれ聞こえた話が頭の中を巡り、もやもやする気持ちが募って叫び出してしまいそうになった。

グレースがナサニエルを狙っているとレイブンウェル卿夫人が疑っていることに驚きはなかった。グレースは自分の心の内を探ったが、ナサニエルを慕う気持ちが芽生えているのは事実だとしても、彼をつかまえようとか、彼の愛情をだましとろうという考えはなかった。わき上がってきた自然な思いに従っただけ。キスをしてほしかったから誘っただけだ。彼を誘惑して結婚させるためではない。それでも母親の疑念を吹き込まれ、ナサニエルも私のことを陰謀を巡らす女だと思っただろうか？

でも……。侯爵夫人の言葉がまた頭の中に響いた。

〝彼女を見つめるあなたの目を見たわ、ナサニエル〟

彼は本当にそんなふうに私を見ていたの？　それとも、母親が見たのは彼の欲望？　血の通った男性なら誰しも、野卑な本能をあらわにすることがあるだろう。丘で偶然会ったあの日のように。あれは、男性がその場の雰囲気に屈しそうになっただけだったはず。私の頬についた泥を拭ってくれたこともあったけれど、あれは兄のしぐさであり、恋人のそれではなかった。

グレースの胃が痛んだ。これまでにも増して、友人たちに会いたかった。彼女たちに話ができたら。あるいは手紙で相談できたら。彼女たちなら、この混乱した感情を解きほぐしてくれるはずだ。ジョアンナはその穏やかな良識と、運命を受け入れる能力で。楽しいことが大好きで独立心旺盛なレイチェルは愛に対する健全な懐疑心で。イザベルはドラマティックを愛する心で。彼女は落ち込んでいる友人の気分を紛らせ、楽しませてくれる女性だった。

だが、みんながどう言うか、心の底ではわかっていた。男性としてのレイブンウェル侯爵に夢を抱くのはやめなさいと口を揃《そろ》えて言うはずだ。彼は雇い主なのよと。

〝君がこの屋敷に残るのはクララの家庭教師としてだけだ〟

あれ以上明確なメッセージはない。

立ち聞きした話は忘れるしかない。大事なのはクララ一人だ。クリスマスを来月に控え、することはたくさんある。レイブンウェル侯爵夫人の滞在中、グレースはあいた時間でシャープやタムやネッドにはマフラーを、アリスとクララには手袋を編み、シャープ夫人とアニーのためにはハンカチにイニシャルの刺繍《ししゅう》とレースの縁取りをしていた。

ナサニエルには……やはりイニシャルを刺繍したハンカチしか思いつかないが、クララのクリスマスを記憶に残る日にするためのアイデアは頭の中にひしめいていた。お人形の服、新しい手袋とお揃いの帽子、そして何よりも、寝室に飾るスィープの絵。

客間の扉に小さなノックの音がした。グレースは刺繍をしていたハンカチをわきにはさんで隠した。

アリスがクララと手をつないで入ってきた。二人についてきたブラックを見て、グレースはナサニエルへのプレゼントを思いついた。頼まれていたクララの絵にブラックを描き添えよう。

この愛に応えてくれないとしても、彼を幸せにしたい、彼の人生を明るくしたいという思いを止めることはできなかった。ナサニエルが微笑んでくれれば、私にとってはそれがプレゼントだ。

16

ナサニエルの笑みは彼女のささやかな努力で引き出せるものではないと気づくのに、そう長くはかからなかった。日ごと不機嫌になる伯父に楽しげな顔をねだれるのはクララだけだった。とはいえ、姪《めい》がグレースと一緒にいるところに彼が会いに来ることはなく、たいていは、アリスがクララを図書室にいるナサニエルのもとへ連れていく。グレースはやがて、彼女とクララの本当の関係を知った今、彼は単純に二人が一緒にいる姿を見たくないのだという結論に達した。

以前の気安い友情までなくなってしまったことが悲しかった。彼の母親の警告を偶然耳にしたあと、自分がナサニエルのすべての言葉、目つき、しぐさから本心を探ろうとするのではないかと危惧していたが、実際には、彼がグレースをどう思っているかは探るまでもなかった。彼に拒絶されてグレースの精神状態はまた不安定になった。叔父夫婦やいとこたちにとって、彼女は不要な存在だった。フィリップにとっても。そして今、レイブンウェル卿《きょう》は彼女と同じ部屋にいるのも耐えられないらしい。クララの存在はグレースの道徳観の欠如を証明するものであり、屋敷を即刻追い出されなかっただけでもありがたいと思うべきだった。

クララがいなければ、シバーストーン館での暮らしは孤独だっただろう。クララは常に彼女の喜び、輝ける星であり、グレースの暮らしはそのまわりを回っていた。

レイブンウェル卿夫人が帰って一週間後、グレースとクララはエリザベスを訪ねた。館に戻ってビルをネッドに託すと、クララはタムに駆け寄った。

「わんわん？　わんわん見る？」

タムは少女の頬をそっとつまんだ。「ミス・クララを犬舎に連れてってもいいかね、ミス・バートラム？」

「ええ、もちろんよ、タム。私はここで待たせてもらうわね」

タムがにっと笑った。「すぐに戻るよ」グレースは犬の群れが苦手なのを彼は心得ていた。

グレースは納屋の外壁にもたれかかり、ネッドが中でビルにブラシをかけながら吹く口笛を聞くともなく聞いていた。ブーツの踵《かかと》が石畳を打つ音がして、彼女ははっと体を起こした。それと同時に、鳥小屋のほうから角を曲がってナサニエルが姿を現した。

彼が足を止めて眉根を寄せた。その姿を見ただけでグレースの息は止まり、心が沈んだ。まるで彼に憎まれているように感じる。つまり、侯爵夫人の見立てはこれ以上ないほど外れていたということだ。

グレースは唇を引き上げて笑みをつくった。

「こんにちは、だんなさま」

「ここで何をしている？　クララは？」

「タムと犬舎に行っています。私はここで二人が戻ってくるのを待っているんです」

「そうか」

彼は立ち去ろうとした。犬を怖がるグレースをからかっていたときもあったのに、今では彼女を見ようともしない。グレースの心の中で反発心と慎重さがせめぎ合い、反発心が勝った。どうして私が賤民《せんみん》のような扱いを受けなくてはならないの？

「以前、鷹《たか》を見せてくださるとおっしゃいましたよね。今ではだめですか？」

彼は無表情にグレースを見た。「僕は忙しい」

相当の危険を冒したのだから、ここで引き下がるわけにはいかなかった。「では、いつでしたらよろしいでしょう？」

「僕が招待したときだ」彼は帽子を上げた。「では」グレースに答える間を与えず、彼は去っていった。

その後、グレースは二度と彼に沈黙を破らせようとはしなかった。彼のもとを離れることはできない。ここに、クララのそばにいることが重要だった。侯爵とのあいだの緊張感がこれ以上高まれば、ここでの仕事まで危うくなる。その危険は冒せなかった。

ときどき村へ行ってエリザベスを訪ねたり、礼拝に参列したりすれば、シバーストーンの不穏な空気からいっとき逃れられたが、激しい雨が続けばその機会さえ失われ、皆が屋敷の中に閉じ込められた。

グレースはクララの寝室のカーテンを開け、鎧戸《よろいど》をたたんだ。ようやく！　一週間降り続けた雨がついにやんだ。青みが薄まった空に浮かぶ太陽は色あせて弱々しかったが、太陽には違いなかった。

「見て、クララ。ネッドの言ったとおりよ。雨がやんだわ。今日はお外に出られるわね」

外に出られたら、どれほどほっとするだろう。皆が閉じ込められて教会にも行けず、館の中はぴりぴりし始めていた。言葉は辛辣になりがちで、誰の眉間にも皺《しわ》が寄っていた。クララが上掛けの下から這《は》い出て、寝台の上で飛び跳ね始めた。

「クララ、寝台の上で跳ねてはいけないわ。前にも言ったでしょう」

「スィープ！　スィープ！」

「そうね、着替えて朝食をすませたら探しに行きましょう。さあ急いで。ポリッジが冷めてしまうわ」

グレースはアリスが運んでくれた湯に布を浸してクララの手と顔を拭くと、温かいウールのワンピースに着替えさせた。器の蓋をとって二人分のポリッジをよそう。予定どおり馬車でシバークームに行くなら、体を温めておいたほうがいい。エリザベスに会えると思うと、グレースの気持ちは浮き立った。

二人は手をつないで厨房《ちゅうぼう》に行った。

「スィープ！」クララが駆け寄ると、猫はさっといつもの戸棚の下に逃げ込んだ。

「クララったら。前にも言ったでしょう。ゆっくり近づかなくちゃ。それに叫んではいけないわ。スィープが怖がるから」

グレースは笑い、一緒に楽しい気分を分かちおうとシャープ夫人のほうを見たが、家政婦はハムを切り続けていて顔さえ上げなかった。調理台の上には半分中身が入った大きなかごが置かれており、歪《ゆが》んだ口元からしても彼女はご機嫌斜めのようだった。

「だんなさまが食べ物を届けてほしいとおっしゃるんだよ」彼女はぶつくさ言った。「ネッドにとりに来させてくれればいいものを。二人を探して丘中歩き回る時間なんか、私にはないんだ。この雨でシャープはリウマチが悪化してるし」

「私が届けましょうか？」

シャープ夫人は一瞬手を止めたが、首をふってまた包丁を動かし始めた。「あんたにはミス・クララの世話があるだろう。今日は私が代わりに見てあげることはできないよ。アリスもアニーの洗濯を手伝ってるし。この晴れ間にシーツを乾かさなきゃならないからね」彼女は首をふった。「だんなさまが考えるのは動物のことばかり。今日は例の鳥を飛ばして、そのあと羊の世話をするそうだよ。屋敷を切り盛りしていくのがどれだけ大変かわかってらっしゃらないのさ。特に今は、クリスマスがそこまで迫ってるっていうのに」

彼女はスライスしたハムをきれいな布で包んでかごの中に入れ、パンとチーズをその上にのせた。

「私にも何か手伝えることがあるといいんだけど」

期待どおりの答えが返ってきた。「何もないよ。

ミス・クララを連れて外の空気を吸ってくるんだね。それと、その邪魔な猫をどこかに連れていっておくれ。そうは言っても……」シャープ夫人はまた言葉を切り、袖で額を拭いた。「今朝、鼠《ねずみ》を追いかけてたけどね。つかまえるところまではいかなかったが、もう少し大きくなれば少しは役に立ちそうだ」

グレースは聞き流した。返事は少なければ少ないほうがいいとわかっている。「馬車で村に行ってエリザベスを訪ねようと思っているの。本当に何も手伝うことがないなら」

「それは……。ああ、やだ！　ピクルス！」

家政婦はぱたぱたと食品庫に向かい、ビートの根のピクルスと林檎《りんご》を持って戻ってきた。グレースはそれ以上ぐずぐずせず、外套《がいとう》と帽子を着けると、クララにも支度をさせ、ビルのいる納屋へ向かった。

グレースは馬車に乗り込み、ビルに前進の合図を送った。固い紐《ひも》や金具と格闘したあと手はかじかんでいたが、自分が誇らしくて仕方なかった。初めて人の手を借りずにビルに馬具をつけたのだ。一つ作業をするたび確認に確認を重ねたので、不具合はないはずだ。グレースはクララに微笑《ほほえ》みかけた。

「楽しいわね、クララ。ずっとおうちの中にいたあとで冒険に出かけるのは。またミス・ダンに会えるのよ」

「また、こねこいる？」

グレースは笑った。顔を太陽のほうに向けて新鮮な空気を吸い込む。「子猫はもういないわ。一匹で十分だと思わない？」

グレースは馬車を進め、森の中に入っていった。今でも恐ろしいけれど、最初に一人で歩いて抜けたときに比べればずいぶん平気になった。あのときはすべての音にびくつき、シバーストーン館で待ち受けていることを想像しておびえていたけれど。

それが今では田舎にも慣れ、丘に登り、鷲《わし》に触れられるまでになったのだ。馬に馬具をつけ、馬車を操れるようになった。犬を好きにもなった。まあ、一匹でいるときのブラックに限るけど。今の私を見たら友人たちは驚くだろう。

唯一の黒雲はナサニエルだった。

彼が自分に思いを寄せているという妄想はもう捨てていた。ただ、以前のようにチェスやトランプに興じながら笑い合いたかった。彼の母親が滞在したあと、二人のあいだの気安さはなくなり、夕食時にもお互い何を言えばいいのかわからない有様だ。

悲痛。その言葉を聞いたことはあったけれど、こんな痛みがあるなんて知らなかった。

ビルはゆっくりと森を抜け、カーブした道なりに進んで浅瀬まで来たところで足を止めた。グレースは眉をひそめた。

「歩いて、ビル」

彼女が手綱を揺らすと、ビルは二歩ほど進み、水際でまたぴたりと止まった。グレースは手綱を馬体にあて、ネッドを真似《まね》て舌を鳴らしてみたが、ビルは微動だにしない。浅瀬はいつもより広く、水は茶色く濁っていたが、それほど深そうには見えなかった。水の高さはビルの膝ほどもないだろう。

グレースは馬の広い背中に鞭《むち》をあてた。ビルは耳を後ろ向きに倒し、首をふった。馬銜《はみ》ががちゃがちゃと音をたてる。

ばかな子。こんな浅い川を怖がるなんて。

「じっとしていて、クララ。絶対に動かないでね。すぐに戻ってくるわ」グレースはクララの顎を動かして自分の目を見させた。「約束よ」

少女はうなずき、毛布を脚に巻きつけた。グレースは馬車を降りると、ビルの前へ歩いていった。

ナサニエルは北の空を見上げた。さっきまでアンバーは頭上で円を描いていた。呼び寄せられて褒美の餌をもらうのを待っているとわかっていたが、彼は使用人たちと羊を集めることに集中した。低地の牧草地へ移動させ、そこで冬の終わりまで過ごさせるのだ。アンバーはついにあきらめ、北へ一直線に飛んでゆき、今でははるか彼方《かなた》の小さな点になっていた。

これでよかったのだとわかっていても、一抹の寂しさがあった。アンバーには早く人間への不信感をとり戻してほしい。すでに自力で狩りをできるようになっているので、人間を探す必要はないはずだ。

「だんなさま」

「どうした、タム?」ナサニエルはどんどん小さくなっていく点を見ながら答えた。二人はシバー渓谷を見下ろす丘の端で休憩をとっていた。

「だんなさま!」

ナサニエルはその切迫した口調に引き寄せられてタムの隣に行った。

「ご覧になってください」

タムが指さしたほうに目をやると、一台の馬車が森から浅瀬へと続く道を進んでいた。

「ビルだ。ミス・バートラムと」

グレース。またあの副牧師に会いに行くのか。

怒りで全身がこわばったが、良心は、この二週間、彼女を全力で避けてきたのはおまえだろうと言っていた。そのとき、目が見ているものを脳が理解した。

「彼女はいったい何をしている? この雨のあと川を渡るなど、無謀すぎるだろう」

「でも、ミス・バートラムにそれがわかりますかね?」三頭の馬の綱を持っていたネッドが言った。

「馬車の中にはミス・クララもいますよ」

「ビルはよくわかっているから川を渡ることはしないはずだ」ナサニエルはそう信じようとしたが、雨のあとの川がどれほど危険かも知っていた。グレースが馬を丸め込んで川を渡らせたら……。どろどろした不安のせいで胃がよじれた。彼はネッドのそばへ行き、ゼファーの手綱をとった。「僕が行って引き戻させる」

ゼファーの腹帯をしめてまたがり、もう一度浅瀬を見た。やはりビルは水際で足を止め、前に進むことを拒んでいる。ナサニエルはゼファーとともに崖を駆け下りた。体をのけぞらせ、馬がバランスをとりやすいようにする。足場が悪く、ゼファーの蹄《ひづめ》は一度ならず滑ったが、強靭《きょうじん》な脚力のおかげでなんとか転倒は免れた。ナサニエルは馬を安全な道に誘導することに全神経を集中した。

そのとき背後から叫び声が聞こえ、彼は顔を上げた。恐怖に腹部が痙攣《けいれん》する。グレースが馬車から降り、ビルの頭絡を引っ張って川に入らせようとしていた。ナサニエルは大声で悪態をつくと、危険も顧みず、ゼファーの腹部に踵を打ちつけた。

牡馬《ぼば》は果敢に斜面を駆け下りた。蹄が危うげに横滑りする。ナサニエルは心の中でゼファーの足元の確かさとビルの頑固さに祈りを捧《ささ》げた。傾斜が緩やかになると、ゼファーは速度を上げたが、地面がぬかるみ、足どりは重かった。そのとき、グレースがもう一度ビルを川のほうに引っ張るのが見えて、急に時間の進み方がゆっくりになった。ビルがふり上げた頭があたり、彼女がバランスを崩した。

「やめろおお！」

ナサニエルは姿勢を低くしてさらに馬の速度を上げさせた。だが、悲劇を食い止めることはできなかった。彼がなすすべもなく見ている前で、グレースは両腕を回しながら後ろ向きに川の中へ倒れていった。

17

五秒後、ナサニエルは手綱を引いてゼファーを止めた。黒と黄褐色の固まりが横を駆け抜け、川に飛び込む。ビルは彫像のごとく立ち、川を見ている。流れは速く、グレースの姿はない。ブラックの姿も。

探さなくては。ナサニエルはクララを見た。馬車の中で毛布にくるまり、目を真ん丸にしている。

彼はゼファーの向きを変えさせ、谷を見回した。タムがすでに崖を下りきっているのが見えたので手をふり、クララのほうを指さした。タムは手を上げて了解したと合図すると、馬の速度を上げた。

「じっとしているんだぞ」ナサニエルはクララに呼びかけた。

それ以上の時間はなかった。心臓が口から飛び出しそうに感じながら、ナサニエルはゼファーの横腹を蹴って走らせた。流れが比較的穏やかな浅瀬を過ぎると、水はうねって逆巻き、勢いを増した。なるべく岸から離れないようにして藪《やぶ》や木々のあいだを進む。そしてついに、白い何かを一瞬、視界にとらえ、彼は手綱を強く引っ張った。人の顔と、川から突き出た太い枝にしがみつく二本の腕だった。

ナサニエルは馬を降り、川縁に走った。

「グレース！」彼女の目はぎゅっと閉じられ、唇の間からは食いしばった歯がのぞいている。「グレース！」

倒れた木の幹が三メートルほど濁流につかった先で、枝が水面に出ているのだった。ナサニエルは外套《がいとう》とブーツを脱ぎ捨てると、木につかまって川に入っていった。ごつごつした樹皮が膝にささり、彼は思いっきり罵った。そして、幹が冷たい水の中に消えている場所まで来ると、もう一度罵った。巨木のおかげで水の勢いは鈍っているが、それでもまだ流れに足をとられそうだ。ナサニエルは水中の幹にまたがり、グレースのほうに進んでいった。

「グレース！　頑張るんだ、ダーリン！　今行くから！」

グレースの目が開いた。ああ！　その目には生気がなく、唇は青ざめて歯の根が合っていない。とにかく彼女を川から引き上げなくては。ナサニエルは先を急いだが、近づくにつれ、彼女がどんどん弱っていくのがわかった。頭が揺れ、腕から力が抜けて枝を放しそうになっている。

「頑張れ！　クララのことを考えろ！　あの子を残していけるのか！」

グレースがなんとか頭を上げて目を開こうとする。

ナサニエルはさらに近づいていった。

僕を残していけるのか。

父の顔が……ハンナの……デビッドの顔が浮かび、ナサニエルの喉がつまった。

「行かないでくれ、ダーリン。頑張るんだ。今、助けるから」

君まで失うことはできない。

嗚咽《おえつ》がもれる。彼は歯を食いしばって次の嗚咽を押し戻した。

泣いている場合か、レイブンウェル。とにかく進め。彼女を助け出せ。

グレースはすぐそこにいる。父のときと同じだ。父は炎の向こうからこちらを見ていたのに助けられなかった。父を死なせ、母を寡婦にした。グレースを死なせ、クララを孤児にはしない。グレースの頭ががっくりと垂れるのが見えた。矢も楯《たて》もたまらず体を投げ出すと、グレースの腕が枝から離れた瞬間、彼女をつかまえることができた。ナサニエルは片腕で彼女を引き寄せ、もう一方の手で枝をつかんだ。

すぐさま水の勢いに負けて体が浮き、下流へ流されそうになる。凶暴な水流に抗《あらが》い、ちぎれそうな腕と肩の痛みに歯を食いしばって腕を枝に巻きつけた。

必死に息を吸いながら、川岸を見た。すぐそこに見えてとてつもなく遠い。だが、しくじるわけにはいかない。クララには僕たち二人が必要だ。脚をばたつかせ、なんとか体の下に戻すと、水中の幹に足があたった。岸のほうを向くのは危険すぎる。天に祈りを捧《ささ》げると、グレースをしっかりと抱き、水中に体を沈めた。乗馬で鍛えた筋肉で幹をはさみ、後ろ向きにじりじりと進む。絶望感を力に変えてなんとか岸へたどり着いた。息も絶え絶えに地面に倒れ込むと、ぐったりとしたグレースの体を抱いて川から離れた。

二メートルほど離れたところで膝から力が抜けてくずおれた。地面に寝かせると、グレースはすぐに横を向いて咳《せ》き込み、水を吐き出した。ナサニエルは彼女の背中を叩《たた》き、濡《ぬ》れた髪を顔から払った。

彼女の体を温めなくては。タムかネッドがすぐにも来るはずだから、なんとかそれまで……。

よろよろと立ち上がり、寒さに震えながら濡れた上着とシャツを脱ぐ。脱ぎ捨ててあった外套で胸と腕を拭ってからグレースの体を起こして座らせた。彼女の外套はすでに流されていた。ナサニエルが濡れたドレスを脱がせ始めると、グレースがうめいた。

「何を……」

「協力してくれ、ダーリン」ナサニエルは彼女の頬に頬を押しつけた。「君の体を温めなくては」

グレースはナサニエルの腕を弱々しくつかんだ。

「クララ!」

「しいっ。クララなら大丈夫だ。タムたちがついている」

ナサニエルがまたドレスを引っ張り上げると、彼女の全身が震えた。

「何を……。だめ！　あなた……あなた……」

その言葉は不明瞭で弱々しかったものの、抵抗は続いた。

「ミス・バートラム！」

叱咤《しった》され、彼女は一瞬動きを止めたが、今度は顔を左右にふり始めた。「だめ、だめ、だめぇ」

ナサニエルは厳しい表情で彼女の服を脱がせ続け、やがてシュミーズだけが残った。彼はグレースを膝にのせると、外套を引き寄せて彼女の体に巻きつけて襟元から濡れた髪を引き出した。必死にさすって温め、眠らせないように話しかけ続けた。

「ダーリン、頼むから死なないでくれ。僕を一人にしないでくれ。クララのことを考えるんだ」

やがて、待ちに待った蹄《ひづめ》の音が聞こえ、タムが姿を現した。彼は馬から下りた。

「ああ、だんなさま」

「ミス・クララは？」

「ネッドが馬車で屋敷にお連れしました。ミス・バートラムは……」タムは彼女の顔をのぞき込んだ。

「この顔色はまずい。屋敷に連れて帰らなきゃだめです」

「タム、僕がサミーでミス・バートラムを運ぶから、おまえはゼファーで屋敷に戻ってくれ」ゼファーは二人分の重みに耐えられないだろう。「シャープ夫人に事情を話して大量の湯を用意させるんだ」

ナサニエルは外套でグレースを包んでタムに預けると、立ち上がってブーツを履いた。脚に力が入らず、鞍《くら》に体を引き上げようとすると、右腕と肩に激痛が走った。一度失敗して、二度目にようやくサミーにまたがることができた。

「ブラックは？」タムがきいた。

ナサニエルの喉がつまった。「ミス・バートラムを追いかけて川に入ったあと、見ていない」

タムはグレースをナサニエルの前に乗せ、着ていた外套を脱いだ。

「だんなさま、これを。だんなさまが熱を出して倒れたんじゃ元も子もありません。ミス・クララを無事屋敷に届けてシャープ夫人に言づてを伝えたら、俺たちがブラックを探しに戻りますんで」

タムはゼファーに乗ると走り去っていった。ナサニエルは瞬《まばた》きで涙を押し戻し、また悪態をついた。何を弱気になっている？　だが、ブラックとは長いつき合いで、彼は忠誠心あふれる相棒だった。

グレースが身じろぎをしたので、彼は当座の問題に意識を戻した。タムの外套を肩にかけると、濡れた肌が十二月の冷気から守られ、その温かみが嬉《うれ》しかった。ナサニエルはグレースの体を膝の上にしっかりと固定させた。

彼女はあまりにも弱々しかった。どうしたら死なせずにすむのか。ナサニエルは彼女のこめかみに唇を押しつけ、負けるなと念じた。グレースの震えは激しくなる一方だった。彼女をくるんでいる外套を緩め、自分の胸に抱き寄せて肌と肌で温め合う。二人で二枚の外套にくるまると、サミーを歩かせた。

彼はグレースの体をこすった。繊細な肩や腰の骨、肘や膝には、ほとんど脂肪の覆いがない。

「僕を残していかないでくれ、ダーリン。もうすぐ家だ」

家。

九年ものあいだ雨風をしのぐための建物でしかなかったシバーストーン館は、彼女が来て家になった。あの屋敷は彼女の家で、そこにはクララと僕がいる。それなのに僕はこの二週間、ありとあらゆる手段を使って彼女は歓迎されていないし、望まれてもいないと思わせようとした。苦しげなグレースの目を無視し、自分の心とその平和を守ることばかり気にかけていたのだ。

今、グレースが彼の胸にもたれかかり、ナサニエ

「死なないでくれ、ダーリン、グレース。死ぬな」

彼女を遠ざけておけば、自分の中の感情もしぼんで枯れるかもしれないと考えていたが、それは間違いだった。その感情は彼の心をしめつけ続け、もう真実から目を背けることはできなかった。

彼はグレース・バートラムを愛していた。

愚か者とは彼のことだった。

その言葉を言わなくてはならない。最悪の事態になるなら、その前に彼女に伝えなくてはならない。

「愛している」ナサニエルはそっとささやき、グレースの冷えきったこめかみに唇を押しあてた。

こんな傷物の男を彼女が愛することはないとわかっていながら、彼女が手にして当然のもの――友人、笑い声、パーティ、ダンス――を自分は与えられないとわかっていながら、恋に落ちたのだ。

心に論理は通用しない。

母が屋敷に来たあと、自分がどんなふうに彼女にルが彼女の頭に顎を乗せ、二人で同じリズムに揺られていると、さまざまな考えが去来した。今日の僕は父のときのようにしくじらなかったという思い。グレースが川に落ちるのを見たときの恐怖。筋肉がひとりでにこわばり、彼女をさらに強く抱き寄せた。自分の肌の熱で彼女の体を温めたかった。

寒さは命を奪う。春、予定より早く生まれた子羊が過酷な天候にさらされ、濡れた体のままでいると、すぐに弱って何もかもが鈍くなり、やがては死ぬ。

絶対にグレースをそんなふうにはさせない。

低いうめき声が聞こえ、ナサニエルはまた反射的にグレースを抱き寄せた。今、彼女を失うことはできない。腕の中のグレースはあまりにも弱々しいが、彼女は鋼の意思を持つ女性だ。きっと生き延びる。

彼女は生き延びなくてはならない。

クララのために。

僕のために。

接したか思い出すと、身がすくんだ。

神よ、彼女の命を奪わないでください。私は必ず態度を改めます。彼女をどれほど大切に思っているか、言葉で伝えられないとしても態度で示します。彼女を幸せにします。毎日。心から誓います。

ついに屋敷に着いた。皆が心配そうな顔をしてぞろぞろと出てきた。シャープ夫人と女性たちがグレースの体を乾かして温めるために運んでいった。

「タムがブラックを探しに行きました」シャープが報告し、ネッドはサミーを引きとった。

「僕も行く。ブラックを見つけなくては」

ネッドについていこうとしたが、脚の力が抜けてつまずいた。そばにいたシャープがナサニエルの腕を自分の肩にかけさせた。

「その体じゃ出かけるのは無理ですよ。部屋に風呂を用意してあるんで……まずは体を温めて腹ごしらえをしてください。タムに任せておきましょう」

「サミーを納屋に戻したら、俺も行きますから」ネッドが肩越しにふり返って言った。「大丈夫です、俺たちが見つけます」

シャープの手を借りて服を脱ぐあいだ、ナサニエルにはいつものように痣《あざ》を隠す力も残っていなかった。シャープが濡れた服を抱えて出ていくと、目をつぶって頭を浴槽の縁に預けた。湯の熱が体にしみ込み、冷えきった骨がほぐれる。もう少しで彼女を失うところだった。グレース。微笑《ほほえ》む彼女の顔が脳裏に浮かぶ。透き通った柔らかな肌、表情豊かな金緑色の瞳、絹糸のように美しい金色の髪。それを追いかけるようにして別のイメージも浮かんできた。泥まみれの髪が彼女の顔に張りつき、唇は青ざめてこわばり、青白いまぶたは蛾《が》の羽のように薄くて疲労のために閉じられている。

ナサニエルは床にこぼれる湯も気にせず、浴槽から飛び出した。暖炉脇の椅子にかけられていたタオルをつかんで体を拭く。まだ濡れている肌にシャツをまとい、ズボンをはいてガウンを羽織ると、グレースの部屋に向かった。

扉をノックすると、タムの妻のアニーが出てきた。

「彼女の様子は？」

「眠っています。彼女は……」

「通してくれ。自分で確かめたい」

この目で確かめなくてはならない。確信する必要がある。彼女は無事だと。彼女は死なないと。

「ですが――」

「君がここにいれば、不適切なことは何もない」

ナサニエルが扉を押すと、アニーは仕方なく脇によけた。彼は寝台のそばに行き、グレースを見下ろした。

とても小さくて、とても弱々しい。だが、頬も唇もピンク色だった。呼吸も規則的だ。彼をとらえていた恐怖がほどけ、胸のしめつけが和らいだ。

「医者は呼んだかい？」

「いいえ。傷や打ち身はありますが、大事はないとシャープ夫人は言っています」

シャープ夫人のけがや病気の見立てに彼は信頼を置いていた。

「シャープ夫人によれば、ミス・バートラムの胸の音ははっきりしているそうです」アニーが続けた。

「つまり、水は入っていないということです」

「それはよかった。一度でも彼女の意識は戻ったかい？」

ナサニエルはグレースの頬に手の甲をあてた。かすかな温《ぬく》もりが感じられる。これなら大丈夫だ。よかった。

額に擦り傷があり、腫れ始めていたが、それ以外の傷はなさそうだった。

「私たちがお風呂に入れているとき、体が温まって一度目を覚ましました」アニーが答えた。「何を言っているかよくわかりませんでしたが、ミス・クラとブラックのことを言っているようでした」

その言葉が聞こえたのか、グレースの眉間に皺《しわ》が寄り、唇がすぼめられた。「ブラック」その声はかすれていた。「ブラックはどこ?」

アニーがナサニエルの隣に来た。「アリスがミス・クララを連れてきて大丈夫だと伝えたら、ミス・バートラムは眠り始めました」彼女は声をひそめた。「でも、ブラックのことはわからなくて」

グレースがうっすらと目を開けてナサニエルを見た。彼女は舌で唇をなぞった。

「ブラックは大丈夫ですか?」上掛けを押し下げてナサニエルのほうに手を伸ばす。

アニーがたしなめるような声を出してシーツと毛布を引き上げようとしたが、グレースは抗った。

「ナサ……だんなさま」切迫した口調で言う。「彼が私を助けてくれたんです。ブラックが」まぶたをゆっくりと閉じ、大きく息を吸い込む。彼女が苦労して目をもう一度開けたのがわかった。「教えてください。ブラックは大丈夫ですか?」

緑色の瞳に懇願するように見つめられては、嘘《うそ》はつけなかった。ナサニエルは彼女の手を両手で包み、キスをしたいという衝動を抑え込んだ。言葉でだろうと行動でだろうと、思いの丈をあらわにして彼女を困らせるようなことはできない。

「わからない。今、ネッドとタムが探している」

グレースの指が彼の手をつかんだ。「ブラックが岸のほうに押してくれて……枝をつかむことができました。でもブラックは……流されてしまった」

グレースは目に涙を浮かべてあえいだ。ナサニエルの胸がしめつけられた。この世のすべての不幸から彼女を守りたかった。彼女の手を撫《な》で、そんな慰め方しかできない自分を呪う。どこからともなくラルフ・レンデルの姿が思い浮かび、胸の中に音のないうなり声が響いた。

「私はただ見ていることしか……」グレースの声は震えていた。

「もう話さなくていい」ナサニエルは彼女の額の皺を撫でた。「ブラックは僕たちが見つける」

生きていようと、死んでいようと。

「もう眠るんだ。頼むから、心配しないで」

「本当のことを教えてくれますか？」

「ああ」

レンデルのイメージは消えようとしなかった。グレースにとって何が一番かということだけを考えるべきだとわかっていたが、それでもためらいは残った。あの男をここに来させたくない。だが……何があったか、副牧師には知る権利がある。僕はグレースのために自分の感情をいったん忘れなくては。

「レンデルを呼ぼうか？」

グレースが目を見開く。「私、死ぬのですか？」


「まさか！」ナサニエルは彼女の手を握りしめた。「もちろん、君は死なない」

「では、なぜ？」

「彼は……君の友人だ。君は彼に会いたいのではないかと思ったんだ」

グレースの唇が歪《ゆが》んだ。「いいえ。その必要はありません」

ナサニエルの心が高揚した。彼女は副牧師に心を奪われていないのか？

グレースがあくびを噛《か》み殺して言った。「とても疲れました」

「それなら、眠るといい。あとでまた来るよ」

ブラックを見つけたあとに。

ナサニエルは出口に向かった。

18

ナサニエルは鹿毛の猟馬、シーザーを走らせた。不安の固まりが喉につかえ、また胸が紐《ひも》で縛られているように感じる。何が待ち受けているかと考えると恐ろしかったが、ブラックがどうなったかわかるまでは休めそうになかった。

太陽はすでに低く傾き、捜索できるのはあと一時間ほどだ。ナサニエルはまずグレースを見つけた場所へ行き、そこから渓流に沿って探した。黒と黄褐色のブラックが藪《やぶ》の下に潜り込んでいたら、土や落ち葉の色に紛れてしまうだろう。だが、開けた土地にいるとは考えにくい。川から出たあと少しでも力が残っていたら、どこかに身を隠すはずだ。ブラックが川から出ていない可能性は考えたくなかった。

五分後、ナサニエルは低い声で悪態をつくと、シーザーを止まらせて鞍《くら》から降りた。馬上からでは見つかるはずがない。彼は手綱を前に回して馬を引き始めた。全身に痛みがあったが、体を休ませる時間はブラックを見つけたあといくらでもとれる。榛《はしばみ》の枝を折ってそれで藪の下や中をつつき、ときおり口笛を吹いたり呼びかけたりしながら下流に向かって歩き続けた。

四百メートルほど歩いただろうか。薄闇から馬に乗った二人の男が現れた。

「どうだ?」

「だめですね」ネッドが帽子に触れて言った。「申し訳ないです」

「橋まで二度ほど往復したんですが」タムも言った。

「ただ、ブレイスウェイトのギル・ブラウンに会いましたら、領地の男連中に注意させておくと言ってくれました。今日はもうできることはなさそうです」彼は刻々と暗くなる空に目を向けた。「この感じじゃ寒い夜になりそうだ」

それでもナサニエルはあきらめられなかった。今はまだ。明かりがわずかでも残っているあいだは。

「おまえたちは屋敷に戻るんだ」彼は言った。「僕はもう少し先まで歩いてみる」

男たちが目を見交わした。

「俺たちも手伝います」タムが馬を降りようとした。

「だめだ！」

タムはゆっくりと脚を鞍の上に戻した。

「すまない。大声を出すつもりはなかったんだが」

使用人たちが彼のことを案じているのは、ナサエルにもわかっていた。だが……最悪の事態を避けられないなら、一人で向き合いたかった。

「おまえたちは馬でここを往復した。僕はすっかり暗くなるまで歩いてみる。一人いれば十分だ」

蹄《ひづめ》の音が遠のいていくと、ナサニエルは孤独な捜索を再開した。ブラックの名前を呼びながら、心の中で祈りを捧《ささ》げる。けがをしたり苦しんだりしているブラックを想像するのは耐え難かった。どこかで孤独に横たわり、ゆっくり死んでいくくらいなら、もう命が尽きていてほしかった。

ついに夕闇が辺りを覆い尽くした。もう切り上げるしかない。彼は枝を投げ捨て、手綱をシーザーの頭の向こうに戻した。左足を鐙《あぶみ》にかけたそのとき、シーザーが頭をふり上げた。耳を立て、川から離れた右前の辺りを見つめている。

狐《きつね》か兎《うさぎ》だろうが、確かめても損はない。ナサニエルは鐙から足を下ろし、馬の注意を引いたものに近づいていった。すぐにシーザーがついてくる。つまり、危険な何かではないということだ。ナサニエルは唾をのんだ。もしかしたら……。

突然わき上がった希望を愚かしく思いながら、呼びかけた。「ブラック？　そこにいるのか？」

　彼は耳をすました。何も聞こえない。シーザーのほうをふり返ると、馬は警戒を解かずじっと見つめている。ナサニエルはさらに歩を進めた。三メートル。五メートル。シーザーが足を止め、静かに鼻を鳴らした。ナサニエルは馬の鼻面を撫《な》で、辺りを見回した。無理だとは思うが……。

　彼は口笛を吹いた。

　下生えがこすれるようなかすかな音がした。シーザーがおびえるかもしれないので手綱をもう一度鼻先に持ってきてつかみ、音のしたほうに近づいていく。腕と手綱が伸びきったところで足を止め、闇にじっと目をこらした。

　そのとき、また聞こえた。低いきゅーんという声。動悸《どうき》を覚えながら、シーザーをつなぐ場所を探す。声の主がブラックなら、館に連れて帰るのに、死んだ鹿を運び慣れたシーザーが必要だ。何かの若木にシーザーをつなぐと、声がした場所へ駆け戻った。

「ブラック？」

　葉がこすれる音。ナサニエルは神経を集中し、ゆっくり進んだ。膝をつき、藪の下を手探りする。濡《ぬ》れてもつれた毛が指に触れ、また細い鳴き声がした。

「ああ、神よ、感謝します」

　両手で体を探ると、ブラックが哀れっぽい声を出した。骨折ではなく打ち身だといいのだが。ブラックが横向きに寝そべり、頭も上げないことに気づいて、ナサニエルは恐怖を覚えた。ここに一晩置いておくことはできない。動かすしかない。きゃんという悲鳴に耳を塞ぎ、ブラックを藪の下から引っ張り出した。犬は馬と違い、ちょっとした痛みにも声をあげる。ブラックの悲鳴もその類いだと信じたかった。ナサニエルが外套《がいとう》を脱いでくるむと、犬がつらそうにあえいだ。

「悪いな、ブラック。だがほかに方法がないんだ」

できるだけそっとブラックを抱き上げ、シーザーのもとへ戻った。鞍にまたがるのは大変だったが、ぐったりとしたブラックをなんとか膝にのせ、家路についた。

ブラックは見つかった。だが、この忠実な相棒は命の危機を乗り越えられるのだろうか？

グレースが目を覚ますと、屋敷は静まり返り、部屋は暗かった。闇の向こうに、炭をかぶせた火の最後の輝きが見える。彼女はぶるっと身を震わせてまた目をつぶった。体をよじって上掛けの中にさらに深く潜り込むと、体のあちこちが痛いような気がした。まぶたの奥の暗闇から、ビルを馬車につないだときの達成感がよみがえる。その瞬間、彼女はぱっと起き上がった。

ああ、どうしよう！　クララ！　いいえ、あの子は大丈夫。みんなが連れてきてくれて確かめたもの。そうよね？

彼女は上掛けをはぐった。いたっ。寝台から飛び起きたはずの彼女は、床に這《は》いつくばっていた。満《まん》身創痍《しんそうい》とはこういうことを言うのだろう。歯を食いしばって室内履きを手探りする。それを見つけて履くと、ナイトテーブルの上の蝋燭《ろうそく》をつかんで暖炉のそばに行き、火をつけた。寝台の足元に落ちていたショールを拾って肩に巻きつけ、クララの寝室へ通じる扉に近づいた。蝋燭を掲げて部屋を照らすと、すやすやと眠る子どもの姿が見え、恐怖が引いていった。身じろぎする気配がし、予備の寝台で誰かが眠っているのだと気づいた。アリスだ。クララが目を覚ましたとき、グレースを起こさないように世話をするためだろう。

グレースは娘を見つめ、前日の記憶を掘り起こした。たしか、よく眠れるようにとシャープ夫人が阿《あ》片《へん》チンキをくれたのだ。彼女は背中から冷たい川に落ちたときのことも思い出した。流れが思いのほか速く、水を含んだ服ごとさらわれて、あっという間に深いところへ連れていかれてしまった。水面に顔を出してなんとか息をしようとすると、口の中に泥水が流れ込んできて、今そのことを思い出すだけでグレースの体は震え、吐き気がこみ上げた。そうしたら、ブラックが……。

グレースは後ろ向きにクララの部屋を離れた。ブラックは見つかったのだろうか？　眉をひそめると、額が痛んだ。指を触れると、すりむけて腫れているのがわかった。ベッドに戻らなくてはと思ったが、ひどく空腹だった。かまどの火は夜のあいだ炭をかぶせられているが、ココアを温めるくらいはできるだろう。それに、ブラックがもう見つかったなら厨房《ちゆうぼう》にいるはずだ。いつもあそこで眠っているのだから。

グレースは部屋を出て階段を下りた。左脚に体重をかけたときの痛みに顔をしかめる。ホールを横切って屋敷の奥の使用人用区画へ向かっていると、振り子時計が二時の鐘を打った。グレースの身震いに合わせ、蝋燭の炎の影が壁の上で踊る。彼女はショールをさらにきつく体に巻きつけた。

厨房の扉を開けると、棚の上に火のついた蝋燭が置かれていた。その棚を回り込むと、そこに、かまどの前に広げられた敷物の上に、ブラックがいた。片耳をわずかに動かし、尻尾で優しく床を叩《たた》いたが、頭は上げない。ブラックの首の上にはスィープが寝そべり、ごろごろと寝息をたてていた。

「ベッドを抜け出して何をしている？」

奥の暗闇から静かに問う声があった。シャープのお気に入りのふかふかの椅子から、背の高い人物が立ち上がる。明かりの中に現れたナサニエルの姿に……彼がしてくれたことの記憶に……感情がこみ上げ、グレースは無言で首をふった。

「どうしたんだ、グ――ミス・バートラム？　具合が悪いのかい？」

次の瞬間、彼はグレースの傍らにいた。彼の体は大きくて、心を落ち着かせてくれた。その体が発する熱と、柑橘系《かんきつけい》の石鹸《せっけん》の香りに覆われた男性の匂いがグレースの意識に入り込んできた。彼はグレースの腰に腕を回して支えた。

「下りてきちゃだめじゃないか。さあ、座って」

ナサニエルが椅子のほうに連れていこうとしたが、グレースは抗《あらが》った。

「いいえ、私は大丈夫です。少し傷があるだけですから。私はただ……」彼女はナサニエルの腕の中で向きを変え、顔を上げて彼の目をじっと見た。「ありがとうございました。心から感謝しています」

ナサニエルの目が黒みを帯び、彼女の瞳を探った。彼の唇が開いてグレースのほうに近づく。だが、彼は突然肩をびくっとさせて顔を上げ、目をそらした。

グレースが見ると、彼の唇は一文字に結ばれ、眉間には皺《しわ》が寄って顎の筋肉がこわばっていた。

「礼を言う必要はない」その声はしわがれていた。彼はグレースの腰から腕をほどき、二人のあいだに空間をつくった。「誰でも同じことをしたはずだ」

グレースはブラックの傍らに膝をつき、犬の体を撫でて恥ずかしさをごまかした。

「あなたにもお礼を言うわ、ハンサムで頼りになるブラック」犬の丸い頭に唇を押しつける。「あなたがいなかったら、私はい、今、ここにいなかったはずよ」

彼女はこみ上げる涙を押し戻した。感情に流されても、互いが気まずい思いをするだけだ。あんなふうに……誘うように見上げたのは……彼の苦しげな懇願を、あの愛の言葉を聞いたから。でも、全部妄想だったのだろうか？　グレースは答えのない問いを脇に押しのけた。記憶が正しかろうとそうでなかろうと大した違いはない。彼女は何も考えずに行動し、ナサニエルが拒絶した。それは明らかで、そしてつらい事実だった。

生き延びたという現実だけを考えよう。恐怖はいつか消えるし、人生は続いていく。クララを手放したあともそうだった。あのとき、人間の回復力について学んだ。今こそそれを役立てるときだ。ナサニエルの拒絶も乗り越えてみせる。

グレースはブラックの頭を撫でながら、平静をとり戻す時間を稼いだ。目を覚ましたスィープが彼女の気を引こうとしている。彼女は猫の顎の下をくすぐった。

「ブラックはどこか痛めたのですか？　また元気になりますか？」

「君同様、疲れて軽いけがをして動揺しているのだろう。二、三日でいつもの彼に戻るはずだ」

スィープに耳と目をなめられても、ブラックはいやがりもしない。グレースは彼をぽんぽんと叩いた。

「ブラックはどこにいたのですか？」

「君がいた場所から六百メートルほど下流だ」

「本当に安心しました」

立ち上がると、かすかに体が揺れた。ナサニエルが彼女の肘をつかんだ――ウエストに腕を回すのではなく。

「ブラックの無事を確かめたくて下りてきたんです」グレースは犬と猫から目をそらさずに言った。

「でも、少しおなかもすいていて……」

「座るんだ。僕が何か探してこよう」ナサニエルはまた隅の椅子のほうに彼女を促した。

疲れが骨までしみ込んでいた。グレースは椅子に深々と座って体の下に足をたくし込み、まだナサニエルの温《ぬく》もりと匂いが残る毛布にくるまった。食べ物を用意する音が聞こえたあと、シャープ夫人のフルーツケーキがのった皿が手に押しつけられた。

「ありがとうございます」グレースは膝に皿を置いてケーキを少しずつ口に入れた。ナサニエルに渡されたココアをしみじみ味わいながら飲むうちに、まぶたが重くなってきた。皿とカップが下げられたおぼろげな記憶を最後に、彼女の意識は途絶えた。

「ああ、昨日は大変でしたね！」

グレースの寝室の暖炉に火を入れていたアリスが、真ん丸な目をして言った。寝返りを打つと筋肉が悲鳴をあげ、グレースは顔をしかめた。

「ミス・クララは？　もう起きているかしら？」

「まだです。夜中にしばらく起きていた分を今埋め合わせているのでしょう」

つまり、アリスも夜中に起こされたということだが、彼女はそのわりに上機嫌だった。グレースは上掛けの下に潜り込んで一日眠って過ごしたかったが、そうも言っていられなかった。クララがもうすぐ起き出してきて何か食べたがるはず……。グレースはぱっと起き上がって口に手をあてた。

「なんですか？　どこか痛みますか？」

「いいえ。いいえ、私は大丈夫よ。ちょっと思い出したことがあって……」それとも、あれは夢だったのだろうか？「アリス、昨日、タムとネッドはブラックを見つけたの？」

「いいえ」

ああ、そんな。かわいそうに……。

「見つけたのはだんなさまですよ」

「だんなさま？」

ナサニエルは私を連れて帰ったあと、また犬を探しに出かけたの？　彼の忠誠心と勇気に、グレースの心は賛嘆の念でいっぱいになった。

「ええ、そうです。もう半分死んでいるようでした。犬のことですよ、だんなさまのことではなくて。まあ、だんなさまも大して変わりませんでしたけど」

アリスは早足でやってきてグレースにショールを渡した。「あんな苦しそうなだんなさまを見たのは初めてです。厨房で一晩中ブラックの看病をなさったんです」

やはり夢ではなかったのだ。私は厨房に下り、ナサニエルと話した。そして彼を誘い、キスしてもらおうとしたのだ。彼はその誘いを拒絶した。吐き気がこみ上げた。でも、私はどうやってここへ戻ってきたのだろう？

アリスが扉を開け、そこで足を止めてふり返った。「そうそう、シャープ夫人が、あなたは今日一日ベッドにいなくちゃいけないと言っていましたよ。彼女が朝食をここに運んでくれるそうです」

「でも……」グレースは体を起こして座った。

「シャープ夫人に言われたとおりにしたほうがいいですよ。さもないと……」アリスが目をくるりと回して笑った。「ミス・クララのお世話は私がします。今日は厨房で朝食を食べさせるようにとシャープ夫人に言われているんです」

「厨房へ行く前にここへ寄ってくれる？　ミス・クララが大丈夫か確かめたいの」

「あら、ミス・クララは元気そのものですよ。お世話が必要なのはあなたтака」そう言うと、アリスは部屋を出て後ろ手に扉を閉めた。

グレースは枕に寄りかかり、昨日の出来事を思い返した。ただ、恐ろしくて……自分自身にも認めるのが怖くて……考えるのを避けていたことが一つあった。昨日ビルが水際で止まったときに彼女がとった行動のせいで起きていたかもしれないこと。

もしも……。

扉が開く音がしたので、グレースは考えるのをやめて顔に笑みをはりつけた。だが、部屋に入ってきたのはクララでもアリスでもなかった。

ナサニエル。

19

「おはよう、ミス・バートラム」濃い褐色の瞳は気遣わしげだった。「アリスから君がもう起きていると聞いてね。気分はどうだい？」

「あちこち痛みます」罪悪感を自覚した今、認めないわけにはいかなかった。「それに、身の縮む思いです」

ナサニエルが寝台のそばに来た。「なぜ？」

グレースは体を起こし、上掛けを胸に押しつけた。

「大騒ぎを起こし、だんなさまをき、危険な目にあわせてしまいました。だんなさまがいなかったらどうなっていたか……。クララも……」

嗚咽《おえつ》をこらえようとすると、娘の名前が喉に引っかかった。その恐怖について考えるのは、ましてや言葉にするのは初めてだった。私は自分の愚かな行動で大切な娘の命を危険にさらしたのだ。涙で目が熱くなり、鼻の奥がつんとした。

ナサニエルが寝台の端に浅く座った。「実際に起きなかったことを心配する必要はない。あれは事故だった」

「でも、あの子はもしかしたら……」涙があふれ、グレースは震える手で顔を覆った。「私、いい気になっていました」指のあいだから小さな声を出す。「なんてばかなの！　一人で馬具をつけられたから、引き返したくなかったんです。私の見栄のために命を落としかけたんです。私だけでなく、だんなさままで。ブラックまで。それにクララまで……」

グレースは声をあげて泣いた。力強い腕に抱き寄せられると、彼女はたくましい胸に体を預け、罪悪感と苦悩を解き放った。

「自分を責めなくていい。責任はみんなにある」ナサニエルの言葉が振動となってグレースの体に心地よく広がった。「先に言っておくべきだった。大雨のあとの川は危険なんだ。浅瀬の水量は大したことがなく、簡単に渡れそうに見えたとしても」彼はグレースの両肩に手をかけて押しやり、彼女の目をのぞき込んだ。「シャープ夫人でさえ、自分が何も言わなかったせいだと厨房《ちゅうぼう》でくよくよしている。これで少しは気分がよくなったかい？」

「シ、シャープ夫人が？　で、でも、彼女は私のことをす、好きでもなんでもないのに」

グレースの手にハンカチが押しつけられた。

「彼女は君に慣れ始めている。君も気づいていると思っていたが」

「そうであってほしいとは思っていました」グレースは目を拭いて洟《はな》をかみ、ハンカチを枕の下に押し込んだ。「また使うかもしれないので」ナサニエルが眉を上げたので、そう答えた。

「ハンカチを買い足しておいたほうがよさそうだ。そういえば君は面接のとき、二度と感情に流されないと宣言していなかったかな？」

「まさか……私は解雇されるのですか？」

「泣いたから？　それとも僕のハンカチを使い尽くしたから？　冗談だよ、ミス・バートラム。下手な冗談だ」

そのとき、ずっと気になっていた曖昧な記憶が突然はっきりとよみがえり、グレースの口からあえぎがもれた。ナサニエルは彼女を川岸に運んだあと、服を脱がせ……。

「私のドレス」

止める間もなく、その言葉が口から出ていた。ナサニエルが眉を上げて続きを促した。

「私……どうなったのかと……。たしか……」胃の吐き気が喉までこみ上げ、顔が真っ赤になった。

ナサニエルの顔のあらゆる部分がこわばったように見えた。「君の記憶は正しいよ、ミス・バートラム。川から引き上げたとき、君の体は冷えきっていて危険な状態だったことをわかってほしい。濡《ぬ》れた服を着たままでは温められなかった」

「ああ」グレースはショールの房飾りを引っ張った。「なるほど。それで服は……ここにありますか？」

「それは……いや、僕が投げ捨てたきりだ」

「でも、あの服がないと……」

「君があの服を着ることは二度とない。僕に雇われている限りは。思い出したくないんだ……」

ナサニエルが不意に黙りこくり、顔を歪《ゆが》めたので、グレースの気持ちは沈んだ。彼女の愚かさを思い出したくないと思うのも当然だ。そのおかげで彼とブラックは命を落としかけたのだから。それでも、あのドレスと外套《がいとう》はグレースにとって必需品だった。

「ただ、私の手持ちの服が……」

「わかった」ナサニエルは手を上げて制した。「僕が弁償しよう。屋敷のどこかに生地があったはずだから、好きなのを選んで自分で……。いや、シャープ夫人にきいてみるといい。たしか村に裁縫のできる女性がいたはずだ。君にドレスを縫う時間はないだろう。ああ、ついでに言うと、いつも着ているような茶色や灰色のドレスはやめたほうがいい」

グレースは当惑して彼を見つめた。「でも、私は家庭教師です。ふさわしい服を着……」

彼は鋭い目を向けた。「そしてミス・バートラム、僕は君の雇い主だ。僕がさえないドレスを着るのを禁じたら、従うこと。疑問を呈さずに。いいね？」

「はい、だんなさま」

彼女ははにかんだ笑みを浮かべた。実際、彼の指示に従うのは難しいことではなかった。グレースにだってきれいなドレスを着て自分をよく見せたいという気持ちはある。特にナサニエルの前では。

「ありがとうございます。それに……ブラックが無事で本当によかったです。昨夜は、だんなさまが見つけてくださったとは知らなかったものですから」

彼が片方の眉を上げた。「誰が見つけたのかが重要なのかい？」

「その……だんなさまも私と同じくらい疲れていたはずなのに、また犬を探しに行かれたのかと……」

「君ほど疲れてはいないさ」彼はちらりと笑みを浮かべた。「それに、ブラックは単なる犬ではないからね。あいつは僕の犬だ。僕は自分のものの面倒は自分で見る男だよ」

「そして愛情も注がれています」

「僕が自分の動物たちを大切に思っていることが不思議なのかい？」

「いいえ！　すばらしいことだと思います」

彼が大切に思っているのは動物だけではない。クララのことも使用人たちのことも大切にしている。そして私のことも。

「昨日は助けてくださって本当にありがとうございました。それに、昨夜も親切にしてくださって」

彼の目尻に皺《しわ》が寄った。「どういたしまして」

グレースはふと思いついてきいた。「昨夜のココアには阿片《あへん》チンキが入っていましたか？」

ナサニエルがいたずらを見つかった少年のように顔をしかめたので、彼女は笑いそうになった。

「罪を認めるよ。君がゆっくり眠るには、ちょっとした助けがあったほうがいいだろうと思ったんだ」

「だから、ベッドに戻った記憶がないのですね」グレースは頬が赤くなっていませんようにと祈った。

「私……だんなさまが……」

「僕が君をここに運んだよ。君が知りたがっているのがそのことなら。それに……」彼は指ですっとグレースの頬をなぞった。「昨日の午後のあとで、君にいやな思いはさせられない。僕は完璧な紳士だったと断言するよ」彼の唇に一瞬笑みが浮かんですぐに消えた。

「それについては疑いもしませんでした。ありがとうございました」

彼が立ち上がると、寝台が揺れた。「君が回復に向かっているのを見て安心したよ。しばらくゆっくりするといい。シャープ夫人からも今日は休息をとるようにという処方箋が出ている」

ナサニエルが部屋から出ていくと、グレースは彼女の気持ちに応えてくれない男性へ思いを募らせることについて考えた。

でも、本当に彼は応えてくれないのだろうか？

侯爵夫人は息子の様子に危機感を覚え、グレースを近づけないようにと警告した。その後の彼の行動からして警告は奏功したようだが、今日のナサニエルは明らかに優しくなっていた。それにグレースを助けるとき、気も狂わんばかりにダーリンと呼びかけていたのも記憶違いではないはず。

でも……。グレースは昨夜、上目遣いにナサニエルを見たときのことを思い返した。彼は確かにキスをしようとしたが、結局、グレースの無言の誘いを拒絶した。彼は雇い主だから。侯爵だから。

雇い主との戯れには気をつけなさいというファワース先生の言葉を思い出す。ジョアンナを新しい人生へ運ぶ馬車を待っているとき、先生はグレースたち四人の部屋にやってきて言ったのだ。

〝幸せな結末は期待できないわ。気の毒なマダム・デュボアを……〟先生はそこで頬を染めて口を閉ざした。少女たちが先を促しても首をふるばかりだった。

グレースたちはデュボア校長の過去に何があったのかとよく想像を巡らしていた。先輩から後輩へ語り継がれる噂《うわさ》の中には、高貴な雇い主の跡継ぎと恋に落ちた新米家庭教師の話があった。デュボア校長は退職金としてソールズベリーのその学校を手に入れたが、失意が癒えることはなかったと。

あの厳格なデュボア校長が頭より心を優先させるような不品行をするとは信じ難かった。グレースはそれを理由に何度となくデュボア校長に叱られていたから。でもレイチェルは、旅立つ日の前夜、眠れなくて階下に下りたとき、昔の手紙を読みながら目に涙をためる校長先生を目撃した。

〝シュルトゥ、ギャルデ・ボートル・クール〟校長先生はレイチェルに温かい飲み物を持たせて部屋へ帰らせるとき、そう言ったという。とにかく、心を守るのですよ、と。

レイチェルはイザベルとグレースに――ジョアンナはもう旅立ったあとだった――その話をし、三人は、校長先生の失恋の噂は本当に違いないという結論に達した。

グレースはため息をつき、上掛けの下で寝返りを打った。これからは心より頭を優先させよう。校長先生の言葉は賢明だ。少なくとも、私は毎日ナサニエルに会える。以前のようにチェスを楽しむ気安い関係にだって戻れるかもしれない。

川での事故から四日がたった。日曜の朝、皆は教会へ行き、クララもついていったが、グレースはあれこれきかれるのがいやで行くのをやめた。

馬車が見えなくなると、ナサニエルはさっそく彼女を誘った。「今日、鷹《たか》を見に行く気はあるかい？天気もいいし、一羽飛ばしてみてもいい」

グレースが嬉《うれ》しそうに顔を輝かせた。それを見てナサニエルは、前回ぶっきらぼうに断ったことを思い出して自分を恥じた。

先日グレースが、彼が鷲《わし》に襲われていると勘違いした丘の上に来ると、ナサニエルは彼女にきいた。

「疲れたかい？」

グレースは目をきらきらさせて笑った。歩いたせいで頬が紅潮している。彼が注文した新しい外套はまだ届いておらず、シャープ夫人の古い黒の外套と実用本位の茶色のボンネットを着けているが、グレース・バートラムは誰よりも美しかった。

「大丈夫です。私の短い脚に合わせてだんなさまがかたつむりのようにゆっくり歩いてくださるのですから、疲れるなんて無理です」

ナサニエルはそれでも足を止めた。「ここがいいだろう。これ以上遠くに行く必要はない」

長元坊のウッディが彼の腕に止まっていた。のすりや隼《はやぶさ》といったほかの猛禽《もうきん》たちと比べてウッディは優美で色が美しく、グレースはすぐに彼を気に入った。背中と羽は栗色《くりいろ》で黒い斑点があり、頭と尾は青みがかった灰色をしている。

ナサニエルは頭巾をとってウッディを空に放った。

グレースは畏怖の念と喜びをたたえてウッディを見上げ、ナサニエルはグレースを見つめていた。

「一箇所にとどまっていますね」彼女が言った。

「ホバリングしているんだ。目がいい長元坊はああやって鼠《ねずみ》や小さな鳥を探す。注意して見ていると、ウッディの頭はまったく動いておらず、羽や体で空気の流れを吸収しているのがわかるはずだ」

「だんなさまのところに戻ってきますか？」

「もちろん。僕は彼を雛《ひな》のときから飼っている。彼は自力では生きていけない。さあ、呼び戻してみよう」彼は左手から籠手《こて》を外し、グレースに渡した。

「君は右利きだから、籠手を左手にはめると、餌をとり替えたり足緒を変えたりするのに手こずらずにすむ」

「私が彼を傷つけたらどうなるんですか？」

不安げな目を向けられると、ナサニエルの心臓が揺れた。どうして彼女をその場で抱き寄せずにいられたのか、自分でもわからなかった。

「心配はいらない。僕がいる。やってみせよう」

グレースの信頼に満ちた笑みが彼の血を熱くした。

「こうやってかまえ……」彼女の肩をつかみ、ウッディの位置に対して横向きに立たせる。「腕を前に出し、そう、指を伸ばして……」ナサニエルはグレースの左腕を上げさせた。「じっと立つ」

彼はグレースの隣に立ち、生肉をのせた彼女の手に手を添えた。鳥を呼ぶと、ウッディが褒美の餌を目がけて矢のような勢いで飛んできてグレースの手の側面に止まった。彼女がはっと息をのんだ。

「籠手越しでも、彼の足に手をつかまれているのがわかるんですね」

ナサニエルは長元坊に褒美をやり、足首につながっている革紐《かわひも》――足緒――をグレースに握らせた。

「これで、次に彼がいつ飛ぶか決めるのは君だ」

それからもう何度か飛ばしたあと、ナサニエルはウッディに頭巾をかぶせ、グレースとともに屋敷へ向かって歩き始めた。

「ありがとうございました、ナ――だんなさま」グレースが言った。

彼は唇を嚙《か》み、ナサニエルと呼んでかまわないと言いそうになるのをこらえた。そんなことを許可したら、彼女を心から遠ざけておこうとする僕の努力はどうなるのか。

「楽しんでもらえてよかったよ」

「また……一緒に来てもいいですか？　もっと大きい鳥たちが飛ぶところも見てみたいんです」

しゃべりながら歩いていると、グレースがつまずき、ぶつかった。ナサニエルは彼女を抱き留めた。

彼が見下ろし、グレースが見上げる。ナサニエルは血管の中で沸騰する欲望に屈したかったが、できなかった。彼は一抹の後悔とともにグレースを押しやった。グレースは彼の顔と手の痣《あざ》を受け入れてくれたが……あの火事が残したおぞましい傷のすべてを知っているわけではない。ナサニエルの全裸を目にしたときの彼女の恐怖を想像すると、戦慄が走った。グレースのような若くて美しくて無垢《むく》な女性が、どうしたら僕のようなぼろぼろの男を受け入れ、親密になるというのか？

「すみません」沈黙のうちに気づまりな数秒が過ぎ、彼女が言った。「これからはもっと気をつけます」

グレースがまったく意に介していないようなので、ナサニエルは衝動のままにキスをしなくてよかったと安堵《あんど》した。

「クリスマスの飾りつけのことをおききしたいのですが」彼女が突然、言った。

「なんだい？」

「森から常緑樹の枝をとってきたいんです。シャープ夫人の話では、柊《ひいらぎ》や蔦《つた》や……ほかにもいろいろ材料になる植物があるそうですね」

「月桂樹《げっけいじゅ》や杜松《ねず》のことを言っているのかい？」

「そうです」確信はなさそうだった。「シャープ夫人はそのことを言っていたと思います」

ナサニエルは笑みを隠した。この見ず知らずの場所になじもうとする彼女の姿が愛《いと》おしかった。

「森の枝を切るのに僕の許可をとる必要はない」

「でも、ネッドとタムに手伝ってほしいので、その許可をいただきたいんです。枝を家に運ぶのに」

家。グレースが口にするその言葉が好きだった。

「もちろん手伝わせればいい。それに、僕も手伝うよ。いつとりかかるんだい？」

「クリスマスの数日前に。それからイブに花輪をつくって家を飾りつけます。あと……」グレースの声に憧れの響きがこもった。「大薪があればすてきなのですが……」

「冬の前に木は全部切ってしまった。大きいのが残っているとは思えないな」そう言いながらも彼は絶対に見つけるつもりだった。グレースのためならば。

20

二日後、グレースがクララを抱き、新しい外套《がいとう》と帽子を手に階段を下りていると、ナサニエルが図書室から姿を現した。玄関広間でクララを下ろすと、少女は両腕を上げて彼のもとへ駆け寄った。グレースは悲しみのまじった愛に全身をしめつけられた。三人が本当の家族だったらいいのに。

「出かけるのかい？」ナサニエルがクララを抱き上げてキスをし、また床に下ろした。

「はい」グレースは彼と目を合わせるのを避けて階段の親柱に外套をかけ、帽子をかぶった。「シバークームの裁縫師にドレスの生地を届けてきます。そのあとでミス・ダンを訪ねる予定です」

「本当に自分で運転していくのかい？」

帽子のリボンを結んでいたグレースは手を止め、明るく言った。不安の大きさを正確に伝える必要はない。「いずれはまた浅瀬を渡らなくてはいけないのですから、それが今日でも大した違いはないですよね？　替えのドレスはどうしても必要ですし、エリザベスにも会いたいんです」

エリザベスは日曜日に教会に来なかったグレースを案じ、近いうちにまた訪ねてほしいと書いた手紙をシャープ夫人に託してくれた。グレースは新しい外套を羽織り、喉元の銀色の留め具を留めた。

新しい外套の礼はもう言っていたが、身に着けるのは初めてで、ナサニエルの視線が気になった。

「このすてきな外套、本当にありがとうございます」彼女は縁取りの毛をなぞった。

「色が君によく似合っている」

彼の声はかすれ、恥じらっているようにも聞こえた。外套はエメラルドグリーンのビロードで、柔毛で縁取りされている。昨日、ネッドが村から持って帰ってくれた包みを開けたときは、嬉《うれ》しくて思わず息をのんだほどだ。

彼女はとっさに言っていた。「心配でしたら、一緒に来られますか?」

ナサニエルが目を細くした。「村に?」

「ええ。エリザベスのところには三十分もいませんし、それで安心――」

「使用人の誰かを連れていくんだ」ナサニエルはきびすを返して図書室に戻り、扉を閉めた。

グレースは唇を噛《か》んだ。ばかげた提案をしてしまった。彼が受け入れるはずもないのに。

「行きましょうか」彼女はクララの手をとった。

グレースの空元気はそう長く持たなかった。浅瀬が見えてくると動悸《どうき》が激しくなり、思わず手綱を握りしめてビルを止まらせてしまった。ああ、ナサニエルがそばにいてくれたら。クララは御者台の隣でおとなしく座っている。グレースが見下ろすと、二つの大きな瞳が真剣な表情をたたえて見つめ返してきた。

グレースは再び勇気を奮い起こして馬車を前進させた。川は通常の深さに戻っており、ビルはためらうことなく浅瀬に足を踏み入れたが、グレースは向こう岸に着くまでずっと息をつめていた。

裁縫師のキャンベル夫人の家で採寸をすませ、ラウンドガウンを二着注文したあと牧師館を訪ねると、大騒ぎになった。ダン一家とレンデル氏が総出で事故について事細かにきき、恐怖の声をあげた。

「心配してくれてありがとう」ついにダン夫妻が部屋を離れると、グレースは言った。「でも、もうあのことは忘れたいの。大雨のあと浅瀬を渡ってはいけないと学んだから、貴重なレッスンだと思うことにするわ」

「レッスン？　ああ、グレース、私たちの前で強がる必要はないのよ」エリザベスはクララを抱き上げ、自分の膝に座らせた。「あなたのミス・バートラムはとても勇敢ね、クララ？」

レンデル氏がグレースのほうを見て同情するように微笑《ほほえ》んだ。「エリザ……ああ……ミス・ダン、ミス・バートラムは事故のことはあまり思い出したくないと言っているんだから、それよりもクリスマスの話をしようよ。もう一週間後の明日に迫っているからね。僕は今朝、ラングスロップの森を端から端まで歩いてホリーの実を探したんだ。だが、残念ながら努力は報われなかったよ」

「飾りつけの葉を集めるにはまだ早いんじゃない？」パタケイキ、パタケイキとクララと手遊びをしながらエリザベスが答えた。「教会の飾りつけはイブにする決まりでしょう」

「そうだけど、去年はきれいな実を探すのに手間取って飾りつけが夜になってしまっただろう？　ホリーのある場所だけでも調べておいたら、当日時間が節約できると思ったんだが、どうやら緑の葉っぱだけで満足するしかなさそうだね」

「でも、今日ここへ来る道でたくさん実を見たわ」グレースは言った。「木の種類はあまり知らないけれど、ホリーなるわかるの」

去年のクリスマスの記憶が脳裏をよぎり、彼女は懐かしさを覚えた。イザベル、一張羅の帽子、その赤いリボンにさしたホリーの枝の鮮やかな実……。

「でも、それはシバーストーンの森でしょう。レイブンウェル卿《きょう》の領地だから、私たちには……」エリザベスの声がかすれて消えた。

「私から侯爵にお願いしてみるわ」グレースは言った。「彼は教会に来ないとしても、私たちは来ているのだし、反対はしないはず……」

「いや、僕が自分できいてみよう」レンデル氏がきっぱりと言った。「そうだ、君さえよければ、ミス・バートラム、これから一緒にシバーストーン館へ行かせてもらうよ」

「でも、ラルフ……レンデルさん……レイブンウェル卿が怒らないかしら？」エリザベスの声には不安がにじんでいた。「グレースに頼んで……」

「エリザベス」レンデル氏は彼女の手を優しく叩《たた》いた。「君が動揺することはない。村の人たちは未知のものを恐れて噂《うわさ》しているだけだ。前回館を訪ねたとき、侯爵は完璧な紳士だったし、僕はまったく怖いと思っていないよ。これは教会のことだから、僕からお願いするのが筋だろう。侯爵は拒否するかもしれないが、代理の使用人より僕に直接頼まれるほうが拒否しにくいんじゃないかな」

ラルフ？　エリザベス？　グレースは会話の内容よりも、洗礼名で呼び合う二人の関係に想像を巡らせていた。二人が愛し合っていて、いずれ結婚して赤ちゃんが生まれたら、なんてすてきなの……。

自分の名前が聞こえたので、彼女は我に返った。

「ごめんなさい。今なんて？」

「僕は馬に鞍《くら》をつけてくると言ったんだよ。君が帰るとき、僕も一緒にシバーストーン館へ行こうと思う。道々、ホリーのある場所を教えてくれるかい？　君にとっては大したことではないと思うが、教会を華やかに飾りつけて主の誕生日を祝うのは、僕たちにとって大切なことなんだ。それに、残った葉を村人たちが持ち帰ってそれぞれの家を飾るのがここの伝統なんだよ」

「大したことじゃないなんて思っていないわ。それに、館まで一緒に帰ってくれるのは大歓迎よ」

「じゃあ、これで決まりだ」レンデル氏が立ち上がった。「あとは二人で噂話《うわさばなし》をどうぞ。帰る支度ができたら言ってください、ミス・バートラム」

彼はお辞儀をして出ていった。エリザベスが目で彼を追い、閉まった扉をいつまでも見つめている。やがてお客のことを思い出したのかはっとして、頬を染めながらグレースを横目でうかがった。

「レンデルさんはとても感じのいい方ね、エリザベス」

「そうね。彼はとても……。ああ！ 私、話さずにいられないわ。でも誰にも言わないで、グレース。ラルフはまだ父に話していないの。でも……私たちのあいだでは合意しているの」

グレースはエリザベスの両手を握った。「私も嬉しいわ。お父さまは……許してくださりそう？」

エリザベスはにっこり笑って黒い瞳を輝かせた。

「ええ、そう願っているわ」そう言うと、彼女の笑みが揺らいだ。「でも、ラルフが自分の教区を持つまでは、私たち、ここにいるしかないの。自分たちの家が持てればすてきなんだけど」

「彼はきっとそう遠くない将来に昇進するわよ」

「私が話したこと、ラルフにも誰にも言わないで。彼が父に話すまでは秘密にしておく約束なの。早くみんなに話せるようになりたいわ」

「秘密は絶対に守るわ。でも、本当に嬉しいわ」

「ラルフ」クララがエリザベスとグレースを交互に見た。「ラルフ」

「あなたはレンデルさんって呼ぶのよ、クララ」グレースはクララの顎の下をくすぐって両腕を広げた。

「いらっしゃい。おうちに帰りましょう」

「あなたはおうちと言うけれど、本当にあそこを家だと思っているの？ 噂では……。あっ、ごめんなさい。私ったらおしゃべりね」

エリザベスの問いに答えるのに考える必要はなかった。「ええ、私にとっては間違いなく家だわ。それに、だんなさまに許可をいただいて屋敷の模様替えをしたから、以前より家らしくなっているのよ」

「あなたは勇敢だわ。あそこで暮らすなんて」

怒りが頭をもたげた。「レイブンウェル卿は怪物ではないもの、勇気なんて必要ないわ」

「そんなつもりで……」

「私もきついことを言うつもりはなかったのよ」エリザベスの打ちひしがれた表情を見て、グレースは後悔した。ただ、ナサニエルにまつわる流言に反発を感じただけなのだ。「だんなさまはよくしてくださるし、クララを愛していらっしゃるわ。どうしてみんな、そんなひどいことを言うのかしら」

「みんなは自分が見たものに合わせて話をつくるのよ、グレース。侯爵がときどき村にいらしたら、みんなは自分でその姿を見て意見をつくるはずだわ。想像力でひねり出したものではなく」

「みんなが私くらい彼のことを知っていたら――」

グレースは唇を噛んだ。エリザベスが何かに気づいたような目をしたので頬がかっと熱くなった。


「ああ、グレース……あなたが彼を慕っているなんて思いもしなかったわ。お願いだから、気をつけて。彼があなたの……愛情に応えてくれたとしても、あんな寂しい場所で誰とも会わずに一生を過ごしたいとは思わないでしょう？」

「私は今の仕事以上のものは望んでいないの」グレースは立ち上がり、帰ろうとした。

「怒ったのね。無粋なことを言ってごめんなさい。私ったらとんでもないわね」

仲違《なかたが》いしたままエリザベスと別れるのはいやだった。「いいえ、謝らなくてはいけないのは私のほうだわ。あなたは心配して言ってくれたのに。それに私は本当に何も期待していないの。ただ……人はみんな変われるわよね？　そうでしょう？」

「本人が変わりたいと望むなら。侯爵が何年もあの暮らしを続けているのは、満足しているからだと思うの。もっと社交的になりたいと望んでいるなら、もうその兆しが見えていてもいいはずよ」

グレースはためらった。心の奥で望んでいることをどうすれば言葉にできるだろう。愛はすべてを克服するのよ！　そう叫びたかったが、そんな感傷はエリザベスを心配させ、お互い気まずくなるだけだ。やはり、私の思いは私の胸に秘めておくのが一番なのだろう。

「もう行かなくちゃ。さようなら、エリザベス」


帰り道の連れがいるのは心強かった。レンデル氏は彼の馬をギグ馬車の後ろにつなぎ、グレースとクララと並んでギグの座席に座った。クララは大喜びで後ろ向きに座り、ずっと馬に話しかけていた。納屋まで戻ると、二匹の馬をネッドに託し、三人は屋敷へ向かった。

「だんなさまを探してくるわね」グレースはレンデル氏を客間に案内して言った。

「ずいぶん心地よくなったね」彼は室内をぐるっと見渡した。「君がしたのかい、ミス・バートラム？　君には色のセンスがあるようだ」

グレースは褒められて嬉しくなり、頬を染めた。

「同感だ」

彼女はぱっとふり返った。ナサニエルの姿を目にすると心臓がかすかに揺れた。茶色の髪を風に乱した彼が、戸口を埋めるようにして立っていた。

ナサニエルは顔を歪《ゆが》めた。ほんのり赤く染まった頬を見れば一目瞭然だ。思い人が屋敷までついてきてくれて、グレースは喜びを隠しきれずにいる。

「君たちが戻ってくるのが丘から見えてね」二人の姿を見たとき、激しい嫉妬に我を忘れそうになった。浅ましい話だ。彼女のために――二人のために喜ぶべきなのに。「ミス・バートラムを送り届けてくれるとは親切なことだ、レンデル」

「どういたしまして」レンデルは右手を伸ばしてナサニエルのほうに近づいてきた。

グレースが手袋をはめていないナサニエルの手をちらりと見た。

ナサニエルは眉を上げてみせてからレンデルの手をとった。グレースが安堵《あんど》の息を吐き出すのが聞こえる。僕は常にグレースを、グレースがどう感じるかを気にしているようだ。いつから彼女がこれほど重要な存在になったのか。

すぐにここを立ち去れと本能は言っていたが、彼は自尊心からその場に居続けた。

「シャープ夫人に紅茶を運ぶように言ってある。帰る前に一服していくだろう、レンデル？」暖炉のまわりに並ぶ椅子のほうを指さした。「座りたまえ」

彼も副牧師についていったが、椅子にはかけず、暖炉の火をつついて炎を大きくした。シャープ夫人が紅茶を運んできてすぐに部屋を出ていった。グレースが紅茶をつぐあいだ、レンデルは膝に飛び乗ってきたスィープと戯れ、ずいぶん大きくなったなあと感心している。ナサニエルはグレースからカップを受けとるとついに腰を下ろした。

頃合いを見計らっていたようにすぐにレンデルが話し始めた。「実は、ミス・バートラムをお送りしてきたのは、侯爵にお願いがあるからなのです」

グレースとの交際の許可を求めに来たのか？　ナサニエルはとっさにそう思った。

ばかな。どうして僕の許可を必要とする？　父親でもないのに。

だが、クララがいる。もしもレンデルが本当のことを知っていたら？　そのうえで二人ともほしいと思っていたら？　もしも……。

どんどん広がる妄想に対して、ナサニエルはぴしゃりと心の扉を閉じた。

「続けたまえ」

クララがレンデルのもとに駆け寄った。「ラルフ」そう言って彼を見上げる。「とスィープ」

みぞおちを殴られてもこれほど息苦しく感じることはなかっただろう。ラルフ？ ナサニエルはグレースの表情を盗み見た。彼女は必死に笑いをこらえている。

「クララ、その方はレンデルさんよ。どうやら聞いてはいけないことを聞いてしまったみたいね」

副牧師の頬が真っ赤になった。「いいんだよ、ミス・バートラム」彼は早口に言った。「では侯爵、本題に入らせていただきます。シバーストーンの森のホリーを分けてもらえないでしょうか？」

「ホリー？」

「あの……ええ。村の反対側の森を探したのですが、あちらのホリーはほとんど実がついておらず――」

「クリスマス礼拝の飾りつけに、実のついたホリーが必要なのだそうです」グレースが言った。「だんなさまが気を悪くされたとしたら、私の責任です。シバーストーンの森には実のついたホリーがたくさんあるとお教えしたのは私なんです」

ナサニエルは急いで渋面を和らげた。眉をひそめたのは信じられなかったからで、気を悪くしたからではない。そう認めることができたら。ホリー……。レンデルが話したかったのはホリーのことなのに、僕は自分で自分をパニックに陥れたというのか？

ただ、クララが彼を洗礼名で呼んだというささやかな問題は残っている。クララはその名をどこかで聞いたに違いない。

「わかった。それは許可をしよう」

グレースがにっこりと微笑んだ。「ありがとうございます」

「数日のうちに僕と村人で集めさせてもらいます」レンデルが言った。「そしてイブに飾りつけをします。大きな催しですから、村人の大半が手伝ってくれます。その後、短い礼拝を行い、みんなでキャロルを歌うんです」

「すてき」グレースの瞳が熱く輝いた。「私たちも……。もしお許しがいただけるなら、クララを連れていきたいのですが」

「どうぞみなさんでいらしてください」

「君はイブに館を飾りつけると言っていなかったかい、ミス・バートラム？」

「ええ。でも、花輪は前もってつくっておくので、イブにはそれを運び込んで部屋に飾るだけです。教会でお手伝いをする時間には十分間に合います」

ナサニエルは彼女の瞳に浮かぶ懇願を拒めなかった。彼女が村で友人をつくることを邪魔しないと彼は心に決めていた。その友人の中にハンサムな副牧師が含まれるとしても。

「もちろん、参加すればいい。クララにとっても楽しいだろう」

グレースがまたにっこり微笑んだ。ナサニエルの心は引き裂かれた。彼女のあの笑みがいつも僕に向けられているのであれば。彼女を失いたくないが、それは避けられないことに思える。クララのことは考えたくなかった。あの子を手放す気はない。だが母親と娘を引き離せるのか？　クララがいれば、グレースがほかの男と恋をしてもシバーストーンにつなぎとめておけるはずだが……僕はそんなに残酷に、自分勝手になれるのか？

グレースを愛することは彼女の幸せを願うことだ。永遠の幸せを。

いや、この問題については、必要が生じれば……生じたときに考えればいい。今はグレースとクララが楽しく満たされた暮らしを送れるように、できる限りのことをするだけだ。それが、今年は祝う理由がないと思いながらクリスマスの準備に関わることを意味するなら、そうするまでだ。

21

「今日は二通だ、ミス・バートラム。君は本当に人気者だな」

クリスマスを四日後に控えたその日、グレースあての郵便物を手渡すという口実のもと、ナサニエルは姪《めい》と家庭教師がいる子ども部屋を訪れた。

「二通も？　すてき」

グレースの頬が嬉《うれ》しそうなピンク色に染まると、彼の思考は不埒《ふらち》極まりない方向にそれていった。グレース……ほどいた髪を枕の上に広げ……まったく別の喜びに全身をピンク色に染め……。ナサニエルはグレースから意識をそらし、クララを抱き上げてぐるぐると回した。

「ジョアンナとイザベルからです」グレースが言った。「もう二通目を送ってくれるなんて優しいと思いません？　私はまだ返事も書いていないのに」

こんな単純なことを喜ぶ彼女が、ナサニエルにはまぶしかった。困難な少女時代のあと失恋まで経験し、天涯孤独も同然――彼女の叔父から返信がないことは気づいていた――の身でありながら、他人の長所に目を向け、前向きで居続けている。その態度はシバーストーン館の使用人たちを変え、シャープ夫人でさえグレースを警戒するのをやめていた。

グレースは手紙の封を開けず、炉棚の上に置いた。

「読まないのかい？」

彼女がうなずくと、ピンで留めてあった金色の髪がほどけ、美しい巻き毛が首筋を愛撫《あいぶ》した。「クララが眠ってからじっくり読みたいと思います」

「僕がクララと遊んでいるから読むといい」彼は姪の隣に座り、鮮やかな色の積み木を床に積み上げげた。

グレースは感謝の笑みを浮かべ、最初の封筒に手を伸ばした。ナサニエルが横目でうかがっていると、手紙を読み終えた彼女は考え込むような顔をした。

「悪い知らせではないのだろう？」

「今なんて……。ええ、ええ、悪い知らせではありません。イザベルを覚えていらっしゃいますか？　ラングフォード子爵の跡継ぎ、ウィリアム・バルフォーと結婚した友人です」

ナサニエルが積み上げた塔をクララが嬉しそうに倒した。

「ああ、覚えているとも」彼はちらばった積み木を集めた。「君は彼女のことを心配していたね」

そして僕たちは夫婦の愛について口論した。

「もう心配はなさそうです。イザベルはハートフォードシャーで暮らす新婚のジョアンナを夫婦で訪ねたようです。前回の手紙よりずいぶん幸せそうだし、夫のことを嬉しそうに書いていますが……まだ何か隠しているみたいです。直接会って確かめられるといいのですが」

「もう一通の手紙がジョアンナからであれば、何かわかるかもしれない」

ナサニエルがクララを抱いてくすぐると、少女は身をよじって笑った。クララが部屋の反対側に走っていったので、彼は手早く塔をつくり直した。

グレースが無言でジョアンナの手紙を読むあいだ、クララがまた走ってきて塔を倒した。やがてグレースはため息をついて二通目の手紙を置き、憧れの表情を浮かべた。

「友達に会いたいのだろうね？」

グレースがびくっとした。「ええ。でも……それとは別に、自分の人生を着実に歩んでいる二人のことを考えると、もう昔には戻れないんだなと思ってしまうんです。私たちの子ども時代は終わり、四人のうちの二人は結婚もしました。ジョアンナはとても幸せで、私は……」

彼女はそこで口をつぐんだ。友人たちがうらやましいのだろうか？　レンデルが自分にも同じ喜びをもたらしてくれることを願っているのか？

「もう一回！　もう一回！」クララがぴょんぴょん飛び跳ねてねだるので、ナサニエルはまた積み木をかき集めた。

「ジョアンナはイザベルとウィリアムの結婚生活は順調だと書いています」しばらくしてからグレースが言った。「最初のころよりも幸せそうだと」

「ほらね。結婚がうまくいくかどうかは愛やロマンスとは関係がないと言っただろう？」

グレースは顔をしかめ、唇を突き出した。「彼女はそれだけでなく、イザベルがウィリアムを愛しているとも書いています。ただ、彼はそうではないようです。少なくとも、彼自身は否定しています」

ナサニエルはグレースと目を合わせていられず、クララのほうを見た。

「さあ、もう一度塔をつくろう。今度これを倒そうとする女性は、誰だろうと許さないぞ」彼がクララのほうに指をふってみせると、少女が部屋の反対側で興奮した甲高い声をあげた。

グレースはそんなことでごまかされなかった。

「それでイザベルが幸せになれるとは思えません」

彼女の抑えた声を最後まで聞きとるには、耳に神経を集中しなくてはならなかった。「報われない愛ほど苦しいものはないですから」

こんな会話は終わらせなくてはならない。あまりにも現実に近づきすぎている。

「君にできることはないよ。忘れるのが一番だ」

「わああっ！」

クララが全速力でぶつかってきたので、ナサニエルは後ろ向きに倒れ、その勢いを使って少女の体を空中に持ち上げた。「ほうら、クララ、飛んでるぞ。

鳥みたいだろう？」

ちらりとグレースのほうをうかがうと、彼女はまた何かに焦がれるようにナサニエルとクララを見ていた。もしかしたら……。だが、それについて追及するのは狂気の沙汰だ。彼女と自分を鏡で見さえすればわかるだろう。そう、あの物思わしげな表情は、クララと遊んでいるのが父親だったらと思っているからだ。僕ではなく。

ナサニエルはクララを立たせて自分も立ち上がり、ブリーチズと上着を手で払った。またグレースが彼の手の動きを目で追っている。鼓動が速くなり、血の流れが乱れた。もしかしたら……。

「もう行かなくては」彼は言った。

グレースも立ち上がった。「私たちも厨房《ちゆうぼう》に行きます。シャープ夫人がミンスパイとジンジャーブレッドをつくるのをお手伝いするんです。スィープと遊ばせてあげるとクララにも言ってありますし」

「スィープ？　スィープ、遊ぶ？」

「ええ」グレースはクララを抱き上げて頬にキスをした。「今から会いに行きましょう。スィープはすっかり厨房がお気に入りなんです」彼女はナサニエルに説明した。「シャープが餌を与えているんだと思います。スィープがいると鼠《ねずみ》が寄ってこないのでシャープ夫人も喜んでいます。スィープと遊びたいクララはそれほどでもありませんが」

「クリスマスの新しいおもちゃが彼女に猫を忘れさせてくれることを祈ろう」ナサニエルはグレースとクララと並んで子ども部屋を出た。

タムがクララのために木材でノアの箱船をつくり、ナサニエルとネッドはそれに乗せる動物たちをつくっているところだった。グレースも夕食後に客間で彼が本を読むのを聞きながら、編み物や刺繍《ししゆう》にいそしんでいる。子ども部屋に飾る絵も描いているが、そちらはクリスマス当日まで誰にも見せないつもりらしい。ナサニエルも彼女に感化されてクリスマスへの無関心を少しばかり改め、クララとグレースに渡す品を用意した。使用人たちにはクリスマス翌日のボクシングデーに贈り物をするのがならわしだ。

三人は階段の上まで来た。「僕がクララを抱こう。最近はずいぶん重くなってきているからね」

クララを受けとるとき、二人の手がぶつかった。息をのむかすかな音が聞こえてナサニエルの血管が熱くなり、腕とうなじが粟立《あわだ》った。

グレースはあわてて子どもを渡してぱっと離れると、両手で髪を直し、ドレスを撫《な》でつけて彼に引きつった笑みを向けた。「ありがとうございます」

ナサニエルはシーザーでシバーストーンの森へ行き、タムを呼んだ。

森の奥からかすかな返事が聞こえたので、そちらに馬を向けた。五分後、狭い空き地に出た彼は、シーザーを止めて声には出さず悪態をついた。

人が大勢いる。見たことのない連中だ。

馬の向きを変えて全速力で走り去りたい気分だった。ナサニエルの緊張を感じとり、シーザーが横に歩いて頭をふり上げる。だが、グレースがそれは嬉しそうに近づいてきているのに、きびすを返して帰ることはできない。ナサニエルは勇気をふりしぼって馬を降りた。何人いるんだ？　驚きに見開いた目がいくつある？　指さしてくる指が何本……。

「手伝いに来てくださってありがとうございます」

傍らに来たグレースがためらいがちに彼の腕に手をかけた。ナサニエルはそれを払いのけたいという衝動を抑えた。

「村の人たちも今日、教会を飾る枝を集めに来ているんです」

「そのようだ」ほかに何が言える？

ナサニエルは空き地と近くの林に目を走らせた。

こちらをちらりとうかがう者が数人いたが、ほとんどはホリーや蔦《つた》を切ったり束ねたりする作業を続けている。

動悸《どうき》が収まってきた。長い人生のほんの一時間ほどだ。グレースのためなら、そのくらいは我慢できる。誰とも話す必要はないし、こちらが話さなければ、向こうも放っておいてくれるだろう。

「どこから始めればいい？」

クリスマスイブの夜明けは明るくて寒かった。クララに朝早く起こされたグレースは、子ども部屋より暖かい厨房で朝食をとることにした。厨房にシャープ夫人の姿はなく、シャープがいつもの椅子に座り、スイープを膝にのせてパイプをくゆらせていた。

「おはよう、シャープ。今日は雪が降るかしら？」

シャープが口からパイプを出して言った。「雪よ降れなんて祈らないでくれよ。雪が降ったら、ここの暮らしはそりゃあ大変なんだ」

シャープの言うとおりだとしても、今日と明日だけは現実的になりたくなかった。楽しいことづくしで、ロマンティックで、すばらしい日になってほしい。辺りが銀世界になれば完璧だ。去年のソールズベリーのクリスマスは雪だった。地面も屋根も真っ白になり、裸枝はきらきらと輝いて、休暇中も学校に残った彼女たちのために世界が魔法にかけられたようだった。四人にとってそれは学生時代最後のクリスマス、一緒に過ごす最後のクリスマスだった。

グレースは思い出と、それと一緒にわき上がった郷愁を押しやった。私が今いる場所はここだ。私にはクララがいる。彼女のためならどんな苦労もする価値がある。そうでしょう？　ナサニエルを愛する気持ちが報われないなら、それを受け入れることも。

デュボア校長だって失恋を乗り越えたのだから。

イザベルの手紙には、彼女の結婚生活だけでなく、お気の毒に、深刻な肺炎を患っているというデュボア校長に関して驚くようなことが書かれていた。ウェイクフィールド公爵と女性の教育について語り合っていたとき、たまたま〈マダム・デュボアの女学校〉の話をしたら、公爵はずいぶん驚き、かつて恋に落ちた若い男女の話をしてくれたという。公爵は貧窮する家族と領地への義務感から金のための結婚をしたのだ。かつての噂《うわさ》どおり、彼は女学校の支援者だったが、所在地は知らないほうがいいと考えてきた。

公爵はその後すぐさまソールズベリーへ向かい、病床のデュボア校長を訪ねたらしい。

かわいそうなデュボア校長。病気が治って公爵とまた結ばれればいいのだけれど。どうりで先生方が生徒たちに、自分の立場を忘れたり、雇い主やその息子の誘惑に屈したりすることを戒めたはずだ。でも、デュボア校長は恋に落ちる危険については一言も言ってくれなかった。グレースはナサニエル自身に惹《ひ》かれたのだ。甘いお世辞のためでも、麗しい見目のためでも、誘惑的なキスのせいでもない。

「ずいぶん静かじゃねえか」

グレースははっとした。彼女は夢遊病者のように椅子に座り、まだ眠そうなクララを膝にのせていた。

「ごめんなさい。部屋の飾りつけのことを考えていたの。花輪が……」

「それならもううちのとアリスが晩餐《ばんさん》室に運び込んでたぜ」イブまで飾りの枝を一本たりと室内に入れてはいけないと言われ、グレースは納屋に火桶《ひおけ》を入れて花輪をつくったのだ。「あとはつるすだけだ」

それからしばらくして、玄関広間の巨大な石の暖炉を飾る花輪に最後の蝋燭《ろうそく》をつけていると、グレースの上に人影が落ちた。

「ずいぶんクリスマスらしくなったな。お手柄だ、ミス・バートラム」

グレースはナサニエルに微笑《ほほえ》みかけた。彼を見て心臓が小さく飛び跳ねるのはいつものことで、今ではほとんど気づくこともない。「ありがとうございます。でも、みんなでしたことですから」

「そうだね。一緒に来てくれないか……」彼が腕をさし出した。「君への贈り物があるんだ。外に」

玄関扉からポーチに出た瞬間、グレースは息をのんだ。無頓着な様子で立つビルの背後に大きな薪《まき》がつながれていた。

「クリスマスの大薪？」彼女は満面の笑みでナサニエルを見上げた。「でも、だんなさまは……」

「先に計画を話したら、驚かせられないだろう？ほかにもある」

彼はポーチの横を指さした。地面に置かれていたのは、二股の枝に白い実をつけた木の束だった。

「宿り木！」グレースは頬が赤くなるのを感じた。キスの宿り木をつくったら、ナサニエルは……。彼女は突然恥ずかしくなり、たわいもないおしゃべりでごまかした。「どこに生えていたのですか？　森の中では見かけませんでしたが」

「レイブンウェルの緑地にライムの木がある。二、三日前にネッドにとってこさせたんだ」

「ずいぶんたくさんとってきたんですね」

たくさん実があって、たくさんキスができそう。宿り木の下でキスをするとき、一度キスをするたび一つ実をつむという伝統がある。グレースの中で期待が渦巻いた。誰もいないところで私が宿り木の下に立ったら、彼はキスをしてくれるだろうか？

彼女はちらりとナサニエルを見た。ネッドとタムと三人で大薪を持ち上げている。肩が盛り上がり、ブリーチズに覆われた腿の筋肉が収縮した。

やがて薪は大きな暖炉の中に置かれた。タムとネッドは屋敷を出て玄関扉を閉め、グレースとナサニエルが残された。

　ナサニエルがふり返り、彼の瞳が炭をかぶせられた炎のようにけぶった。グレースはまた期待感に体の奥を引っ張られるのを感じながら、抱えていた宿り木を、広間の中央の円テーブルの傍らに置いた。

　そのとき、シャープが広間に入ってきた。後ろにはシャープ夫人とアリスとクララもいる。

「たきつけを持ってきましたよ、だんなさま」

　シャープが大薪のまわりに乾いた小枝や割った薪を置いていく。ナサニエルは厨房のほうに姿を消したあと、炭化した木をスコップにのせて戻ってきた。

　それを小枝の上にのせ、さらに小枝をかぶせるのを、みんなが囲んで見守った。小枝に火がついて大薪のまわりに炎があがると、歓声が響いた。シャープ夫妻とアリスは厨房に戻り、スィープと遊びたいクララもついていったので、グレースとナサニエルはまた二人きりになった。

22

「どうしてあんなふうに火をつけたのですか？」グレースはナサニエルにきいた。

「伝統なんだ」ナサニエルが答えた。「毎年大薪《まき》の一部をとっておいて、次の年、新しい大薪に火をつけるのに使う。さっきのは去年の薪だよ」

「あなたはクリスマスを祝わないのだと思っていました」

　グレースは滑稽なほどがっかりしていた。クリスマスに無関心だったナサニエルを変えられたと、内心誇らしく思っていたのだ。

「そのとおりだ。あれ以来……」頬に一瞬手を触れる。彼が痣《あざ》を話題にするのはそれが初めてで、その信頼の証《あかし》にグレースは感動を覚えた。「だが去年は家族がシバーストーンに来て、以前のクリスマスのようだった。それなのに今年は……ハンナとデビッドがいない……思い出すのが……」彼の声はかすれて消え、顎の筋肉がこわばった。

かわいそうなナサニエル。どんな楽しい催しも去年と比べてしまい、つらくなるのだろう。

「今年のクリスマスは去年と同じというわけにいきませんが、また違った楽しみ方ができるといいですね」彼が新たに幸せな思い出をつくるのをクララと私で手伝おう。グレースはそう心に誓った。

「ああ。クリスマスを楽しむことは、クララのためにも大切なことだと君のおかげで気づけたからね」

彼は宿り木を指さした。「どこにかければいい？」

「ここでですか？」彼女は宿り木の束を見てから玄関広間を見渡した。「一つは赤いリボンでつるすつもりですが、こんなにたくさんはいらないかしら」

目を上げると、二人の視線がぶつかり、また全身に熱が渦巻いた。クリスマスが間近に迫っていたし、前回キスを誘ったときに拒絶されたし、そして昔のちょっと反抗的なグレース・バートラムの気分だったから、彼女は宿り木の枝を一本折って自分の頭の上に持ち上げた。

ナサニエルが凍りついた。身じろぎ一つせずグレースの瞳を見ている。笑顔はない。渋面もない。今度こそ彼は拒めないはず。そうでしょう？

彼の瞳に炎が燃え上がった。ナサニエルは思いつめたような低い声をもらすと、グレースを引き寄せ、彼女の唇に唇を押しつけた。熱く、強く、執拗《しつよう》に。彼はグレースの口の中のあらゆる部分を舌で探った。グレースは彼の肩にしがみついて体を押しつけた。ナサニエルの激情の証は堅固だったが、彼女がうっとりともたれかかったときには変化が生じていた。それは、人がゆっくり目覚めるような、脳の働きが体の活動に追いつくような感覚だった。

ナサニエルは顔を上げた。グレースは彼にさらに体を寄せたが無駄だった。彼はグレースを押しやって彼女が今も握っている宿り木の実をつまんだ。

「君の言うとおりだ。こんなにたくさんあっても仕方がない。シャープ夫人とアニーに必要なら持ち帰るよう伝えて、残りは捨ててくれ」

魂が必要としているとでもいうようにキスしておきながら、自分が満足したとたん、残り物を捨てるように放り出すなんて。グレースはいらっとした。

「残ったものは今日の午後、教会に持っていきます。村の人たちが喜んで利用してくれるでしょう」

彼を怒らせるのは危険だ。だが、グレースは怒っていたし、なんでもいいから彼に反応させたかった。

ナサニエルが眉をひそめた。「まだ教会の飾りつけを手伝う気なのか？」

「はい」彼女は顎を上げた。「だんなさまも一緒にいらしてください。誰もだんなさまを傷つけませんし、クララは喜ぶはずです」

ナサニエルの目が細くなり、胸の辺りで低い音が響いた。「僕はそんなことで傷ついたりしない。二時に出かける。支度をしておくように」そう言うと、大股で図書室に入り、音高く扉を閉めた。

村へなど行きたくなかったが、キスのあとで挑発され、つい乗ってしまった。それまではうまく対処していたのに。体はさらに要求していたが、なんとかキスをやめ、実際の気持ちとは滑稽なほどかけ離れた冷淡さを装った。最初に挑発したのはこっちだ。だが、グレースもすぐさま挑発し返してきた。自尊心が退却をよしとせず、ナサニエルは今こうして馬車に揺られて浅瀬を渡り、村へと続く道をたどっている。今さら引き返すわけにはいかない。臆病者と思われるのは心外だ。

グレースが宿り木の枝を折ってキスを誘ってきたときは信じられなかった。それは昔ながらの風習、ちょっとしたお楽しみだ。だが彼は自制心を失い、ご馳走《ちそう》を前にした空腹の男よろしくキスをしてしまった。ただ……彼女もキスを返してきた。それは想定外の事態で、彼は今、これまでになく混乱していた。彼女の心はレンデルに向いていると思っていたのに、なぜあれほど情熱的にキスを返してきたのか？

グレースはクララと並んで向かいに座っている。エメラルド色の外套《がいとう》の下に小枝模様の青の新しいドレスを着た彼女は美しかった。ネッドが村から持ち帰ったドレスを見て、彼女は目を輝かせた。グレースは人生が配る手札を最大限に利用する。彼と違って。実際、グレースの勇気には頭が下がる。たった一人で数百キロの道のりを旅してきたのだ。ただ娘が幸せで愛されていることを確かめるために。

だから彼女は僕にキスをしたのか？　お礼として？　クララとの未来を確保するために、何かの役を演じているのか？

三人は石畳の小道を歩いて教会の入り口に向かった。中から聞こえる声がしだいに大きくなる。彼らが入っていくと、人々が急に話をやめた。皆の視線が注がれるのを感じて体がこわばったが、手の中にあるクララの小さな手がナサニエルに勇気をくれた。あちこちからひそめた声が聞こえた。彼らの好奇心を責めることはできない。村人に自分の評判を植えつけたのは彼自身だった。

そのとき、群衆の中からよく知る顔が現れた。ラルフ・レンデルが手をさし出しながら歩いてくる。

「侯爵、ミス・バートラム、よくおいでくださいました。それに、ミス・クララも」

キスのあとでも、グレースは気後れすることなく副牧師に挨拶をしている。副牧師はナサニエルが来たことにまったく驚いていないようだし、村人たちもすぐに自分の仕事に戻っていった。ナサニエルが決死の覚悟で踏み出した一歩は、ほかの人々にとってはとるに足りないものだったらしい。

彼は頭痛を覚えた。

「やあ、レンデル」笑顔をつくる。「シバーストーン館を飾ったあとの枝葉が残っているので使ってもらえないかと思ってね」

白襟つきの黒い服を着た肉づきのいい男性がやってきた。黒髪の美しい女性も一緒だ。

「それはありがとうございます」レンデルが言った。「レイブンウェル卿《きよう》、ダン牧師とお嬢さんのミス・エリザベス・ダンをご紹介させてください」

ナサニエルは牧師と握手をし、彼の娘にお辞儀をした。彼女は膝を曲げてお辞儀をしたが、まじまじとこちらを見てくるので、ナサニエルは緊張した。

「追加の枝葉はありがたいですが」ダン牧師が言った。「宿り木は遠慮させていただきますよ」

ナサニエルは眉を上げた。「宿り木に何か問題でも？　以前、ヨーク大聖堂で見た気がするが」

「古い伝統ですし、あちらの主教司祭は好きなようになさればよいでしょう。ドルイドや異教信仰とのつながりを考えますと、私は教会に宿り木は不要と思っています。牧師館には飾りますがね」

牧師がにっこり笑ったので、ナサニエルの肩から少し力が抜けた。

「お父さん！　グレースに話してもいい？」

「レンデル？」牧師が部下のほうを向く。

彼は微笑《ほほえ》んだ。「異論はありません」

エリザベスがグレースの手をとった。「私、幸せで胸がはち切れそうよ」頬が紅潮し、濃い褐色の瞳が輝いている。「あなたに一番に知らせたかったの。レンデルさんが父に話して、父が許可をくれたのよ。明日、私たちの婚約が発表されるわ」

ナサニエルはさっとグレースを見たが、彼女は穏やかに友人を抱擁し、副牧師を祝福している。しばらくしてようやくほかの人々がいなくなると、彼はグレースの背中に一瞬、手を添えた。彼女の体がこわばる。ナサニエルは頭を下げて声をひそめた。

「まったく予想外のことだったが、君は大丈夫かい？　帰りたければ帰ってもいいんだよ」

　グレースの困惑は演技ではないようだった。「前回エリザベスと会ったときに話は聞いていましたから。さあ、馬車から青葉をとってきましょう」

　二人はホリーや蔦《つた》、月桂樹《げっけいじゅ》、杜松《ねず》の枝を運び込み、教会の飾りつけを手伝った。その後、ダン牧師が法《ほう》衣《え》をつけて短い説教をした。会衆がキャロルを歌い、幼すぎて歌詞のわからないクララも嬉《うれ》しそうに声を張りあげ、グレースも美しい歌声を響かせた。

「〝聞け、天使の歌を……〟」ナサニエルは上の空で歌いながら、物思いに浸った。

　グレースの言葉も表情も友人への純粋な祝福を伝えていた。だが、彼女は前もって知らされていた。心の準備をする時間があったということだ。グレースは逆境に強く自立した女性だが、レンデルがほかの女性を選んだことは、愛されず邪魔者扱いされた子ども時代や、クララの父親に拒絶されたときの傷を思い出させたはずだ。

　手がひとりでに右の頬を撫《な》でる。ナサニエルは拒絶の痛みを知っていた。顔に痣があるというだけで二人の女性に拒絶され、以来、使用人と家族以外の人間を避けて一人で暮らしてきたのだ。

　今までは。ナサニエルは会衆を見回した。皆嬉しそうに歌い、中には彼と目を合わせて笑みを浮かべる者もいる。彼らはすでに僕の外見を受け入れたらしい。けがを負った直後、他人に恐ろしげに見られたり不親切な言葉をかけられたりしたせいで、誰もが同じように反応すると、僕は勝手に思い込んでいたのだろうか？

ナサニエルはグレースのほうを見た。彼女もナサニエルを見上げて微笑んだ。その目は温かかった。ほかの誰でもない、彼女のそばにいたい。ナサニエルはそう気づいたが、それは恐ろしい気づきでもあった。自分の心をさらして再び拒まれるのは耐えられない。あの過去の記憶は強固でいまだに彼を傷つける力を持っている。グレースの孤独な少女時代がいまだに彼女を傷つけるように。

レンデルとミス・ダンの婚約は少女時代の不安をよみがえらせただろうか？　だからグレースは宿り木の下でキスを返してきたのか？　慰めを求めて？　自分にも居場所がある、愛されることができると確信したくて？

確かにナサニエルは慰めをさし出せるし、住む場所も提供できる。だが、与えられるのはそれだけだ。グレースのような女性は遅かれ早かれそれ以上のものを求めるだろう。彼女は人や幸せや笑い声に囲まれていたいと思っているはずだ。それはナサニエルにはさし出せないものだった。

歌が終わった。

「侯爵、ミス・バートラム、我が家で軽く食事をしていってくださいませんか？」ダン牧師が二人の前に立った。「ご馳走はありませんが、エリザベスとラルフは友人たちと祝いたいはずですので」

「どうだろう。すぐに暗くなる……」だが、グレースの笑みが陰るのが視界の隅に映ると、ナサニエルに抗《あらが》う力はなかった。「とはいえ天気がいいので、満月ではなくても、帰り道は十分明るいだろう」

レンデルがやってきた。「あなた方がいてくださったら、こんなに嬉しいことはありません」

「わかった。では誘いを受けるよ。ありがとう」

グレースはわくわくしているようだった。彼女を幸せにできて、ナサニエルも幸せだった。

23

　屋敷に着いたときにはすっかり夜が更けていた。ネッドが玄関前から馬車を引き上げると、あとは静寂に包まれた。辺りは凍りつき、月明かりの中にちりばめたあまたのダイヤモンドのように輝いている。ホットワインと、婚約したてのカップルの幸福感と、ナサニエルとクララと三人で本当の家族のように夜道を馬車に揺られて帰ってきた親密感が交じり、グレースは心地よい陶酔感に包まれていた。そこには間違いなく魔法があった。

　どんな願いもかないそうな夜だった。ナサニエルは九年ぶりに村を訪ね、隣人たちと交流を持った。教会の飾りつけを手伝い、牧師の招待に応じて牧師館で軽食をとった。彼は変わり始めている。そこには私の影響もあったはず。そしてこの先どれだけ彼は変わるだろう？

　未来は突如として無限の可能性に満ち、生まれて初めて確かなものになった。

　彼女には家と呼べる場所があった。彼女が必要とされるだけでなく、大切にされ尊重される場所が。

　グレースは玄関扉を開け、クララを抱いたナサニエルを先に中に入らせた。ブラックが尻尾をふって三人を迎えた。シャープもいた。グレースは唇に指をあててから眠っているクララを指さした。

　シャープがうなずき、静かに閂《かんぬき》を下ろした。

「今夜、私にご用はおありですかな？」

「いや、もう下がってくれていい。ありがとう、シャープ」

　シャープは屋敷の奥に姿を消した。ナサニエルがふり返ると、グレースの胃が収縮した。彼の瞳が熱っぽく見えるのは私の妄想ではないはず。

「クララをベッドに運ぶよ」彼がささやいた。

夜着に着替えさせ、寝台に置かれていた石炭の温め器を下ろして寝かせても、クララはわずかに身じろいだだけだった。グレースは少女の額にキスをして乱れた巻き毛を撫《な》でつけた。ナサニエルもクララにおやすみのキスをした。

部屋を出たところで彼は少しためらった。「すぐに眠れそうかい？」

グレースは無言で首をふった。彼女はナサニエルと一緒にいたかった。

彼が私を抱いてくれたら。

グレースは自分が大胆になっているのを感じた。夜のせいかもしれないし、二人を包む静けさのせいかもしれないし、ワインのせいかもしれない。ただ、自分から誘うほど大胆にはなれなかった。ナサニエルがこちらを見るたび瞳の奥に垣間見える欲望は、希望的観測が生み出す妄想ではないはずだったが、自分から誘うような危険はまだ冒せなかった。

グレースは自分とちょっとした賭けをした。私のことを気にかけていないなら、彼はこのまま部屋に帰らせるだろう。でも気にかけていたら……。

「私は疲れていませんが」彼女は言った。「だんなさまが一人になりたいなら、部屋に戻ります」

ナサニエルがうつむき加減に言う。「君が一緒にいてくれたら嬉《うれ》しい」

二人は並んで階段を下りた。グレースは胃の中で蝶《ちょう》が羽ばたいているように感じた。私はわざと間違った方向に自分を導いているのだろうか？　彼も同じように感じてくれていると思いたいから、そう想像しているだけだろうか？　今夜のこの行為がどこに行き着きうるか、グレースには、クララを産んだ彼女にはよくわかっていた。それでも彼女の心はナサニエルへの愛であふれ、彼を抱きしめたいという思いはあまりにも大きかった。何年ものあいだ彼をさいなんできた苦しみと孤独を和らげてあげるためなら、その危険も受け入れるし、後悔もしない。

客間では、まだ暖炉の火が燃えていた。グレースはソファに座り、ナサニエルは二人分のワインをついで椅子に座った。グレースはルビー色のワイン越しに見える炎の揺らめきに目をこらし、失望を抑えた。彼は隣に座ってくれると思っていたのに。さっきまで希望にあふれていた心がまた疑念に覆われる。ワインに含まれる香辛料と果物の香りが舌と喉を刺激し、愚かな真似《まね》をするなと戒めた。

ワインのせいで唇がひりひりした。舌で唇をなぞると、ナサニエルが目でその動きを追った。

この沈黙を破りたかった。何か話さなくては。どんなにばかげたことでもいい、心の内を明かしてしまう前に。

「今日は一緒に来てくださってありがとうございました」

ナサニエルは返事の代わりにグラスを掲げた。

「だんなさまにとっては大変なことだったと思います」

彼の眉間に小さな皺《しわ》が一本刻まれたが、すぐに消えた。こんなにもじっと彼のことを見ていなかったら、気づきもしなかっただろう。ナサニエルはサイドテーブルにグラスを置くと、身を乗り出してグレースの両手をとった。視線が絡み合い、グレースの心臓が早駆けを始める。彼の茶色の瞳の深みに溺れそうでめまいを覚えた。

「確かに大変だったが、思ったほどではなかった」ナサニエルはグレースの手を強く握った。「君のおかげだ。君がいてくれたから、僕は恐怖と向き合うことができた。昨日までだったら、見知らぬ人間の目やひそめた声が気になり、逃げ帰っていただろう。だが、人々にチャンスを、僕を僕自身として受け入れさせるチャンスを与えることを君が教えてくれた。人生にはもっと大事なことがあると君が教えてくれたんだ。たとえば、クララの未来とか」彼が深く息を吸い込み、瞳が黒みを帯びた。「何もかも君のおかげだ、グレース」

グレースは手の向きを変えてナサニエルの指に指を絡めた。「大したことはしていませんし、私はクララのそばにいさせてもらえるだけで十分です。私はとても幸せです。今ではここが私の家です。あなたがここにいさせてくださる限り」

「では、ここは永遠に君の家だ。君とクララを決して離れ離れにしない。そう約束するよ」

「ありがとうございます。どれほど感謝しても感謝しきれません」

グレースは彼にキスをしてと念じた。愛と欲望をまなざしで伝えようとしたが、彼の瞳に浮かぶくすぶった熱はまだ情熱の炎になっていなかった。

どうしてためらうの？　私が拒むことを恐れているの？

思い違いではない……。目の前にいるこの迷える魂は私を必要としている。私には彼の傷を癒やし、プライドをとり戻させる力があるはず。勇気がほしい、私から行動を起こす勇気が……。

「グレース……僕は……」

「しいっ」グレースは視線を絡ませたままナサニエルの前にひざまずき、彼の唇に指をあてた。それから痣《あざ》のある頬をそっと撫でた。まるで肌の下に紐《ひも》の結び目をいくつも隠しているような凹凸のある感触を記憶に刻む。彼の人生を永遠に変えてしまった炎の残痕。

彼は身動き一つせず、筋肉をこわばらせていた。目はとりつかれたようにじっと彼女を見ている。

村人たちと向き合い、自分を変えようとするナサニエルをどれほど誇らしく思っているか。言葉でどう伝えても彼の自尊心を傷つけるだけだろう。でも、行動で示すことはできる。この目に彼がどれほど美しく、愛するべき人と映っているか伝えたい。

彼女はナサニエルの筋肉質な脚のあいだに入っていって唇を重ねた。

まるで彫像にキスをしているようだった。硬い唇、こわばった顎。グレースはさらに近づき、もう一方の手も彼の頬にあてがった。柔らかい唇をナサニエルの口の上で動かすと、彼の筋肉がさらにこわばった。だが次の瞬間、ナサニエルは低くかすれた声をもらしてグレースを引き寄せ、これ以上隙間を埋められないというほどきつく抱きしめた。顔の角度を変え、唇の力を抜いてグレースの唇の下で動かす。口が開き、舌が触れ合い、体の奥の欲望に火がついた。

グレースはそのキスに心と魂をこめた。溶けた炎が血を煮えたぎらせ、どこまでが自分でどこからが彼なのかわからなくなった。全身がトーストに垂らした蜂蜜のようにナサニエルの中にしみ込んでいく。奇妙な疼《うず》きが広がり、腕と脚が重くなった。

ナサニエルの首に両腕を巻きつけ、彼の髪に手をさし入れると、場所と時間の感覚もなくなった。ナサニエルは敷物の上に仰向けに横たわり、グレースを抱き寄せて背中からお尻、腿へと愛撫《あいぶ》した。

グレースは彼の首布の結び目に手をかけた。だが、ナサニエルが万力のような強さでその手をつかんだ。

「どうしたの?」

「だめだ……無理だ……」

グレースは彼の唇に唇を押しつけた。「無理ではないわ。私のために、お願い」

ナサニエルは一瞬、さらに力をこめて彼女の手を押さえたが、やがて低くうなると、手を離して首布をはぎとった。その喉元を見るまでもなく、彼が突然ためらったわけは理解できた。グレースは指先で、

それから唇で、頬と同じ凹凸のある喉をなぞってい
った。蝶々の羽ばたきのような小さなキスで、喉か
ら顎の皮膚を埋め尽くしていく。痣のない、少し髭《ひげ》
の伸びた肌も、引きつってでこぼこした髭のない部
分も。
グレースは両手を彼の胸について上半身を持ち上
げた。「私の唇を感じる?」
グレースのウエストをつかむ彼の手に力が入った。
「いや。君のキスが優しすぎるんだ」
グレースはもっと強く彼の喉に唇を押しつけた。
「これなら感じる?」
「ああ、だが、圧力だけだ。微妙な味わいを楽しむ
ことなく、食べ物を食べているようだよ」
グレースはまた上半身を彼から離し、目を合わせ
た。「どうしたら喜びを感じられるか教えて」
淫らな光が彼の目に浮かんだ。大きな手でグレー
スの臀部《でんぶ》をつかみ、彼は腰を突き出した。
「これだ」もう一度腰を突き出す。「これが僕の喜
びだ」ナサニエルは頭を床から浮かせてグレースに
キスをした。「無限の喜びだ」
彼は素早く体を入れ替え、グレースの上になった。
ナサニエルの重みを感じると、甘い期待感が渦巻き、
脚が自然と開く。グレースは吐息をもらして目を閉
じ、彼の優しい手と唇に身を委ねた。モスリンのド
レス越しに胸の先端を噛《か》まれると、彼の肩をつかん
で背を弓なりにした。
唇を焦がすようなキスを続けながらも、ナサニエ
ルはグレースのストッキングとガーターを下ろし、
素肌の脚を愛撫した。熱に駆り立てられた彼女はナ
サニエルのベストのボタンを外して手を滑り込ませ、
上等な麻のシャツ越しに、鍛え上げられた背中を探
った。ああ、なんて大きくて……なんて男らしくて
……。彼がほしいという気持ちはもう抑えようがな
かった。グレースは彼の下で身をよじった。うめき

声が聞こえた次の瞬間、彼の重みが消えた。グレースはぱっと目を開けた。ナサニエルは腕をつき、体を起こしていた。

「本当にいいのかい、グレース？　君は……僕の体は……」彼の不安がはっきりと伝わってきた。

「しいっ」グレースは指先を彼の唇にあてた。「本当にいいの」

それ以上言うと、懇願になってしまいそうだった。それほど彼がほしかった。

ナサニエルはすぐさま立ち上がると、グレースをしっかりと胸に抱き、さっきクララをそうしたように二階へ運び始めた。

「床で君を抱くようなことはしない」そう言って、またキスをする。

二人はあっという間にグレースの寝室に来た。ナサニエルは彼女を寝台に下ろすと、自分も続き、ドレスの襟ぐりを押し下げて片方の胸の膨らみを解放した。そしてその先端を口に含んだ。

いつの間に、どんなふうにそうなったかよくわからないまま服が脱ぎ捨てられ、ついに肌と肌が触れ合い、二人は一つになった。グレースは彼の背中に狂おしく爪を立て……シーツを握りしめ……彼女の胸に顔を埋《うず》めるナサニエルの髪をつかみ……求め……懇願し……そしてようやく……ようやく……解き放たれて舞い上がった。ナサニエルが満ち足りたようにうめいて体を引くと、グレースの全身が喜びに脈打った。

ナサニエルは肩で息をしながらグレースを抱き寄せ、二人の体を毛布でくるんだ。彼はグレースの頭のてっぺんにキスをした。幸せで、安らいで、満ち足りたグレースは、至福の眠りに落ちていった。

24

目を覚ましたグレースは、真新しい一日の始まりだわと思ったが、今までと何が違うのかすぐにはわからなかった。頭はふわふわしているけれど、決していやな感覚ではない。温《ぬく》もりに包まれてじっと横たわっていると、陽光の中に出入りする蝶々《ちょうちょう》のように、前日の記憶が脳をよぎった。

昨日は……クリスマスイブで……。ちらつく記憶がはっきり像を結ぶと同時に両脚の付け根が疼《うず》き、背中から彼女を抱く大きくて温かい体に気づいた。一瞬のパニックのあと、グレースの口はひとりでにほころんだ。ナサニエル。ついに夢がかなったのだ。そっと寝返りを打って彼のほうを向く。早朝の薄明かりの中で眠る彼を見ていると、愛が胸にあふれた。

これでちゃんとした家族になれるのね。私と、ナサニエルと、クララ。もしかしたらこの先、クララのきょうだいもできるかもしれない。ナサニエルももうシバーストーンにこもる必要はない……。

ナサニエルの目が開いて瞬《まばた》きした。グレースは彼にキスをして胸毛に覆われた筋肉を指でなぞり、さらに身を寄せた。ナサニエルは彼女の髪を撫《な》でつけてキスを返した。彼の手が胸の膨らみの上で止まると、グレースの両腿の奥がびくんと反応した。

「おはよう、グレース」ナサニエルがグレースの胸の先端に舌で円を描いたので、彼女ははっとあえいで彼の肩を噛《か》んだ。「気に入ったかい？」

淫らな笑みを浮かべると、ナサニエルは舌で彼女の体をなぞりながら下りていった。グレースは吐息をもらし、甘くてすてきな感覚に身を委ねた。

「幸せになりましょう。家族三人で」その後しばらくして、ナサニエルが彼女から離れて仰向けになると、グレースは言った。

天井を見つめていた彼の眉間に深い皺が寄った。

「家族?」

「ええ……あなたと私とクララで……」グレースは肘をついて体を起こし、指先を彼の唇に滑らせた。「あの子にとってどれほどすばらしいことか考えてみて。あなただってもうここにこもる必要は……」

ナサニエルが首を巡らせて彼女を見た。「僕はこの暮らしが好きなんだ」

「ええ、わかっているわ。でも私がそばにいれば、ときどきレイブンウェルに友人を招待したり……」

「僕に友達はいない」ナサニエルは起き上がり、乱れた髪に両手を走らせた。

グレースは一瞬困惑したが、すぐに気をとり直した。「今はそうでも、ジョアンナやイザベルに会えばきっと好きになるわ。彼女たちの夫も……」

「やめろ！」ナサニエルは寝台から飛び下り、痣《あざ》のある頬を彼女から背けた。投げ捨ててあったシャツをつかみ、頭からかぶる。そして冷ややかにグレースを見た。「もう行かなくては。僕がここにいるところをクララに見られるわけにはいかない」

「ええ、でも……いずれはあの子も知ることになるわ。そうでしょう？」声に不安がにじむのを止められなかった。

「僕たちが夜をともにしたことを？　それは、二歳の子どもに伝えるべきことではない。昨夜のことはあってはならなかった」

彼が何をしようとしているか、グレースの本能が察知した。彼は自分の中にこもろうとしている。自分を守ることが習慣になっていて、もうそうする必要がないことがわからないのだ。グレースは上掛けをはがすと、裸のまま彼に駆け寄った。

「ナサニエル」彼の腕をつかむ。「そんなことを言わないで」

わないで。昨夜は……。わからない？　私たち、家族になれるのよ。クララに新しいパパとママができたらどんなにすてきか考えてみて」

彼女が一言言うごとに、ナサニエルの表情がこわばる。どうしたら彼の心に訴えられるのだろう？

「私たちがそばにいれば、また社交界であなたにふさわしい地位が手に入るわ」

ナサニエルが彼女の手をふり払った。「僕はまた社交界でふさわしい地位を手に入れたいと思っていない。昨夜のことは過ちだった。お互い、ワインを飲みすぎていたんだ。僕たちは慰めを求める二人の孤独な人間だった。それだけのことだ」

グレースは椅子にかかっていたショールを体に巻きつけた。「違う。私たちが愛し合ったのはワインのせいだけじゃないわ」涙にむせ、声がかすれた。

彼女は何度も唾をのみ込んで涙を押し戻そうとした。

「僕がさし出したのは慰めだけだ。僕は君が望んでいるような人間にはなれない。人生を変えたいとも思っていない。君に出ていってほしい」

グレースの肺から音をたてて息がもれ、脚から力が抜けた。「出ていく？」

「この屋敷から。君と顔を合わせるのも、同じ家にいるのもごめんだ」彼はブリーチズをはき、残りの服をかき集めると出口に向かった。

「本気ではないでしょう……。ナサニエル……だんなさま……私をやめさせないと約束したはずです」

ナサニエルがふり返り、歯をむき出した。「ここにいてほしくないんだよ。僕の前からいなくなってくれ。今日」

「でも……行くあてがありません」グレースはぎごちなく息を吸い込んだ。抗《あらが》わなくては。こんなこと、あってはならない。「いいえ、出ていきません。私はあなたのそばに、クララのそばにいます」

ナサニエルは身をこわばらせ、暗褐色の厳しい目でグレースを見た。「レイブンウェルに行けばいい。クララを連れて。君が本当にほしいのはあの子なんだろう。そして、君には僕よりもその権利がある」

「でも……」火傷《やけど》しそうに熱い涙があふれた。

「さっさと行くんだ。君の思い込みにはうんざりだ、ミス・バートラム」

怒りがこみ上げてきて、グレースの悲しみを覆い尽くした。「思い込み？　私が思い込んでる？　じゃあ、あなたはどうなの？　一度過ちを犯した私は、喜んで欲望のはけ口にされると思い込んだわよね？　そして今は、あなたの意に添わなければ、二歳の姪《めい》なんてどうでもいいと思い込んでいるわよね？」

「クララをないがしろにするつもりはない。レイブンウェルに君たちの家を用意する。不自由はさせない」彼は扉を開けた。

「でも、愛は？」グレースは最後の賭けに出た。

「私の心はどうなるの？　あなたなしでどうやって幸せになれというの？」

「愛？　僕が愛についてどう考えているか、君はよく知っているはずだ、ミス・バートラム」彼の苦々しい笑い声は、扉の閉まる音でとぎれた。

怒りを支えに、クララを連れてグレースは荷造りをした。使用人たちには、クララを連れて祖母を訪ねることは以前から決まっていたのだと説明した。

シャープが硬貨の入った袋を持ってきた。

「だんなさまからだ。いろいろと金が必要だろうってさ」ナサニエルはゼファーで丘へ行ったという。

グレースは袋を投げつけたかったが、シャープにはなんの責任もない。それに、確かにお金は必要だ。

絶望と怒りから生まれた計画が頭の中で形をなし始めていた。グレースは荷造りをすませ、使用人たちに贈り物を配り、シャープ夫妻とアリスから香りのいい石鹸《せっけん》をお返しにもらうと、最後にナサニエルの部屋に忍び込み、彼のために描いたクララとブラックの絵を寝台の上に置いた。彼がこれを見て苦しめばいい。私の全身全霊の愛を、ナサニエルは私の顔に投げつけたのだ。

私は笑い物にされたのだ。また。

ネッドがグレースとクララをレイブンウェルまで送ってくれることになり、十一時には馬車はすでに長い道のりの途中にいた。屋敷から十分離れると、グレースはネッドに声をかけて馬車を止めさせた。

「なんだね？」

「予定が変わったの。ランカスターに向かって」

「ランカスター？　だが、最初の話では……」

「ええ、最初はレイブンウェル邸に行ってほしいと言ったけれど、今はランカスターに向かってほしいの。気が変わっただけ。大したことではないわ」

ネッドには申し訳ないが、好意的でないナサニエルの母親のもとに送りつけられるのはごめんだった。今夜はランカスターに泊まり、その後南へ向かうつもりだ。袋の中のお金があれば、ソールズベリーまで行けるだろう。その先のことはあまり考えていない。今はただ、なじみのある場所と顔が必要だった。

あとのことはファンワース先生に任せよう。

ぎゅうづめの騒々しい馬車に遠回りを強いられ、マンチェスター、バーミンガム、ブリストルの怪しげな馬宿で夜を過ごして四日後、グレースとクララはソールズベリー大聖堂の構内にある〈マダム・デュボアの女学校〉の玄関前に降り立った。見慣れた景色を前にすると、こみ上げるものがあった。思い出のつまった場所。でもまさかこんなに早く、それもこんなふうに帰ってくることになるなんて。

この四日、意地だけで頑張ってきたが、その意地もついに尽きていた。ファンワース先生は同情してくれるはずだが、グレースのしたことを許してはくれないだろう。ナサニエルはクララを失って当然だと思おうとしたが、心の奥では、彼に何も言わずここへ連れてきたのは間違いだとわかっていた。それに、デュボア校長は？　厳格な校長にどんな対応をされるかと考えると、気分が沈んだ。

クララのぐずる声を聞いてグレースは自分を叱った。娘の手を握り直し、もう一方の手で二人分の鞄《かばん》をつかんで階段を上る。クリスマス休暇中でも、学校に残っている生徒はいるだろう。デュボア校長にもファンワース先生にも帰る家はない。

ノックをしようとしたとき、扉が開いてベルトーリ先生の浅黒い顔が現れた。大きな口髭《くちひげ》の上の目が真ん丸になった。

「バートラムくん！」ベルトーリ先生はグレースを広々として明るい玄関広間に招き入れ、壁際の椅子に座らせた。「ファンワース先生を呼んでくるよ」

ベルトーリ先生が校長室に駆け寄ると、グレースは突然、不安に襲われた。デュボア校長は病気だったのでは？「待って！　先生！」

美術教師が足を止めてふり返った。

「校長先生はどちらですか？」

「デュボア先生は肺炎を患っていらしたが、少しずつよくなっているよ。代わりにファンワース先生が学校の運営にあたっておられるんだ」

グレースは安堵《あんど》の波にさらわれた。校長先生は回復に向かっていらっしゃる。だけど、今すぐ会う必要はなさそうだ。ファンワース先生と二人なら、クララのことをどう説明するか、いい考えを思いつくかもしれない。娘の青ざめた顔を見ると、グレースの胸は痛んだ。彼女自身くたくたなのだから、二歳の少女が疲れていないはずがない。クララは何度も〝ナファニエルおじちゃま〟はどこときき、そのたびにグレースは罪悪感に打ちのめされそうになった。だが引き返すには手遅れだったし、彼ともう一度顔を合わせる勇気もなかった。

そして今、ベルトーリ先生に案内されて校長室へ入り、ふくよかな母のようなファンワース先生に両腕を広げられ、優しいと同時に気遣わしげな笑みで迎えられると……。

グレースは泣き崩れた。クララも大声で泣き出す。ファンワース先生は雌鶏《めんどり》のようにあたふたとした。

「料理人に紅茶を運ばせてください」彼女は美術教師に言った。「扉を閉めていってくださいね」

先生はグレースを暖炉脇の椅子に座らせると、もう一つの椅子にかけてクララを膝に座らせた。そして運ばれてきた紅茶をそれぞれのカップについだ。

「全部話してごらんなさい」

すすり泣き、しゃくり上げながら、グレースは洗いざらい話した。そして最後に言った。「お願いですから、校長先生には黙っていてください。私たち、送り返されてしまいます。二、三日泊めていただけたら……。ああ、先生、私はどうしたらいいんでしょう?」

ファンワース先生が首をふると、キャップから明るい茶色の髪が幾筋かこぼれた。「私にもわからないわ、グレース。あなたは衝動的な学生だったけれど、〝あのあと〟慎重になることを学んでくれたと思っていたのよ。でも、クララもあなたも疲れきっているから話は明日にしましょう。そのころにはもう少し明るく考えられるはずだわ。以前、使っていた部屋でクララと一緒にお休みなさい。休暇のあいだはあいているから」

「ありがとうございます。それで、校長先生には内緒にしていただけますよね?」

「あなたがここにいることだけお伝えするわ。でも、自分の良心とよく相談して、校長先生にどこまで話すかお決めなさい。彼女は鬼ではありませんよ。卒業生も在校生もみんなのことを心配しています」

もっともなお叱りの言葉に、グレースは頭を垂れた。ファンワース先生が立ち上がると、うとうとし始めていたクララがぐずった。

「いらっしゃい。二人分の軽食を部屋に運ばせましょう。ぐっすり眠ると気分もよくなって進むべき道も見つかるわ」

ナサニエルはゼファーにまたがり、高台から眼下の谷を見るともなく見ていた。涙こそ流していなかったが、体の中には渓谷と同じくらい大きな空洞があった。心がしぼんで死に絶え、体のあらゆる細胞が干からびて醜い抜け殻になったような気がする。

僕はどうして彼女を追い出したのか？　彼女を罰するためか？　自分を罰するためか？　グレースを自由にしたのだと思おうとした。鷲《わし》を自由にしたように。だが実際は、グレースが描いた三人の未来に恐れをなしたに過ぎない。自分には彼女を幸せにすることはできないし、グレースは早晩彼を拒絶するはずだと思い込んでいたのだ。

最後の会話が今も彼をさいなんでいた。

〝でも、愛は？　私の心はどうなるの？　あなたなしでどうやって幸せになれというの？〟

彼女が愛を口にしたのはあれが初めてだった。彼女は本気だったのか？　彼女が僕のような男を愛することなどありうるのか？

その答えは目の前の景色ほど明らかだった。ありうる。それどころか、彼女は実際に愛してくれていた。彼女は痣ではなく、僕を見ていた。僕自身を。僕自身を愛していた。それなのに……。

僕はどうしようもないばかだ。

そして臆病者だ。グレースの夢に動転し、すっかりおびえて心の内の真実を明かせなかった。この愛を突き返されるのが怖かったのだ。

彼女を失うのが怖かったから、追い出した。的外れにもほどがある。

ナサニエルはゼファーを屋敷に向けた。

翌朝は暗くて寒かった。クララは腫れぼったい目をして鼻をくすくす言わせ、ナファニエルおじちゃまはどこときき続けた。何をどうしてもなだめようがなく、午後の早い時間にデュボア校長から呼び出されたグレースは、愛娘《まなむすめ》をファンワース先生に預けられることに安堵を覚えそうになった。

私はどんな母親なの？

胸の痛みと罪悪感と劣等感にさいなまれながら階段を上ったが、デュボア校長の寝室に近づくにつれ足が重くなった。考えも感情もこんなにこんがらかっているのに、どうやって千里眼の校長先生と向き合えばいいのだろう。グレースはノックをした。

「入りなさい」

以前と同じ厳格な口調。グレースは心臓をどきどきさせながら部屋に入り、後ろ手に扉を閉めた。

25

デュボア校長の寝室に入るのはこれが初めてだった。当然ながら上品かつ優雅な内装で、家具は美しい紫檀《したん》、壁紙は薔薇色《ばらいろ》と象牙色の縞模様《しまもよう》だった。

先生は窓際で薔薇色の長椅子にもたれていた。銀色の交じる黒っぽい髪を緩く編み、片側の肩に垂らしている。顔は青白かったが、黒い眉の下の灰色の瞳には以前と変わらぬ鋭さがあり、グレースの胃の中でいつもの不安がはためいた。

だが、今日の先生はどこか違っていた。髪を引っつめていないからだけではなく、顔つきが優しくなったように見える。目や口のまわりの皺《しわ》も柔らかみを帯び、昔ほど怖い先生には見えなかった。

先生は長椅子の近くの椅子を示した。「バートラムさん、ここに座って、戻ってきた理由を説明しなさい。あなたが学校に戻ってきたがっていたとは考えにくいですからね」

グレースは腰を下ろし、事情をたどたどしく説明した。クララが実の子どもであることだけは省いて。

「その方は、その侯爵は、不幸な人のようですね。怖かったのだと思います。あなたに拒まれる前に自分から拒んだということでしょう」

「でも……私は彼を拒んだりしません。愛しているんです」

「そう伝えたのですか？」

「彼は愛を信じていません」

デュボア校長が肩をすくめた。「そうは言っても彼は殿方です。愛されたいし、あなたの世界の中心になりたい。傍《はた》からはそう見えなくても、心の中ではそれを求めていると思いますよ」

グレースはクリスマスの朝を思い返した。「でも……私たちは家族になれると、私、彼に言いました。一緒にどれほど幸せになれるかわかってもらおうとしました。クララにとってもいいことだし、友人たちも訪ねてきてくれるし、彼自身も社交界のいるべき場所に戻れると」

「ああ。それで、彼は今の暮らしを変えたくないかもしれないとは考えてみましたか？　何年も他人との交流を拒んできた彼には、新しい未来に慣れる時間が必要だと？」

「いいえ」グレースは唇を噛《か》んだ。自分に思いやりが欠けていたことに初めて気づき、頬が熱くなった。

「あなたは昔のままですね、バートラムさん。衝動的に行動し、結果について考えない。ですが……クララという少女について、わたくしはよく理解していないようです。あなたはこれほどの短期間に彼女にそこまでの愛情を抱くようになったのですか？」

「彼女を愛することは簡単です。シバーストーンのみんなが彼女を愛しています」

「でも、彼女の伯父は……その少女をあなたと一緒に追い出したわけでしょう。彼は姪《めい》を愛していないのですか？　道義心がない人なの？」

「彼はクララをかわいがっています！　そしてクララも彼を慕っています！」自分の熱っぽい口調に、グレースは頬を赤らめた。

「そうだとしても、彼には姪を失う覚悟があるわけです。そしてあなたは彼を愛していると言いながら、その姪をここに連れてきた。彼が寂しがるとわかっていながら」デュボア校長の声が厳しくなった。

「全部お話しなさい、バートラムさん。そうでなくては助けようがないでしょう」

涙が目を刺した。「クララは私の娘です」

「つまり……」校長の口調が優しくなった。「すべてはあなたの娘のことなのね。そうだろうとは思っていましたが……」

「ご存じだったのですか？」

「当然でしょう。この学校であったことは全部知っています。気づいていなかったの？」

「でも……」グレースは校長を見つめた。このフランス人女性について知っていると思っていたことが別の絵を描き始めていた。「では、なぜ何も……」

デュボア校長が厳かに手を上げたので、グレースは口を閉じた。「こういう立場ですから、生徒の愚行を知れば、意に沿わぬ行動もとらざるをえません。だからあえて盲目でいることにしたのです」

グレースはうなだれた。校長先生に妥協を強いた自分の愚かさが恥ずかしかった。

「クララをここに連れていらっしゃい。ですが、今日は少し疲れたので、また後日にしましょう」

階段を下りるあいだ、グレースの頭の中は忙しく回転していた。校長先生のおかげでナサニエルの行動を別の角度から見ることができるようになり、考えなくてはいけないことがたくさんあった。

　階下では、ファンワース先生が風格のある銀髪の紳士を迎え入れていた。紳士は先生と一言二言交わしたあと、階段を上り、すれ違ったグレースに会釈をして二階に向かった。

　グレースが階段を下りきると、クララが泣きながら駆け寄ってきた。

「どうにも落ち着かないみたいでしたよ」ファンワース先生が言った。「あなたがいなくなるのではないかと心配だったのね」

　グレースは稲妻に打たれたようにはっとした。

「それに煙突掃除屋《スィープ》のことをしきりに言っていたわ。煙突掃除屋のことだと私は思ったのだけど」

「スィープはこの子の子猫なんです」

「スィープ？　ブラック？」クララの悲しげな懇願がグレースの胸をかきむしった。

　どうすれば彼女を慰められるのだろう。スィープやブラックにまた会えるとは約束できない。グレースは娘を強く抱きしめた。

「先ほどの紳士はどなたですか？」気をそらすために彼女はきいた。

「ウェイクフィールド公爵ですよ。毎日午後三時にマダム・デュボアを訪ねていらっしゃるの」

　グレースは階段に目を向けたが、公爵の姿はすでになかった。「イザベルの手紙にあったのですが……あの方とマダム・デュボアは……その、愛し合っていらしたのですか、ずっと昔に？」

「ええ、そう。そして今またお互いを見つけたの。とてもロマンティックでしょう」ファンワース先生の目が潤んだ。「公爵のお見舞いのおかげでマダム・デュボアは驚くほどお元気になられたのよ。公爵は彼女が完全に回復するまで毎日お見舞いに来ると約束なさったの」先生はため息をつき、たっぷりとしたおなかに手をあてた。「なんて献身的なのかしら。私も殿方にそれほど思われたいものだわ」

私も。

ナサニエル。その名前を思い浮かべるだけで、グレースの体の奥に渇望が生まれ、休息を不可能にした。デュボア校長の声が頭の中でこだまし、帰らなくてはいけないという思いは確信に変わった。

帰ると考えるだけで恐ろしいけれど、そうしないではいられない。自分で自分の人生を、クララの人生をめちゃくちゃにした結果と向き合うしかない。

大晦日《おおみそか》に図書室でクララに本を読み聞かせていると、ファンワース先生が二通の手紙をふり回しながらせかせかとやってきた。

「レイチェルからよ。私とあなたに。あなたの住所を記した私の手紙を受けとる前に出したのでしょうね。ちょうどよかったわ。そうじゃなくて？」

二人はそれぞれ手紙を読んだ。雇い主、シーク・マリク・ビン・ジャラル・アル＝マフロウキーと婚約したというレイチェルの幸せいっぱいの報告と、春に式を挙げる計画について読むと、グレースはぼんやりと窓の外を見た。

「まあ……すばらしい知らせだわ」

グレースははっとした。「ええ、本当に。私もとても嬉《うれ》しいです」

だったら、どうしてこの心は自分を哀れむ気持ちでいっぱいなの？　三人の親友それぞれに伴侶が見つかったことは本当に嬉しいけれど……。

ひとりぼっちで愛されていないのは私だけ。子どものときからずっとそう。熱い涙がこみ上げ、グレースは立ち上がった。

「あの……クララに本の続きを読んでやってもらえますか？　すぐに戻ってきますので」

グレースは図書室を走り出て階段を上り、気づくとデュボア校長の部屋の外にいた。自分に考え直す時間を与えず、扉をノックした。

「バートラムさん。決心がついたのですか？」

「いいえ、どうしたらいいかわからないんです」

「心の声を聞きなさい。一番いい方法を教えてくれるはずです」

それは私にとって？　ナサニエルにとって？　それともクララにとって？

グレースは威厳のある銀髪の公爵のことを考えた。

「先生はご自分の心の声を聞かれたのですか？」

「ああ」デュボア校長は目を閉じて物思いに沈んだ。「いいえ《ノン》。わたくしは良心の声を聞いたの。戦うこともなく彼をあきらめたわ。愛していたから。それが一番だと信じて自分の心を無視したの。わたくしはそのことを毎日、悔いてたわ。でも今、わたくしたちは二度目のチャンスを与えられ、あの愛が死んでいなかったことを知ったの。あなたには、わたくしにはなかったチャンスがある。愛のために戦うチャンスが。彼はあなたを幸せにできないかもしれないと心配なのよ。でも、あなた自身が幸せになれると確信しているなら、彼のもとに戻って心の内を伝えなさい。それがわたくしからの忠告よ。どうなることが最悪の結果なの？」

「彼にもう一度拒まれることです」

「その可能性はあるわね。あなたは他人の暮らしを自分の思いどおりに変えることはできないと学ぶべきですよ。ただ仮に彼が拒んだとしても……あなたは強い女性よ。大丈夫、乗り越えられるわ。今より不幸になることがあるかしら？」

図書室に戻るあいだ、マダム・デュボアの言葉が頭から離れなかった。グレースを見ると、しょんぼりしていたクララの顔がぱっと輝いた。

「私が思うに」ファンワース先生が言った。「彼女はあなたまで消えてしまうことを恐れているのよ。

安心させてあげなくてはね」

　クララは不幸で、それは私のせい。

　勇気を出してシバーストーンに戻ったとしても、ナサニエルに愛されていなかったら……追い返されたら……私はクララまで失ってしまう。

　でも、クララはもう私のものじゃない。私はかつてクララを手放し、今も自分で養うことはできない。だったら、ナサニエルに返すしかない。彼は姪を愛している。私との関係がどうなろうと、クララを大切に育ててくれるはずだ。

「ファンワース先生、クララを見ていていただけますか？　私、切符を買ってきます。家へ帰ります」

　教師の顔がほころんだ。「嬉しいわ。あなたたちがいなくなると寂しいけれど。いつ発《た》つの？」

「明後日に」グレースは部屋を走り出ながら言った。

一八一二年一月一日

　翌日の出発に備え、グレースがクララと寝室で荷物をまとめていると、馬車の音が聞こえてきた。午後三時なのだろう。ウェイクフィールド公爵の姿を最後に一目見ようと、彼女は窓の外を見た。

　外に止まった馬車は泥だらけだった。馬は冷気の中に白い息を吐き出し、御者は……ネッド！　グレースの体の中で喜びがはじけた。彼女は寝台の上にいたクララを抱き上げた。

「彼よ、クララ。ナサニエル伯父さまよ」

　ナサニエルは玄関前で足を打ちつけながら待った。ついに〈マダム・デュボアの女学校〉の扉が開き、ふくよかな女性が優しい目に笑みを浮かべて現れた。

「こんにちは。何かご用でしょうか？」

「ミス・グレース・バートラムに」彼は言った。「彼女と私の姪に会わせていただきたい」

女性は笑みを消し、戸口に立ち塞がった。

「こちらは若い女性のための学校です。ミス・バートラムをお探しの理由をお聞かせください」

女性は雛《ひな》を守ろうと羽毛を逆立てる雌鶏《めんどり》を思い出させ、ナサニエルは態度を和らげた。

「家に連れて帰るために迎えに来ました」

女性は明らかに怒りを収め、扉を大きく開けた。

「二人は二階です」

ナサニエルは階段に近づいた。少女が数人、くすくす笑いながら手すり越しにこちらを見ていたが、彼はすでに道中、こちらが反応しなければ相手も関心を失うことを学んでいた。愚かな数人の少女のために足を止めるつもりはない。

大事なのはグレースとクララを見つけることだ。階段を駆け上がると、二人はそこにいた。何をどう言えばいい？　傷ついた心を癒やし、溝を埋める言葉はなんだ？　だが、言葉は必要なかった。笑顔を輝かせ、彼女は駆け寄ってきた。そして、ナサニエルの腕の中はいっぱいになった。

グレースとクララで。

彼の腕の中に、いるべき場所に戻ってきたのだ。

グレースとナサニエルが離れたあとも、クララは丸っこい腕を彼の首に強く巻きつけていた。

「ナファニエルおじちゃま」彼女はナサニエルの頬にキスをした。

「僕に会いたかったかい、クララ？　僕は会いたかった。スィープもおまえに会いたがっているよ」

クララに話しかけながら、彼の目はグレースを見ていた。野次馬の存在も忘れて貪るように見ていた。

「どうしてここがわかったの？」

「ランカスターで馬車を降りたとき、君がソールズベリー行きの駅馬車のことをきいていたと、ネッドから聞いたんだ」

雌鶏が息を切らして階段を上ってきた。「みなさん！　今すぐ休憩室に行きなさい」

生徒たちはそそくさと階段を下りていった。

「侯爵、こちらはミス・ファンワースです」グレースが言った。「ミス・ファンワース、こちらはレイブンウェル侯爵です」

グレースの誇らしげな声を聞き、不安だらけだったナサニエルの心に希望が生まれた。

「私がクララをお預かりしますから、二人で話をなさってはいかがですか？」

少女はナサニエルの首にしがみついて抵抗したが、彼の帽子を渡されると、ナファニエルおじちゃまが帽子をかぶらずに帰っていくことはないと納得し、ようやく教師に連れていかれることに同意した。

「あなたがいなくて、あの子は本当に悲しかったの」グレースが言った。「ごめんなさい」

「君が謝ることなど何もない。君を追い出したのは僕だ。そして、僕はそのことをずっと後悔している。君に本当に会いたかった」

あの言葉を口にしなくてはならない。もう拒絶の恐怖の中で生き続ける気はなかった。

「愛しているんだ、グレース・バートラム」

グレースは緑色の瞳でじっと彼を見た。「私も愛しているわ、ナサニエル。そして、ごめんなさい。あなたの言ったとおり、私はひどい思い込みをしていたわ。私が考える幸せな暮らしこそあなたが望んでいるものだと信じて疑いもしなかったのだから」

「君がそばにいてくれたら、僕は変わることができる。僕は変わるよ」ナサニエルは彼女の唇に唇をそっと重ね、巻き毛を撫《な》でた。

グレースはナサニエルの手に頬を押しつけ、顔を動かして彼の手にキスをした。「変わる必要なんてないわ。私がほしいのはナサニエル、あなたなの。三人が一緒なら、あなたがくれる生活ではないの。三人が一緒なら、それで幸せよ」

「だが、僕は変わりたいんだ。君のおかげで自分自身を、痣《あざ》も含めてすべてを受け入れることができた。君は僕に欠けていた勇気をくれた。君がそばにいてくれれば、僕はもう一度世の中と向き合える」

彼女を抱き寄せて熱いキスをすると、よく知る鈴《すず》蘭《らん》の香りが五感に絡みついた。ナサニエルは時間も場所も忘れて舌を絡ませ、彼女の曲線を愛撫《あいぶ》した。

階下で扉が閉まる大きな音がして、二人はびくっとした。

「どこか二人で行ける場所はあるかい？」

「私の寝室に」グレースが彼を引っ張っていった部屋には、四つの寝台と荷造り中の鞄《かばん》があった。「ここを三人の親友と使っていたの。思い出はあるけれど、もうあのころと同じ部屋ではないみたい。みんな今は前に向かって進んでいるから」

ナサニエルは彼女の体に腕を回した。「君も前に進んで新しい思い出をつくっている。古い思い出はいつもここにあって大切にすることができるが、時間を遡ることはできないんだ」

「私はもう時間を遡りたいとは思っていないわ。今はあなたとの未来へ進みたい」

優しい指が彼の頬を撫でた。ナサニエルは彼女の手をつかんで指の一本一本にキスをした。

「疑ってすまなかった。僕も君を愛していたが、怖かったんだ。だから君への思いに全力で抗《あらが》った」

「もう謝らないで。説明もいらないわ」グレースの吐息が彼の肌を撫で、彼女の体が押しつけられた。

「私たちに言葉はいらないわ。来て」

グレースは彼を寝台にいざなった。ナサニエルがマットレスに腰を下ろすと、グレースは彼の膝の上に座り、両手で彼の顔を包んでキスをした。二人の唇と舌と手が愛を表現するあいだ、沈黙が広がった。

「君のような美しい女性が僕みたいな醜い怪物に目を留めるなど、信じられないよ」彼はグレースの顔と首筋に羽根のようなキスを繰り返しながら言った。グレースが彼の頬に触れた。「あなたは全然醜くもないし、怪物でもないわ。あなたは外側も内側も美しい人よ」

視界が涙で霞《かす》み、彼は瞬《まばた》きをしながら笑い声を押し出した。「美しいだって？　それはいくらなんでも誇張が過ぎるよ、ダーリン」

彼女が首をふると、金色の髪がほどけて顔を縁取った。「美なんてなんの意味もないわ」ナサニエルの胸に手を置く。「大事なのはここにあるものよ」

ナサニエルは低くうめいて彼女の首筋に鼻をこすりつけた。グレースが身をよじって笑うと、血がさらに熱くなる。ナサニエルは彼女を狭い寝台に横たわらせ、唇と唇を、体と体を重ねた。彼女は温かくて柔らかかった。キスに応えながらナサニエルのシャツを引っ張り、その中に手を滑り込ませて彼の胸に触れると、喉の奥で小さな音をたてた。

彼女がブリーチズの前垂れに手を伸ばした。わずかに残っていた自制心は吹き飛び、ナサニエルはドレスの裾を引き上げた。グレースが腰を浮かせて手を貸す。滑らかな腿に手を滑らせたとき、ナサニエルは彼女のかすれた声を聞いた。「ええ」グレースは彼の下で体をうねらせ、脚を広げた。

滑らかで心地いい熱の中に入っていくと、ナサニエルは動きを止め、しめつけられるような感覚を堪能した。それから一気に奥へ進んだ。グレースが彼の口の中にあえぎ声を送り出し、腰を上げて彼を迎え入れる。二人は輝かしいリズムを刻んだ。

グレースの準備が整ったことをナサニエルは本能的に察した。そして、爆裂する恍惚《こうこつ》感《かん》の中へと二人同時に飛び込んでいった。

数分後、ナサニエルはぱっと目を開いて辺りを見回した。グレースはまだ彼の下にいた。目を閉じて口元に満ち足りた笑みを浮かべた彼女はこの上なく美しかった。彼女を抱き寄せ、至福の眠りにつきたかったが、それは危険だった。ここでは。今は。彼はしぶしぶ立ち上がり、シャツをブリーチズの中に入れて窓辺へ行った。

「ナサニエル？」

その心配そうな声に、彼はさっとふり返った。弱気になりかけた自分を罵倒し、二歩でベッドのそばに行くと、彼女を立たせて抱きしめる。

「僕はここにいる。二度と君を離さない」

グレースの緊張がほどけ、彼女はナサニエルにもたれかかった。二人の体は完全にフィットしていた。ナサニエルは彼女の頭の上に顎を置き、長くて孤独な九年のあと、初めての充足感に包まれた。

「愛しているわ、ナサニエル」

彼はグレースの顎に指を一本添えて上げさせた。

「僕も愛しているよ、グレース。とても」

まだしなくてはいけないことがある。彼女にきかなくてはいけないことが……。

ノックの音がしたので二人はぱっと離れた。ミス・ファンワースがほんのりと赤い顔をのぞかせた。

「クララが不安になり始めているので、そろそろ連れてきたほうがいいだろうと思って」

ナサニエルは優しい教師からクララを受けとり、礼を言って扉を閉めた。彼は心臓を高鳴らせながらふり返ると、クララを抱いたまま片膝を床に下ろした。グレースが目を見開いた。

「これはあるべき姿だ。クララも関係者だからね」

彼は言った。「グレース・バートラム、君が現れた日を僕は神に感謝している。君は僕の心と魂の鍵を開けてくれた。君への愛は日ごと大きくなるばかりだ。お願いだから、僕の妻になってくれないか」

「ええ、ええ、もちろんよ！」グレースは両膝をつき、ナサニエルとクララを抱きしめた。

「あたしも、ナファニエルおじちゃま？」

ナサニエルとグレースは声を揃《そろ》えて笑った。それからナサニエルはクララをぎゅっと抱きしめた。

「もちろんだとも、クララ、おまえもだよ。僕たちはちゃんとした家族になるんだ。そして、おまえは僕たちの養子になるんだよ。でも、ハンナとデビッドのことも決して忘れないでおこう」

「ええ、絶対に忘れないわ」グレースが言った。「会ったことはないけれど、私にとっては特別な二人だもの」

ナサニエルはうつむいた。妹夫婦のことを思うとまだ心が痛んだが、もう生々しい痛みではなかった。

「二人が死んだとき、僕のたった二人の友人を奪った運命を恨んだが、その悲劇から希望と新しい未来が芽吹いた。君たちが僕の人生に現れた日に感謝しているよ、かわいいクララ、愛《いと》しいグレース」

「あたしも、ナファニエルおじちゃま」

エピローグ

一八一二年十二月二十三日、レイブンウェル邸
「奥さま！」アリスが丸い頬を震わせながら客間に駆け込んできた。「馬車です。それも三台！」

「三台一緒に？　なんてすてきなの」

グレースは勢いよく立ち上がったあと、はっとして手を口にあてた。アリスがすぐさま隣に来た。

「ああ、奥さま、またですか？」

「いいえ、いいえ、吐き気ではないわ。ただの立ちくらみよ。さあ、行きましょう。お客さまに挨拶をしなくちゃ」グレースは部屋を見回した。すっかり片づいて何もかも輝いている。「フィッシュに言っ

てだんなさまを……」

「ここにいるよ」

入り口から低い声が聞こえ、グレースはナサニエルと向き合った。ハンサムで男らしい私の夫。彼女の心がいつものようにぴょんと跳ね、次に彼と手をつなぐクララを見てとろけそうになった。クララはずいぶん背が高くなり、柔らかな茶色の巻き毛が背中まで伸びている。グレースは新しい家族を早く友人たちに紹介したくてたまらなかった。

「アリス、一時間後に昼食を用意してと料理人に伝えてちょうだい。寝室の準備はできてる？　使用人たちの部屋は？」

「準備は整っています。ミス・クララをお預かりしましょうか？」

「いいえ。この子もお客さまにご挨拶するから」

アリスは部屋をあとにした。彼女はナサニエルとグレースの結婚後レイブンウェル邸に戻ったが、シャープ夫妻は管理人として、ネッドとタムとアニーは主人の愛する動物や鳥の世話をするためにシバーストーン館に残ることを選んだ。ナサニエルは数週間おきに馬で館を訪れ、鳥たちを飛ばして一晩泊まってくる。春には家族でしばらく滞在する予定だ。

もし私も行けるなら。グレースはわずかに丸くなったおなかに手をあてた。

ナサニエルの視線が彼女の手の動きを追い、それから顔に戻ってきた。期待感がグレースの体の奥を引っ張ったが、ぐずぐずしている時間はなかった。

「ラルフとエリザベスは元気だった？　牧師館にはもう慣れたのかしら」グレースはナサニエルの注意をそらすためにきいた。

ナサニエルとクララは集めた宿り木を新婚のレンデル夫妻の新居に届けてきたところだった。地元の聖トーマス教会の牧師が老齢を理由に引退したので、ナサニエルはその聖職禄《ろく》をラルフに与えたのだ。

「慣れたみたいだし、相変わらず仲睦《むつ》まじかったよ
――僕らにはかなわないがね」

ナサニエルはグレースに軽くキスをしたあと、瞳を黒っぽくしてまたキスをした。今度はグレースがとろけそうになるまで。でも、彼女も今日ばかりは抵抗せざるをえなかった。

「ナサニエル！　お客さまがもう到着するのよ」

彼はくすっと笑ってまたキスをした。「だから、キスできるうちにしているのさ。僕がこの数時間生き延びるための糧を出し渋らないでほしいな」

「パパ！　ママ！」クララがナサニエルの袖を引っ張った。

グレースの胸がいっぱいになった。彼女が実の母だと、クララが知ることはないかもしれない。だが、グレースとナサニエルはクララを養子にすると決めたので、二人はいずれ彼女の両親になれるのだ。

ナサニエルはクララを抱き上げた。彼女の頬に唇をつけて息を吹きつけると、ぶるるっと音がしてクララが笑いながら身をよじった。玄関広間には、客を寝室に案内するため、使用人たちも集まっていた。玄関扉は大きく開き、客人たちを待ちかまえている。

「レンデル牧師は宿り木にいたく感謝していたよ」ナサニエルがにっと笑ったあと、妻のほうに顔を寄せて声をひそめた。「妻と試してみずにはいられないようだったが……支援者の前であんなふるまいをする牧師というのはどうなのかな？　そうそう、二人は我が家のクリスマスの晩餐《ばんさん》の招待に喜んで応じるそうだ」

「友人が勢揃《せいぞろ》いするのね。すてき。久しぶりに晩餐室の食卓の席が埋まったら、お母さまが喜ぶわね」

ナサニエルの母は最初こそ不信感をあらわにしていたが、すぐに新しい義理の娘を受け入れ、今では毎日、寡婦用の屋敷から母屋を訪ねてきていた。

馬車の車輪と十八頭の馬――四頭立ての馬車が三

台と、六人の騎馬従者――の蹄《ひづめ》の音がさらに大きくなり、街道からまっすぐ伸びる長い馬車道からぐるりと回って玄関前に到着した。

空は均一に白く、黒雲も風もない。まるで期待感に息をつめているようだ。ナサニエルは雪になるだろうと言っていたが、グレースは旅人たちの到着まで待ってくれた空に心の中で感謝した。

馬車が止まり、ときおり馬銜《はみ》の金属音と馬が足を踏みならす音がするだけになって辺りが静まり返ると、それはそれで耳を聾《ろう》するようだった。グレースは突然、不安を覚えた。何せ一年半ぶりの再会なのだ。

みんな変わってしまっていないかしら？　私のことをどう思うだろう？　夫はどんな人たちだろう？

ナサニエルの大きくて力強い手が彼女の腰に添えられた。グレースは彼を見上げた。

「緊張することはない。君は大丈夫だよ」

彼の目は落ち着きと自信に満ち、不安の陰はまったくない。最初に会ったときとはまるで違う彼の姿に、グレースは感嘆せずにいられなかった。

馬車の扉が開き、みんなが姿を現した。ジョアンナ、レイチェル、イザベル。大好きな親友たち。涙で視界が霞《かす》み、グレースは懸命に瞬《まばた》きした。感傷的な間抜けと思われたくない。でも……。

四人は駆け寄って抱き合い、キスをし、歓声をあげた。

そして涙を流した。これまで一度も泣き顔を見せたことのないジョアンナまで。四人は輪になり、滂沱《ぼうだ》の涙で頬を濡《ぬ》らしながら笑い声をはじけさせた。

イザベルが窓の外を見て言った。「私たち全員無事に着いた今、雪よ、心ゆくまで降りなさい」

おいしい昼食のあと、皆は客間に集まっていた。

グレースはイザベルの隣に行った。「あなたの願いはかなうはずよ」彼女は声を低めた。「何か必要なものがあったら言ってね、イザベル」

「ありがとう、グレース。でも心配はいらないわ。すごく気分がいいの。最高潮、と言うのかしら」イザベルはにっこり笑って大きなおなかの両側に手を添え、満足そうなため息をついた。

窓辺は寒いので、二人は暖炉のそばに行った。

「本当に雪になると思いますか、レイブンウェル卿《きょう》夫人？」

グレースは生真面目な顔できくハンサムな少年に微笑《ほほえ》んだ。レイチェルの義理の息子アアヒルは一度も雪を見たことがない。妹のアメエラも弟のハキムも同様で、二人は今、クララと並んで床に寝そべり、ノアの箱船のおもちゃで遊んでいた。

「ええ、そう思うわ、アアヒル。降ったら……」グレースは親友を一人一人見た。「雪だるまをつくりましょう。ねえ、覚えてる――？」

「一昨年のクリスマス！」イザベルが青い瞳を輝かせた。「みんなで学校に残って特大の雪だるまをつくったわね……」

ジョアンナがソファで生まれたばかりのエドワードをあやしながら微笑んだ。「あのクリスマスは本当に楽しかったわ」

「今年はもっと楽しくなるわ」レイチェルがジョアンナの隣に座ってエドワードをのぞき込んだ。「あ、なんてかわいいの。抱かせてもらっていい？」

「もちろん」ジョアンナが息子を渡すと、レイチェルは、エドワードが落ち着くまで小さな声で話しかけていた。

「僕たちの雪だるまのほうが大きくてすごいよ」ハキムが嬉《うれ》しそうに飛び跳ねながら、アアヒルのそばに来た。「雪が降るの、レイブンウェル卿夫人？雪が降ると思う？」

到着直後は恥ずかしがっていたハキムだが、初めて会う人々にもすぐに慣れた。父親のマリク――肌の色が濃くて考えられないほどハンサムで鋭い目をしている――は、彼の愛するフーリア国で人気の鷹《たか》狩《が》りについてナサニエルと話していたのをやめた。

「落ち着きなさい、ハキム。静かにしないと、子どもも部屋に行かせるぞ。運命が微笑めば雪は降る。侯爵夫人を質問攻めにしたところで何も変わらない」

「ハキムは嬉しいのよ、マリク。何日も馬車に閉じ込められていたから、元気を持て余しているんだわ」レイチェルがエドワードをあやしながら言った。

「僕と同じだな」ジョアンナの夫、ルークが立ち上がり、のびをした。「失礼、ご婦人方。僕もこのエネルギーを少し発散しないと。レイブンウェル、さっき新しい猟犬の話をしていたけど、走らせてみる気はないのか？」

四人の男性が目を輝かせ、グレースは三人の友人たちと面白がるように顔を見合わせた。

「それはいい。だがその前に……」ナサニエルはアアヒルのほうを向いた。「クリスマスの大薪《まき》を運ぶのを手伝ってくれるかい？」彼はマリクに眉を上げてみせた。「君たちがこの伝統になじみがあるかどうか知らないが、アル＝マフロウキー、大薪はクリスマスの季節が終わるまで十二日間燃やし続ける特別な薪なんだ。イブに室内へ運んで火をつけ、可能なら十二夜に木片をとっておいて、それで翌年の大薪に火をつける」

「でも、イブは明日です」ジョアンナが言った。「今日運び込んだら災難を連れてきません？」

「室内に入れて運命をけしかけることはしないよ。雪が降る前に屋敷のそばまで運んでおくだけだ。どうだい、アアヒル？　薪を運ぶ力はあるかい？」

「お父さん、行ってもいいですか？」

「いいとも、アアヒル」

「僕も！」ハキムが飛びはねながら言った。

「私もいいですか？」アメエラも立ち上がる。

「あたし、あたし！」クララもあわてて立ち上がり、ナサニエルを見た。「パパ、おねがあい」

「クララ、おまえには――」

「おねがあい、パパあ」少女はすがるような目をグレースに向けた。「ママあ、おねがい」

グレースはナサニエルに眉を上げてみせた。彼は笑みを噛《か》み殺しているが、三人のかわいいお願いには抗《あらが》いきれないだろう。

「アル＝マフロウキー？」ナサニエルが意見を求めると、シークがうなずいた。

「わかったよ」ナサニエルは三人に言った。「言われたとおりにすると約束できるなら連れていこう」

「ありがとうございます」三人は声を揃《そろ》えて言った。

アメエラがクララの手を引いてナサニエルに近づいた。「それ、痛いんですか？」頬の痣《あざ》を指さす。

すっと息を吸う音がして、アメエラをたしなめようとしてか、レイチェルが背筋を伸ばした。グレースは彼女と目を合わせて首をふった。

ナサニエルはアメエラを見下ろして微笑んだ。

「いや、もう痛くないよ」そう言うと、三人の子どもたちの前にしゃがむ。「だが、最初はすごく痛かったんだ。だから、君たちも火にはうんと気をつけなくちゃいけない」

「痛くなってよかったです」アメエラが言った。

「じゃあ、もう外に行ってもいいですか？」

ナサニエルは笑い声をあげて立ち上がった。「あ、アメエラ、今から行こう」彼はグレースにウインクした。「従者を二人連れていって子どもたちの手伝いをさせるよ。そうすれば君たちご婦人方には旧交を温める時間ができるだろう」

ウィリアムが愉快そうに目尻に皺《しわ》を寄せた。「あれだけおしゃべりしてまだ話していないことがあるとは思えないけどね。最後に会ったあとのことを一日分ももらさず報告し合ったんじゃないかな」

「ミスター・バルフォー、あなたって本当に口が悪いんだから」イザベルがふざけ半分に夫の腕を叩《たた》いた。「殿方はさっさと遊びに行ってちょうだい。妻たちには話し合うべき重要な問題がまだたくさん残っているのよ」

「重要な問題ね！」ルークがジョアンナの頬にキスをした。「どうせ子どもと赤ん坊だろう？」

「子どもと赤ん坊は大事じゃないと言いたいの、ダーリン？」ジョアンナが冗談めかして問いつめた。

「一本とられたな。子どもと赤ん坊はもちろん大事さ。前言撤回するよ」ルークは笑ってエドワードのふっくらした顎の下をくすぐった。「おまえが仲間に加わるのはもう一、二年先だな。僕たちが自然と闘うあいだ、室内でぬくぬくとしておいで」

男性陣と子どもたちが外に行き、子守りがエドワードを部屋に連れていくと、四人組が残された。


「すばらしいお宅ね、グレース。近代的で美しくて、この部屋は特にすてきだわ」イザベルが言った。

レイチェルとジョアンナもうなずいた。

「火事のあと全部新しく建て直したんですって」グレースは客間を見回した。屋敷の中でもお気に入りの場所で、内装を緑とクリーム色で揃えてある。

「その火事でナサニエルがけがをしたの？」ジョアンナが小さな声できいた。

「ええ。屋敷の中に戻ってお父さまを助けようとしたけど、間に合わなかったそうよ」

夫の勇敢な行動と、もう一度人生に向き合った精神力が誇らしかった。それは彼女のためであり、クララのためであり、そして……。グレースは手をおなかに置いた。

グレースが顔を上げると、レイチェルがなんとも言えない顔をして彼女を見ていた。

「大丈夫、レイチェル？」

レイチェルの頬がピンク色に染まった。「あなたに話し始めた。

……あなた、そこに赤ちゃんがいるの？」

「確かなの？」

イザベルがぱっと顔を上げると、銅色の巻き毛が跳ねた。「そうなの、グレース？　すてき。私たち、一緒にお母さんになるのね」

「どうしてそう思うの？」

「でもあなた、子どもはいらないって」

「イザベルったら変わらないわね」ジョアンナが楽しそうに言う。「グレースはまだレイチェルの質問に答えてもいないでしょう」

「女性は考えを変えることができるのよ」レイチェルはイザベルの最後の問いにすまして答えると、笑った。「確かではないけど、そうだと思うわ。まだマリクにも言っていないの。ここに来るのを止められそうで」満ち足りた幸せそうな顔をする。「ほら、彼って過保護だから」

みんなは声を揃えて笑った。

「ごめんね、グレース。でも、そうなの？」

「ええ！　来年の夏にクララの弟か妹ができるわ」

「じゃあ私たち、本当に一緒に母親になるのね。すばらしいわ」イザベルが立ち上がって腕を広げ、その場でくるくる回った。「二年前はみんな人生にそっぽを向かれて未来を憂えていたのに、今は……見て。みんな結婚して、授かるとは思っていなかった子どもたちまで授かったのよ」

グレースはそう答えたが、先ほどのレイチェルの表情が気にかかった。「そのうちあなたの番もくるわ、レイチェル。結婚してまだ九カ月で……」

「グレース以外はね」ジョアンナが言った。「グレ
「私、子どもができたと思うの」レイチェルが頬を染めて突然、告白した。

ほかの三人がはっと息をのみ、それからいっせい

ース、あなたにとっては恐ろしい試練だったけど、私はあなたをうらやましいとも思っていたのよ。私たちの中で、あなただけが母親になるはずだったでしょう。クララを手放さなくてはいけなかったとしても、女性が経験しうる最もすばらしい経験をしたんだもの」

グレースはジョアンナの手をとった。愛してくれる家族のいない子ども時代の悲しさは、二人が共通して経験してきたことだった。

「あなたがそんなふうに思っていたなんて知らなかったわ、ジョアンナ。私の経験をうらやましいと思う人がいるなんて。でもその気持ち、わかる気もするわ。私、世界のどこかに私の分身がいるんだってずっと思ってたの。ファンワース先生がクララの養父母の名前を教えてくれて本当によかった」

「私たち、本当の家族を見つけたのね、グレース。でも……」ジョアンナが眉をひそめた。「マダム・デュボアはマダム・デュボアなりに私を愛してくれていたのよね。マダムやほかの先生方は私の優しい家族だったのに、私はほかの生徒や彼女たちの普通の家族をうらやんでばかりだったわ」

レイチェルが笑った。「私の家族を〝普通〟と言う人はいないでしょうけど。マダムといえば、赤ちゃんのことを彼女に気づかれなくてよかったわね、グレース。気づかれていたら、全然別の結果になっていたはずよ」

「ああ、実はそれは誤解だったの」グレースは去年のクリスマスにマダム・デュボアに言われたことを話した。「叔父さんが私を追い出すのがわかっていたから、マダムは知らないふりをしてくれたのよ」

「じゃあ、あの抜け目のないおばあさんは最初から知っていたってこと？　まあ、まあ」イザベルが肘掛け椅子に沈み込んだ。

「そういえば、マダムと学校とファンワース先生についてすばらしいニュースがあるのよ」ジョアンナが目をいたずらっぽく輝かせてもったいつけた。

「早く教えて」

「意地悪はやめてよ、ジョアンナ」

「私、叫び出しちゃうわよ！」

「じ、つ、は、ね……」ジョアンナは話を引き延ばし、情報提供者の楽しみを存分に味わっている。

「ジョアンナってば！」隣に座っていたイザベルがジョアンナをつついた。「話しなさい。私の体調には繊細な配慮が必要なの。ストレスは御法度よ」

ジョアンナが笑った。「わかったわ。ウェイクフィールド公爵を覚えてる？」

「もちろん。去年、夜会で彼に会ったことは、私が、あなたに教えてあげたんでしょう。そのあと、グレースとレイチェルにも手紙で話したわ」

「去年の年末、私とクララが学校にいたとき、彼が校長先生を訪ねてきていたわ」グレースも言った。

「それで、校長先生が悲しい恋の物語を話してくれたのよ。そのことはみんなにも手紙で知らせたわよね。校長先生の具合がすっかりよくなったことは、ファンワース先生から聞いたけど」

「ええ、マダムは回復されたわ。それどころか、すっかり回復して先週、結婚されたのよ。これからはウェイクフィールド公爵夫人って呼ばなくちゃ」

「公爵夫人？」

「なぜそのことを知っているの？」

「どうしてもっと早く教えてくれなかったの？」

「そう、公爵夫人よ。なぜ知っているかと言うと、私とルークがお式に参列したからよ。そしてもっと早く言わなかったのは、ほかに話すことがたくさんあったからだわ」

「じゃあ、校長先生も〝めでたしめでたし〟なのね」レイチェルが言った。「私も嬉しいわ」

「それで、学校は？」グレースはきいた。「学校のニュースもあるって言ったでしょ?」

「マダムは学校をファンワース先生に譲ったの。今はファンワース校長先生よ」

「つまり、私たちとマダムは王子さまを、ファンワース先生は煉瓦《れんが》と漆喰《しっくい》を手に入れたってことね」

「イザベル!」

「でも」グレースは茶目っ気たっぷりに友人を見回した。「シニョール・ベルトーリがいるじゃない」

グレースが彼のイタリア語訛《なま》りを真似《まね》ると、ほかの三人が吹き出した。あの美術教師はファンワース先生に好意を抱いているに違いないと、四人は以前から勘ぐっていたのだ。

厳しいマダム・デュボアが学校からいなくなったら、あの陽気なイタリア紳士が何を始めるか……。

クリスマスイブの朝、目覚めたグレースは寝返りを打ってナサニエルと向き合った。彼はまだ眠っている。温かくて、寝乱れていて、おいしそう。彼女はこっそりキスをした。ナサニエルは目を閉じたまま身じろぎ、グレースのほうに手を伸ばした。

「欲張りな奥さんだ」低い声をもらして彼女を引き寄せる。

グレースが彼にすり寄ると、ナサニエルが彼女の夜着をたぐり上げ、素肌の脚をなぞった。

しばらくしてようやく二人が上掛けの下から出てくると、世界は一変していた。予想どおり雪が降ったのだ。今空には雲一つなく、雪をまとった景色が陽光を浴びて皆を誘うようにきらめいていた。

どうしてそうなったか、グレースにもよくわからないが、男性陣が大薪を運び込む前に、興奮した子どもたちを戸外に連れ出して雪だるまをつくり、そのあいだ女性陣は、先週グレースが使用人たちとつくった花輪で室内を飾ることになった。

はっ！　温かい室内にいなさいですって？

　グレースは大いに不満だったが、彼女たちはもう子どもではないし、特に大きなおなかのイザベルにとって外に出るのは危険だと思い直した。

　晩餐室の飾りつけを終え、客間に移ろうとしていたときだった。突然扉が開き、毛皮で裏打ちされた真っ青な外套《がいとう》に身を包んだイザベルが、お揃いの帽子をくるくる回しながら現れた。グレースは、彼女が姿を消したことにさえ気づいていなかった。

「どうして男の人たちばかり楽しむの？」イザベルが言った。「私も雪で遊びたいわ。部屋の飾りつけはあとでもできるでしょう？　どう、みんな？　私と一緒に来る人？」

　グレースとレイチェルとジョアンナが同時に花輪を落として言った。「もちろん、行くわ！」

　メイドたちが外套と帽子と手袋をとりに行くと、イザベルは帽子を回していた手を止め、リボンにさし込まれていた羽根飾りを投げ捨てた。そして宿り木の枝を折って代わりにさした。

「どう？」いたずらっ子のように笑う。「実も三ついてるわ。雪の中で楽しめそうじゃない？」

　四人は庭に走り出た。ルークとウィリアムが雪だるまの胴体をつくり、ナサニエルと傍らのブラックが、頭をつくる子どもたちを手伝っていた。マリクとアアヒルはそばで見ている。

　レイチェルが舌打ちした。「アアヒルも遊ばなくちゃ。何かというとマリクの真似をしたがるけど、あの子はまだ九歳なのよ」

　そう言うと、雪を丸めてマリクにぶつけた。帽子が飛び、マリクが黒い目を怒らせてふり返る。だが、レイチェルを見るとすぐに相好を崩した。

　それを見ていたルークが叫んだ。「みんな、戦争が始まったぞ！」彼は雪をつかんで優しくジョアンナに投げた。

マリクの冷静さはたっぷり十秒しかもたず、彼は笑い声をはじけさせて参戦してきた。雪玉と笑い声と叫び声が激しく飛び交い、ブラックも雪玉を口でキャッチしようと、吠《ほ》えながら跳ね回る。

ジョアンナが足を滑らせて雪の吹きだまりに顔から突っ込むと、ようやく停戦が宣言され、ルークがすぐさま駆け寄った。

「もう十分だろう」彼は肩で息をしながら満面の笑みでジョアンナを抱き上げた。「僕の美しい奥さん、家の中に入って濡れた服を着替えるんだ」彼は屋敷に向かって歩き出した。

「雪だるまを完成させてもいいですか」アアヒルがナサニエルを見上げて言った。黒い目は見開かれ、髪についた雪がきらきらと光っている。

ナサニエルは彼の肩を叩いた。「もちろん。僕たちが胴体を固定するから、君は頭を持っておいで」

マリクとナサニエルは大きいほうの雪の固まりを客間の窓の外に移動させた。アメエラが雪の中を走って兄を手伝いに行き、そのあいだ、クララとハキムはブラックを追いかけ回していた。

グレースとレイチェルとイザベルが笑いすぎたあとの息を整えていると、ウィリアムがやってきて眉を上げ、妻の全身を見回した。

「新しい帽子かい？」

イザベルが少しすました顔をした。「あら、この古い帽子のこと？ ちょっとアレンジしただけよ」

ウィリアムは彼女を抱擁して音高くキスをしたあと、宿り木の実を一つもいだ。「あと二回だけ？ がっかりだな」彼はあと二度キスをして、そのたびに宿り木の実をつんだ。「これでよし。ほかの男はもう僕の奥さんにキスをできないぞ」

じきに雪だるまができ、一番年長で一番背の高いアアヒルがナサニエルの古い帽子をかぶせた。アメエラがマフラーを巻きつけ、二人は一緒に石炭の目と人参《にんじん》の鼻と、榛《はしばみ》の実を並べた口をつけた。ハキムとクララは雪だるまの胴体にボタン代わりの石炭を押し込んだ。陶製のパイプを持たせて完成だ。

子どもたちは下がって立ち、目を真ん丸にして満面の笑みを浮かべた。

「暗くなったら、こっそり動き出して冒険に行くのかな?」ハキムが小さな声で言う。

レイチェルがしゃがんで彼を抱きしめた。「あなたが信じていればきっとそうなるわ、ハキム」

乾いた服に着替えた皆が客間ですっかり暖まったころ、ルークとジョアンナもついに合流した。

「ああ、やっと」イザベルが叫んだ。「大薪に火をつけるのに、あなたたちを待っていたのよ」

従者がすでに薪を運び込み、ぎりぎりの大きさだったが、なんとか客間の暖炉の中に置いていた。

「申し訳ない」ルークが悪びれるふうもなく言う。

「エドワードと遊んでいたの」ジョアンナが頬を染め、くすくす笑いを押し殺して言った。

「さて、これで全員揃ったな」ウィリアムが楽しそうに見回した。「このときを待っていたんだよ」

シャープがとっておいてくれた去年の大薪の一片を使って今年の大薪に火をつけ、それから大人全員で部屋中に花輪を飾った。そのあいだ子どもたちは、たくさんの葉っぱに夢中のスィープと遊んでいた。

あとはキスの宿り木をつるすだけだ。誰が一番背が高いか男性陣が少しもめたあと、百八十五センチのナサニエルより二・五センチ高いマリクによって、部屋の中央のシャンデリアにくくりつけられた。

その後、メイドたちがホットワインとフルーツパンチと温かいミンスパイを運んできて、残った枝葉を片づけた。

イザベルが美しい銅色の髪を蝋燭《ろうそく》の明かりに輝かせてキャロルを歌い始めると、みんなも歌い、全員の声が交じり合って高く低く響き渡った。グレースは瞬きをして涙を押し戻した。ソファの隣に座っていたナサニエルが彼女を抱き寄せ、クララが二人の膝にのってきた。

歌が終わると、マリクが手を上げて沈黙を求めた。

「僕たち家族をこのクリスマスの集いに招待してくれて心から感謝している」彼は直立不動で真面目な顔をしていたが、その目はひそかに輝いていた。「君たちの伝統は楽しいものばかりだが、僕の一番のお気に入りは――」レイチェルの手をとってキスの宿り木の下に立たせた。「これだ」

彼がレイチェルにキスをすると、彼女はマリクの首に腕を回して熱いキスを返した。

マリクが宿り木の実を一つつまんで、もう一度キスをする。最初、皆はただ唖然《あぜん》としていたが、ウィリアムがイザベルにウインクして立ち上がった。

「アル＝マフロウキー、お楽しみを僕たちにも残しておいてくれよ」

マリクが顔を上げた。「君は庭でもう十分楽しんだだろう、バルフォー。気づかれていないとでも思ったのかい？」彼が言うと、皆が笑った。

するとナサニエルが立ち上がり、グラスを掲げた。部屋に沈黙が広がった。まだ座っていた人たちが一人、また一人と立ち上がった。

「乾杯しよう」

ナサニエルの深みのある声を聞いて、グレースの背中に欲望の震えが走った。彼女のその反応を感じたように、ナサニエルがグレースの視線をとらえ、唇の端にいつものかすかな笑みを浮かべる。炎の明かりが彼の頬にあたって痣を浮き彫りにしていたが、グレースはほとんど気づいていなかった。痣もまたグレースが愛する彼の一部だった。むしろ、ほかのどの部分よりも愛しているかもしれない。

「クリスマスに。愛する過去の友人と確かな未来の友人に。幸せな家族に。ここにいる僕たちと——」

彼の熱っぽい視線がグレースのおなかに下りた。

「これから出会う人々に」

グレースの視界の隅で、マリクがレイチェルのおなかに触れる。レイチェルがぱっと彼を見た。マリクがうなずき、彼女の腰に腕を回して引き寄せた。

彼は知っていたのね。グレースはレイチェルと目を合わせて笑みを交わした。

ルークとジョアンナが寄り添って立ち、目だけ見交わして乾杯した。

「そして最後に」ナサニエルが続ける。「新婚のウエイクフィールド公爵夫人に。彼女の思慮と賢明な忠告に、少なくともこの夫は大変感謝している」

「この夫もね」ルークがまたグラスを掲げ、ジョアンナに笑いかけた。

「マダム・デュボアに。彼女が私にしてくれたことのすべてと、私を学校から送り出してくれたことに。希望どおり学校に残って教師になっていたら、私は愛するルークに出会えていなかったもの」

「そして、ファンワース先生にも」グレースはつけ足した。「先生がいなかったら、私はクララも、あなたも見つけられていなかったわ、ダーリン」

「ええ、ファンワース先生に乾杯。私が遠いフーリアまで行ってマリクとかわいい子どもたちに出会えたのは先生のおかげよ」レイチェルも言った。

「マダム・デュボアと、ミス・ファンワースと、女学校に乾杯」イサベルが叫んでグラスを掲げると、ウィリアムが彼女の腰に腕を絡めた。

静かな幸福の泡がグレースの中にわき上がった。

「私たちに。永遠の友情に。楽しい思い出に。そして明るい未来に」最後にグラスを高く持ち上げた。

「私たちったら、感謝することだらけね」

ハーレクイン®

侯爵家の家庭教師は秘密の母
2024年12月5日発行

著　　者	ジャニス・プレストン
訳　　者	高山　恵（たかやま　めぐみ）
発 行 人	鈴木幸辰
発 行 所	株式会社ハーパーコリンズ・ジャパン 東京都千代田区大手町 1-5-1 電話 04-2951-2000（注文） 0570-008091（読者サービス係）
印刷・製本	大日本印刷株式会社 東京都新宿区市谷加賀町 1-1-1
装 丁 者	小倉彩子

ISBN978-4-596-71693-4 C0297

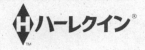